WARRIORS

# 貓戰士

星預兆

四部曲之V

# 失落戰士

## The Forgotten Warrior

艾琳・杭特(Erin Hunter) 著
羅金純 譯

晨星出版

特別感謝基立・鮑德卓

煤心：灰色母虎斑貓。
獅焰：金色公虎斑貓。
狐躍：紅色公虎斑貓。
冰雲：白色母貓。
蟾蜍步：毛色黑白相間的貓。
玫瑰瓣：深奶油色母貓。
花落：玳瑁色與白色相間的母貓。
蜂紋：帶有灰色條紋的淺灰色公貓。
薔光：黑棕色母貓。
鴿翅：灰色母貓。
藤池：銀色母虎斑貓。

貓后　（正在懷孕或照顧幼貓的母貓）
蕨雲：綠色眼睛，淺灰色（帶有暗色斑點）母貓。
黛西：來自馬場的乳白色長毛母貓。
罌粟霜：玳瑁色母貓，和莓鼻生下小櫻桃和小錢鼠。

長老　（退休的戰士和退位的貓后）
鼠毛：嬌小的黑棕色母貓。
波弟：肥胖的公虎斑貓，口鼻灰色，以前是獨行貓。

# 本集各族成員

## 雷族 *Thunderclan*

族長　火星：英俊的薑黃色公貓。

副手　棘爪：琥珀色眼睛、暗棕色的公虎斑貓。

巫醫　松鴉羽：灰色公虎斑貓。

戰士　（公貓，以及沒有年幼子女的母貓）

灰紋：長毛灰色公貓。

蜜妮：嬌小的銀色母虎斑貓，原為寵物貓。

塵皮：黑棕色的公虎斑貓。

沙暴：淡薑黃色的母貓。

蕨毛：金棕色的公虎斑貓。

栗尾：琥珀色眼睛，雜黃褐色的母貓。

雲尾：白色的長毛公貓。

亮心：白色帶薑黃色斑點的母貓。

刺爪：金棕色的公虎斑貓。

松鼠飛：綠色眼睛，暗薑黃色的母貓。

葉池：琥珀色眼睛，淺棕色的母虎斑貓，以前是巫醫。

蛛足：琥珀色眼睛，四肢修長，下腹部棕色的黑色公貓。

樺落：淺棕色公虎斑貓。

白翅：綠色眼睛，白色母貓。

莓鼻：乳白色公貓。

榛尾：灰白相間的嬌小母貓。

鼠鬚：灰白相間的公貓。

## 河族 *Riverclan*

族長　霧星：灰色母貓，藍色眼珠。

副手　蘆葦鬚：黑色公貓。見習生：穴掌。

巫醫　蛾翅：有斑紋的金色母貓。見習生：柳光。

戰士　（公貓，以及沒有年幼子女的母貓）

灰霧：淺灰色母虎斑貓。

薄荷毛：淺灰色公虎斑貓。

冰翅：藍色眼珠的白色母貓。

鯉尾：暗灰色母貓。見習生：苔掌。

卵石足：雜灰色的公貓。

錦葵鼻：淺棕色公虎斑貓。

知更翅：玳瑁色和白色相間的公貓。

甲蟲鬚：毛色棕白相間的公虎斑貓。

花瓣毛：毛色灰白相間的母貓。

草皮：淺棕色公貓。

貓后　暮毛：棕色母虎斑貓。

苔皮：藍色眼珠，玳瑁色母貓。

見習生（滿六個月大以上的貓，正在接受戰士訓練）

柳光：灰色的母虎斑貓。導師：蛾翅。

穴掌：暗棕色公虎斑貓。導師：蘆葦鬚。

苔掌：毛色棕白相間的母貓。導師：鯉尾。

長老　斑鼻：雜灰色母貓。

撲尾：薑黃色和白色相間的公貓。

## 風族 *Windclan*

族長　**一星**：棕色的公虎斑貓。

副手　**灰足**：灰色母貓。

巫醫　**隼翔**：雜色的灰色公貓。

戰士　（公貓，以及沒有年幼子女的母貓）

**鴉羽**：暗灰色公貓。

**鴞鬚**：淺棕色公虎斑貓。

**白尾**：嬌小的白色母貓。

**夜雲**：黑色母貓。

**鬚鼻**：淺棕色公貓。

**鼬毛**：腳爪白色的薑黃色公貓。

**兔躍**：棕白相間的公貓。

**葉尾**：暗色公虎斑貓，琥珀色眼珠。

**蟻皮**：棕色公貓，有一隻耳朵是黑的。

**燼足**：灰色公貓，有兩隻暗色腳爪。

**石楠尾**：淺棕色母虎斑貓，藍色眼珠。見習生：荊豆掌。

**風皮**：黑色公貓，琥珀色眼珠。見習生：礫掌。

**莎草鬚**：淺棕色母虎斑貓。

**燕尾**：暗灰色母貓。

**陽擊**：玳瑁色母貓，前額有一大塊白色印記。

見習生（滿六個月大以上的貓，正在接受戰士訓練）

**荊豆掌**：毛色灰白相間的母貓。導師：石楠尾。

**礫掌**：體型龐大的淺灰色公貓。導師：風皮。

長老　**網足**：暗灰色公虎斑貓。

**裂耳**：公虎斑貓。

貓后　（正在懷孕或照顧幼貓的母貓）

**扭毛**：毛髮賁張的長毛母虎斑貓。

**藤尾**：黑白褐三色母貓。

長老　（退休的戰士和退位的貓后）

**杉心**：暗灰色公貓。

**高罌粟**：長腿的淺棕色母虎斑貓。

**蛇尾**：有一根虎斑條紋尾巴的暗棕色公貓。

**白水**：長毛白色母貓，有一隻眼是瞎的。

## 黑暗森林 *Dark Forest*

**虎星**：暗褐色的虎斑大公貓，前爪特別長。

**鷹霜**：肩膀很寬的深棕色公貓。

**碎星**：黑棕色的長毛虎斑貓。

**暗紋**：烏亮的黑灰色公虎斑貓。

**雪叢**：白色公貓。

**破尾**：暗棕色公虎斑貓。

**楓影**：玳瑁色母貓。

**雀羽**：有多處傷疤的雜棕色嬌小母貓。

**薊爪**：有著長尾巴，灰白色相間的公貓。

**蟻皮**：棕色公貓，有一隻耳朵是黑的。

## 影族 *Shadowclan*

族長　**黑星**：白色大公貓，腳爪巨大黑亮。

副手　**花楸爪**：薑黃色公貓。

巫醫　**小雲**：非常嬌小的公虎斑貓。

戰士　（公貓，以及沒有年幼子女的母貓）

**橡毛**：矮小的公虎斑貓。
**煙足**：黑色公貓。
**蟾蜍足**：暗棕色公貓。
**蘋果毛**：雜棕色母貓。
**鴉霜**：黑白相間的公貓。
**鼠疤**：棕色公貓，後背上有一條很長的疤。
**雪鳥**：純白色母貓。
**褐皮**：綠色眼睛，玳瑁色母貓。
**橄欖鼻**：玳瑁色母貓。
**鴞爪**：淺棕色公虎斑貓。
**鼩鼱足**：有四隻黑足的灰色母貓。
**焦毛**：暗灰色公貓。
**紅柳**：棕色和薑黃色相間的雜色公貓。
**虎心**：暗棕色公虎斑貓。
**曦皮**：奶油色母貓。
**歐掠翅**：薑黃色公貓。
**松鼻**：黑色母貓。
**雪貂爪**：乳白和灰色相間的公貓。

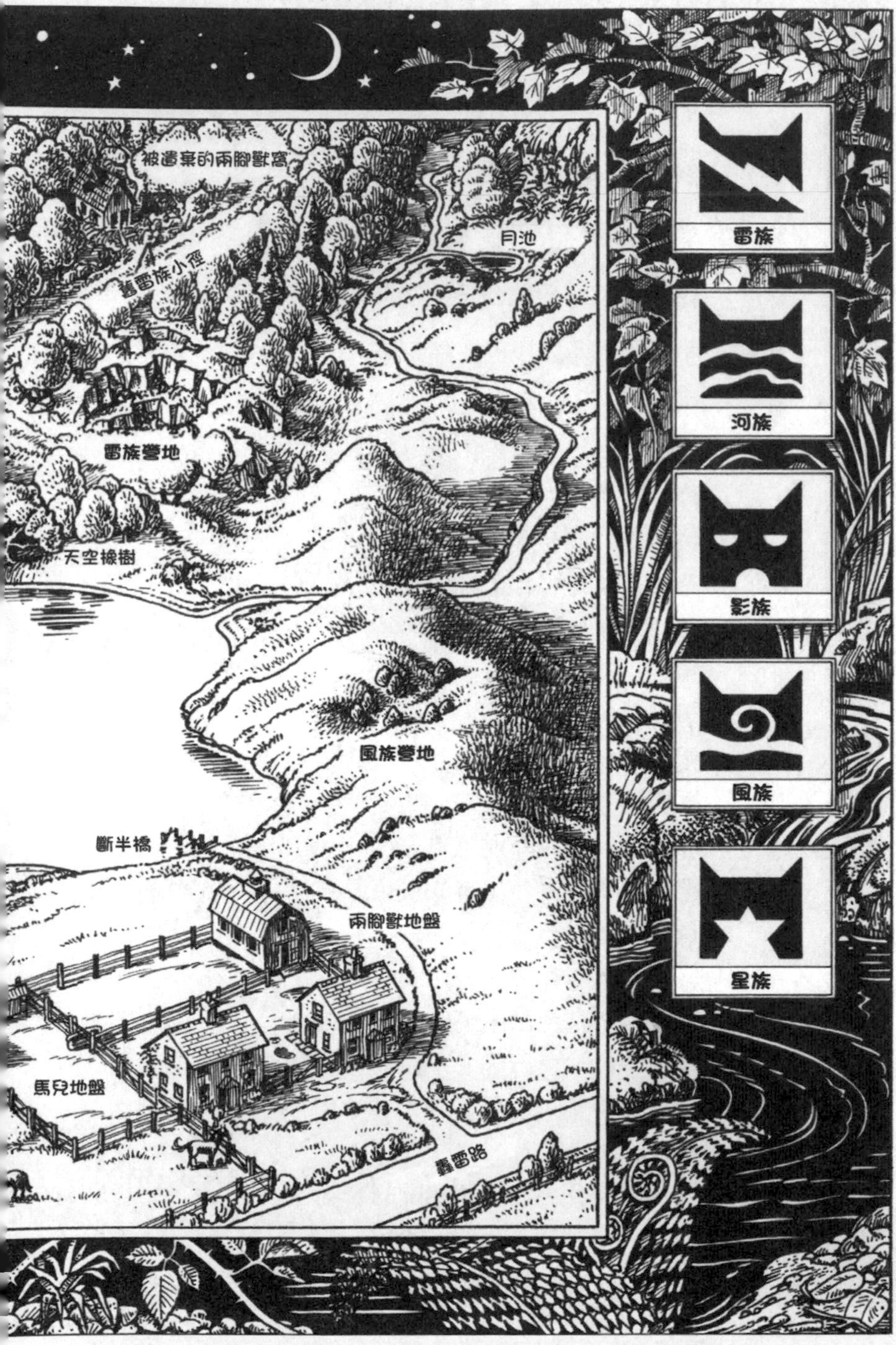

被遺棄的兩腳獸窩
月池
舊雷族小徑
雷族營地
天空橡樹
風族營地
斷半橋
兩腳獸地盤
馬兒地盤
轟雷路
雷族
河族
影族
風族
星族

綠葉
兩腳獸地盤
兩腳獸窩
兩腳獸小徑
空地
兩腳獸小徑
影族營地
半橋
小轟雷路
綠葉
兩腳獸地盤
湖
半橋
小河
小島
河族營地

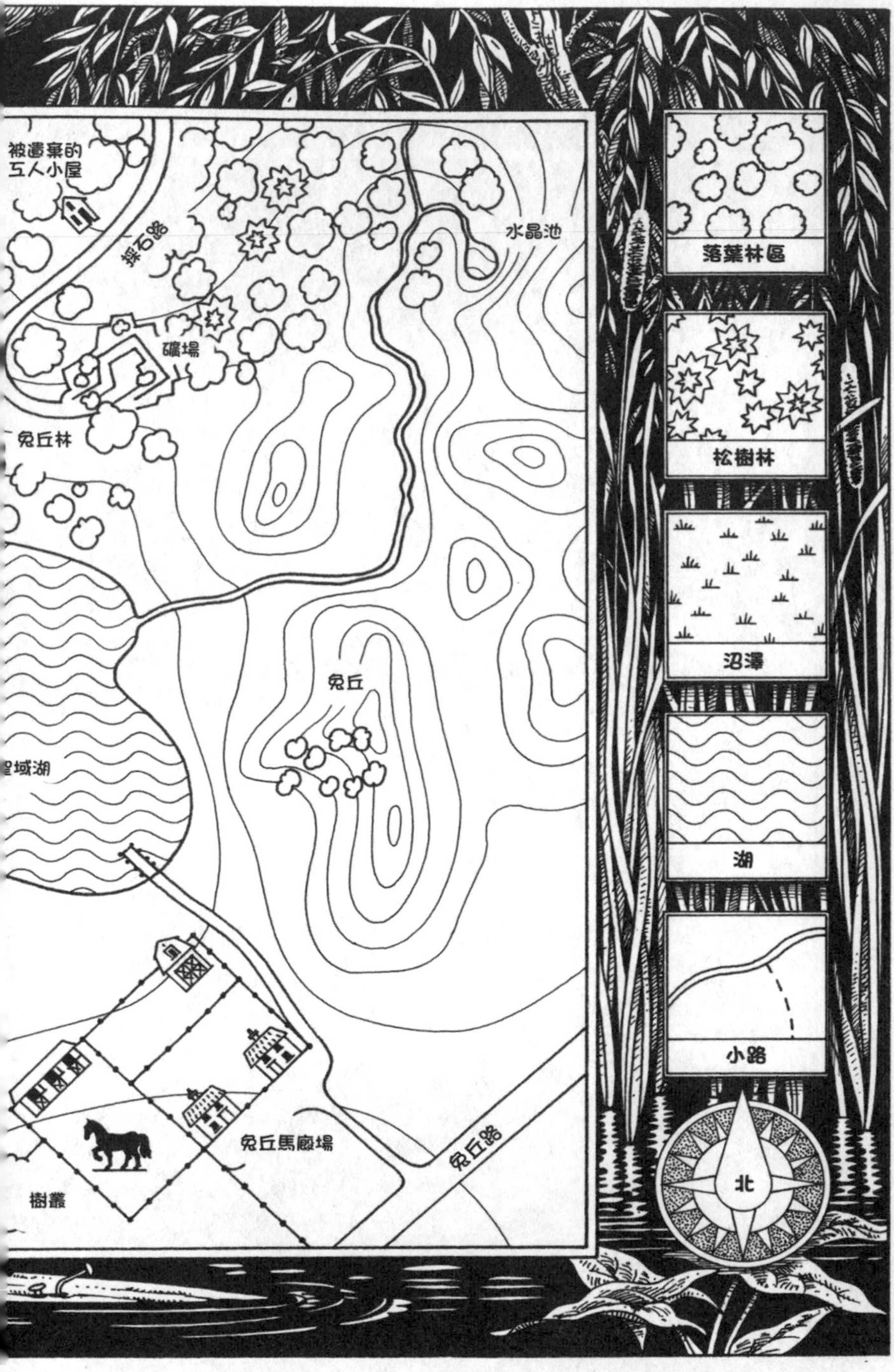

被遺棄的
瓦人小屋
採石路
水晶池
礦場
兔丘林
兔丘
聖域湖
兔丘馬廄場
兔丘路
樹叢
落葉林區
松樹林
沼澤
湖
小路
北

觀兔露營區
聖域農場
塞德勒森林區
小松路
小松乘船中心
小松島
艾柏河
韃特高奇路

# 序章

樹林邊緣的刺藤叢窸窣晃動，一隻貓從裡面鑽了出來，戒慎地掃視四周後，橫越綠草如茵的廣闊原野，朝遠處另一座樹林走去。耀眼的新葉季陽光灑落在田園與圍籬拼湊而出的景致上。兩腳獸的巢穴聚落緊挨在轟雷路旁。

儘管現在還只是新葉季，但陽光已經很強烈。這隻貓兒被耳邊嗡嗡飛舞的蒼蠅惹得心浮氣躁，不耐煩地抽動起耳朵。**到樹林裡應該就會涼爽些了**，這隻遠行的貓心想，接著稍停片刻舒展疲憊的四肢。**就快到了，過了前面幾個山頭就是了……**

但他還沒走到布滿樹蔭的林子，便聽到一聲刺耳的嘶吼聲，附近的圍籬底下突然衝出一隻貓來：那是一隻清瘦、帶有灰色皮毛，而且耳朵被咬掉一塊的頑固公貓。

「你在這裡做什麼？」公貓盤問：「如果你想找地方休息，到別處去找。這裡是我的地盤，周圍的獵物也都歸我。」

遠行貓停下腳步，瞇眼上下打量這隻公貓，「你的地盤？你是說你住在這個圍籬裡面？」

「不是，我是從那邊的農場過來的，」從刺藤圍籬上方望過去，一座巨大的兩腳獸巢穴清楚可見，公貓朝那方向揮動尾巴。「我不希望有陌生的貓擅闖進來。趕快走，否則休怪我不客氣。」他張牙舞爪，怒氣沖沖地蓬起滿身癩痢的雲灰色皮毛。

遠行貓倏地往後壓低身體重心。**雖然已經很久沒有使用打鬥技能……但我可不會這麼輕易就被這隻癩痢皮嚇唬到。**「我只是路過而已，不會威脅到你獵食。」

農場貓哼地一聲，把頭歪到一邊，不相信對方的話。「你該不會和那群湖邊的貓是同一夥的吧？」他質問。

遠行貓語帶警覺地反問：「你為什麼會這樣認為？」

「因為我以前看過他們從這裡經過，」灰色公貓回答：「喔，我躲在他們看不到的地方，聽到他們在談論有關山裡的事，」他轉動眼珠說：「誰會想要大老遠跑到那裡去？難道他們住的地方都找不到食物了嗎？」

「也許他們找的不是食物，」那隻貓語帶不屑地說：「生命之中還是有其他事可做，你懂嗎？」

農場貓坐下來，用後腳搔搔耳朵。「有什麼事可以做？」他輕蔑地喵聲說：「難不成是要癡望著星星，想像祖靈對你有所回應嗎？」他看到遠行貓露出訝異的表情，緊接著說道：「我已經聽過太多有關山另一頭的事了。只要他們不來煩我，我才懶得管那些貓的閒事。他們大可——」

「對啦，只要他們不來跟你搶獵物，做什麼都行。」遠行貓打斷農場貓的話，從他身邊擠過去，繼續趕路。

灰色公貓跳起來跟了過去。「你是他們的同夥，對吧？」他窮追不捨，「我感覺你很眼熟。」

「也許吧，」遠行貓抽動頰鬚說：「不過那已經是很久以前的事了。」

「你後來去了哪裡？」農場貓忍不住好奇地問：「該不會是迷路了吧？」

「喔，才不是，」這隻陌生貓暗暗發出不以為然的笑聲，「我認路功力可是一流的。」

農場貓退開，看著這隻陌生貓一步步往林子走去。他搖搖頭跑回農場，掃動尾巴，消失在圍籬底下。

長途跋涉的貓走進樹林，想找個地方當作臨時的窩，但四肢卻隱隱感到不安，樹根下似乎找不到適合築窩的空隙。此刻一隻老鼠從草叢裡鑽出來，啃囓掉落的草穗。遠行貓想起早已忘得一乾二淨的訓練動作，擺出獵姿，飛撲過去，大掌一揮將老鼠擊斃。但那沒有生命的癱軟肉體實在提不起他的胃口，他扒了幾把泥土蓋在老鼠上面便離開了。

儘管已接近黃昏，遠行貓仍馬不停蹄地趕路上山，加快腳步穿過草木參天的林地。

**已事隔了這麼久，不知道那些最令我難以釋懷的貓是否還在那裡？**

天色漸漸暗了下來，這隻貓走出樹林，來到一處荒煙蔓草的山巔，火紅的太陽倒映在底下的湖面，把湖水染成一片血色。這隻陌生貓抬頭一看，星族戰士已陸陸續續在天空綻放光芒。

遠行貓深深吸了一口氣。**我已歸來，復仇即將展開。**

# 第一章

隨著夢境遁入黑暗，松鴉羽醒來，打了一個大呵欠，全身顯得沉重。他在窩裡坐直身體，感覺全身被常春藤蔓纏住似的動彈不得。雖然新葉季還沒過完，但天氣已經比平時燥熱，四處飄散著獵物與青蔥翠綠的香氣。喧鬧聲從隔絕巫醫窩與其餘岩石山谷的刺藤叢傳進來：許多正忙著集合的貓兒們，紛紛發出腳步聲響和興奮的竊竊私語聲，準備展開一天的巡邏任務。

但松鴉羽無心感受族貓們的興奮氣氛。雖然和同伴們從部落歸來已經一個月，但他心頭仍是一片冰冷淒涼。他的腦中滿是山裡的景象，大雪覆蓋，無盡綿延的山峰，淒冷地映著冰藍色的天空。特別是想起某一個畫面時，他的肚子便不由得開始抽痛起來：一隻綠眼的白貓露出悲傷的眼神凝視他許久，最後轉身沿著崖頂離去，底下的瀑布轟隆轟隆作響。

松鴉羽甩甩頭。**我是怎麼了？那已經是很**

**久、很久以前的事了。我一輩子從沒有脫離過部族生活，但為什麼還會有種若有所失的感覺？**

「嗨，松鴉羽，」松鴉羽聽到薔光模糊的呼喚聲，心想她一定是在存放草藥的岩縫中埋頭工作。「你終於睡醒了。」

松鴉羽咕噥回應。薔光也是另一個讓他頭痛的問題。他還記得當時獅焰告訴他薔光在他返回山裡的期間所做的事：後腳不良於行的薔光，不甘於成天只能待在山谷裡，竟然說服手足蜂紋帶她到森林採草藥。

「然後在途中遇到一隻狗兒，」獅焰告訴他：「四肢健全的貓都未必能逃得了，更何況是薔光。要不是我和蟾蜍步把狗兒引開，她早就被碎屍萬段了。」

「鼠腦袋！」松鴉羽斥責道：「為什麼她要去做這麼危險的事？」

「因為她認為自己一無是處，」獅焰解釋道：「你可以多分一些工作給她嗎？我答應煤心要幫助她找到在族裡的合適角色。」

「你們沒資格在沒有和我商量的情況下，就擅自答應她任何事，」松鴉羽斥喝：「你是要我收她做見習生囉？我才不要什麼見習生！」

「我不是這個意思，」獅焰無奈地抽動尾梢，並喵聲說：「但你有辦法派給她更多有趣的工作，不是嗎？」

松鴉羽雖然不情願，但還是照手足的話做了。他必須承認薔光很容易教。她長時間待在巫醫窩，已經學會了很多。

**她其實還滿有用的，**他不禁心想，**在整理草藥時，她的手腳又快又靈活，把枯葉放到池子**

**浸泡的工作也做得很好，而且不會搞得葉子掉滿地。**

「松鴉羽？」蕾光的聲音把松鴉羽的思緒拉回現實。他先是聽到她拖動身體的聲音，然後她說話的聲音變得更清晰，似乎是將頭探出了石縫。「你還好吧？你一整個晚上都翻來覆去的。」

「我沒事。」松鴉羽喃喃自語，不想再去回想那些可怕的惡夢。

「金盞花快用完了，」蕾光繼續說：「你們從山裡回來的時候，為了治療鴿翅身上的抓傷，我們用掉很多金盞花。需要我叫亮心去採一些回來嗎？」

「不用了，我去就好了。」松鴉羽碎碎念道。

「好，」蕾光興高采烈地說：「那我繼續整理草藥。喔，對了……」

松鴉羽聽到年輕母貓一拐一拐走過來的聲響。她把一個東西塞到他面前，然後問道：「你等一下路過廁所時，可以順便幫我把這個東西扔掉嗎？它不小心卡在草藥貯藏室後面。」

松鴉羽伸長脖子，鼻子湊過去觸碰這團混著草藥碎屑的毛髮。當他認出毛髮散發出的淡淡氣味時，當場愣住。

「誰會把一撮舊毛髮放進草藥堆裡？」蕾光繼續說：「它應該在裡面很久了。我想不出誰有這樣的氣味和毛色。」

松鴉羽沉默片刻，聞了一口姊姊的氣味，她至今仍杳無音訊。他好渴望回到和冬青葉與獅焰一起玩耍、一起訓練的時光，那時的他們對預言一無所知，也不用管松鼠飛和葉池的謊言。

**我不知道冬青葉的毛髮是怎麼跑到貯藏室裡去的，**他心想，**早知道第一次發現它的時候，**

**就該把它丟掉，不應該等其他貓來發現。**

「不知道它是從哪裡來的，」薔光喵聲說：「說不定是其他部族的貓跑進來偷草藥，」她強忍住喵嗚的竊笑聲，「搞不好是小貓偷跑進去藏的。」

「我哪知道？」松鴉羽對自己的回憶被打斷感到不悅，於是沒好臉色地說：「妳的想像力也未免太豐富了吧。」

松鴉羽為了避免薔光發現，刻意轉過身，偷偷將這撮毛髮塞進鋪床的青苔，隨後站起身。「我要出門採金盞花了。」他喵了一聲，步出睡窩。

他還沒走到六步外的空地，便聞到了蜂紋的氣味，這隻年輕的公貓隨即出現。「我正在找你，」蜂紋連忙說：「我真的很擔心鴿翅。」

「為什麼？怎麼了？她的傷口不是已經痊癒了嗎？」

「我不是要說這個。她一直做惡夢——昨天也是尖叫著醒來，口中不停碎碎念著什麼巨鳥、大雪之類的。」

松鴉羽努力忍住脾氣。**目睹撲兒被老鷹抓走那一幕確實很可怕，但鴿翅也未免太膽小了。**

「你是怎麼知道的？」他問蜂紋。

「我的睡鋪正上方有個漏洞，」年輕公貓回答：「戰士窩裡沒有多餘的空間，所以我就想說到見習生窩跟鴿翅和藤池擠幾個晚上。但是鴿翅每天晚上都在做惡夢，有可以讓她止住惡夢的草藥嗎？」

松鴉羽能感受到蜂紋心中翻騰的焦慮。「世上沒有任何可以消除回憶的草藥，」他喵聲說：「只能學會坦然接受事實。」**我們不都是這樣走過來的嗎？**他在心裡暗暗地說。

「可是——」蜂紋開口反駁。

空地傳來棘爪的聲音，打斷他的話。「喂，蜂紋！你還不趕快加入狩獵隊，栗尾已經在等了。」

「是！」蜂紋大聲回應，「來了！再見，松鴉羽！」接著快步跑開。

松鴉羽隨後往見習生窩走去。因為戰士窩過於擁擠，所以鴿翅和藤池才會跑到那裡睡。他發現棘爪已早他一步先到，於是停下腳步。

「藤池、鴿翅，還不趕快起來！」雷族副族長把頭探進窩裡，並大聲斥喝，「妳們又睡過頭了。」

松鴉羽聽到發牢騷的喵聲；幾個心跳的時間後，這兩隻母貓才晃頭晃腦地走出來。

「妳們兩個的模樣真是糟透了！」棘爪喵聲說，語氣充滿了嫌棄。「我從沒看過毛髮亂成這副德性的貓！妳們晚上是打獵去了嗎？」

雖然松鴉羽無法看到她們的模樣，但他抽動鼻子，可以感覺到這兩隻貓滿身灰塵、蓬亂的皮毛，不時散發出恐懼。他很清楚她們睡不好的原因：他才剛從蜂紋口中得知鴿翅作惡夢的事，而藤池則是每晚都到黑暗森林報到，與那些被星族放逐的貓一起參加訓練。

**我希望她可以向我吐露更多在那裡發生的事，**松鴉羽心想，**但並沒有——她只說一旦有要事發生，會過來跟我回報。**

「何不讓她們到我窩裡檢查檢查，」他建議棘爪，希望能有機會私下套出這兩隻貓的隱情。「說不定她們身體出了什麼毛病……」

松鴉羽發現自己的話被在場的貓當成耳邊風，此刻傳來白翅急忙趕來的腳步聲。

「棘爪，不要責怪她們！」白翅喵聲說：「她們已經很認真工作了，特別是現在族裡沒有半個見習生，」她停下來，仔細端詳兩個女兒，接著說：「我會協助她們完成今天的工作。」

「妳必須去執行邊界巡邏。」棘爪告訴她。

「可是我必須陪伴在女兒們身邊，」白翅抗議，「你可以派其他的貓去巡邏邊界啊。」

棘爪不以為然，「隨便妳。」他咕噥說了一句，接著趾高氣昂地走開。

「妳們現在馬上梳洗乾淨。」白翅邊說，邊狂舔藤池的耳朵。

「不要舔我！」藤池抗議，「我又不是小貓！」

「妳們永遠是我的小貓。」白翅告訴她，連忙轉向鴿翅，同樣在她身上快速舔了一番。鴿翅彈開，大喊：「住手！我是堂堂的戰士！我可以自己整理毛髮！」

「那就證明給我看呀。我們需要去採一些青苔給長老鋪床，」白翅讓女兒在一旁火速梳理皮毛，自顧自地繼續說：「切記千萬不能讓波弟的床出現任何一根刺，要不然就沒完沒了了。趕快！」

她催促她們來到營地入口，在還沒到荊棘隧道前，便看到火星帶領清晨巡邏隊迎面走來。松鴉羽的鼻子充斥著族貓們的氣味。棘爪從空地的另一頭跑來和他們會合，塵皮、雲尾和亮心緊跟在後。狐躍從獵物堆抬起頭，嘴裡叼著一隻老鼠，莓鼻高傲地走向巡邏隊，葉池和松鼠飛跟在後面姍姍到來。

小錢鼠和小櫻桃衝出育兒室，咚咚跑到空地，一個勁兒地撲到莓鼻腳邊，差點把他絆倒。

「小心點！」他喃喃地說，重新穩住腳步，尾巴輕輕拂過兩隻亢奮的小貓。

**真沒想到莓鼻這個討厭鬼竟然是個好父親**，松鴉羽覺得很納悶。

「是影族入侵嗎？」小錢鼠用尖銳的聲音問，「我們可以去作戰嗎？」

「我學會了一個很好用的招式！」小櫻桃大喊，立刻對著一片葉子猛撲，試圖用小小的爪子撕碎它。

「你們當然不能去作戰！」罌粟霜氣喘吁吁地趕到孩子面前，「你們現在連見習生都不是！」

棘爪繞過小貓，在族長面前停下來。「有任何異狀嗎？」他問。

「沒有，一切都很平靜，」火星回答；松鴉羽也跟著湊過去聽。「各部族間似乎是處於相安無事的狀態。」

「嗯，」刺爪同意；這隻虎斑貓跟著火星進入營地。「風族和影族除了重新標示氣味記號外，看不出有任何逼近邊界的跡象。」

「太好了！」亮心大聲表示。

松鴉羽可不敢這麼樂觀。他知道各部族間之所以保持著井水不犯河水的關係，是因為星族對部族邊界的壁壘分明。所有的戰士祖靈無不對每一隻貓耳提面命，希望他們遠離其他部族，除了自己的族貓外，誰都不要相信，並且準備好面對即將鋪天蓋地而來的可怕風暴。

**至少雷族有三隻貓出現在預言裡，**松鴉羽心想。**將有三隻貓，你至親的至親，星權在握。**

**我、獅焰和鴿翅都屬同一個部族，這是否表示我們就能安然度過呢？**

他舒展一下腳掌。失眠了一整夜，讓他四肢有些無力，但還是必須拖著四肢到山谷上方的金盞花圃一趟。此刻他想起了半個月前從殺無盡部落傳來的另一則預言。松鴉羽瞬間再次掉入黑漆漆、狂風呼嘯的山頂，橫屍遍野的死貓，閃著發光的眼睛直盯著他。尖石巫師的聲音似乎又幽幽地在他耳邊響起。

**星兒們的末數已近，若想挑戰恆古不衰的黑暗勢力，三力量必須成為四力量。**

松鴉羽從恍惚的幻影中清醒，再次被營地的氣味與聲音包圍。

**我們該怎麼認出第四隻貓呢？當初也是歷經波折才找到三力量的。而這個新預言完全沒有提到火星的血親。**松鴉羽強忍住沮喪的嘶喊聲。**任何部族都有可能出現第四力量！**

# 第二章

藤池跟著白翅來到營地附近的一處小溪流旁，濃密的樹葉長滿了枝頭，踩在腳下的新葉季青草又長又茂盛，藤池疲憊的腳掌瞬間湧上一股清涼。**感謝星族！**她放鬆地吐了一口氣。**我皮上的每根毛都在抽痛。**

昨晚她跟陽擊和紅柳一起上了一堂嚴酷的訓練課。從旁指導的鷹霜，非得見到這三隻貓互鬥得渾身是傷才肯罷休。現在藤池全身瘀青，被重擊的一隻耳朵仍隱隱作痛。

藤池瞄了姊姊一眼，發現她和自己一樣無精打采。**松鴉羽不應該帶鴿翅到山裡去，**她想到就氣，**要是她被老鷹抓走了怎麼辦？她身負重任，部族不能沒有她。**

「我們先休息一下，」白翅放下嚴厲的一面，提議道，「妳們先喝口水，順便把身體梳洗乾淨。」

藤池可以聽出母親的擔憂。**雖然她一直擔心我們工作做不好，但我知道她很關心我們。**

「不用了，我們不累，」鴿翅喵聲說，抬頭挺胸，努力打起精神。「我們應該繼續走，前面就有一個可以採青苔的好地方。」

「妳們兩個一看就很累的樣子。」白翅遲疑了一下，繼續說：「我知道有事困擾著妳們。如果妳們不想說，我不會刻意追問。但要記住，我是妳們的母親，不管妳們說什麼，都不會嚇倒我、或減少任何我對妳們的愛。」

藤池抽抽耳朵，**我敢打賭妳一定會嚇到**。

但她沒說出口，開心地一屁股坐在冰涼的草地上休息，同時讓白翅伸長舌頭，一口一口地幫她梳理皮毛。對她而言，偶爾被照顧是件幸福的事，特別是從黑暗森林回來之後。在那裡沒有任何貓可以信任，而且必須隨時隨地保持警戒。

「我昨晚做了一個惡夢，」鴿翅坦白，轉頭舔肩上一團糾結的毛髮。「我夢到自己回到山裡，目睹撲兒被老鷹抓走。」

「別想太多，」白翅溫柔地喵聲說，轉過身去，很快幫她把打結的毛舔平。「老鷹不會出現在湖邊。」

**就算真的出現了**，藤池心想，**鴿翅也會比其他貓更先聽到**。

白翅幫鴿翅梳理完後，隨即站起身，弓起背，伸了個大懶腰。藤池也跟著站起來，準備繼續往前走。但她發現鴿翅仍然坐在湖邊搔耳甩頭，好像耳朵裡卡了什麼東西似的。

藤池瞄了白翅一眼，發現她在看遠方，於是靠到姊姊旁邊，悄悄跟她說：「妳還好吧？妳的感官還沒恢復嗎？」

「還沒……我還是沒辦法聽清楚！」鴿翅的藍色眼睛透露著憂愁，「我是說，我可以聽見妳和白翅說話的聲音以及周圍的聲響，但再遠的聲音就聽不清楚了。只剩下尖叫吵鬧聲，還有風的聲音。」

藤池用鼻子碰碰姊姊的肩膀。「可能是因為妳在山裡時，耳朵使用過度，」她喵聲說，「妳說過在經過風族上方山脊的時候聽得清楚多了。妳的聽力也許很快就會恢復了。」

「但願如此，」鴿翅喃喃自語，「但已經過了一個月了。我覺得自己對部族一點貢獻都沒有。」

「才不是！」藤池搖頭，「千萬不要這麼想！」

鴿翅嘆了一口氣說：「可是我就像耳聾一樣。」

「不是，這才是正常的，」藤池告訴她：「妳──」

她看到白翅轉身，因此沒繼續說下去。「我們走吧，」白翅喊道：「我們還有青苔要採，採完後我還想順便去獵點食物給長老們吃。」

她大步跑向湖畔。藤池和鴿翅對看一眼後，也跟了過去。她們來到一棵樹瘤遍布、樹根長滿濃密青苔的橡樹旁。此刻藤池突然注意到附近林子有動靜，她立刻豎直頸毛，繃緊肌肉，擺出攻擊入侵者的姿態。但一發現那是松鴉羽，立刻鬆了一口氣。這位巫醫雖然眼睛瞎了，但依然可以自在地穿梭在樹叢之間，這讓藤池至今仍感到很不可思議。

白翅停下來，看著林子裡的松鴉羽。「他不應該單獨出來，」她喃喃地說：「藤池，妳去看他需不需要幫什麼忙。」

藤池遲疑了一下；她不想和松鴉羽獨處，因為她知道他一直想找機會質問她關於黑暗森林的事。

「去啊！」白翅抽動尾巴，指了指松鴉羽的方向。「他的脾氣雖然有點差，不過妳若是去幫他，他一定很高興。」

**要是這樣的話，刺蝟都會飛了！**藤池邊想，邊跟在巫醫後頭走。

「妳好自為之！」鴿翅在她背後悄悄地說。

藤池加快腳步，一路跟隨松鴉羽瘦小的虎斑身影繞過一處蕁麻叢。「嗨，」她趕上他，並喵聲說：「白翅要我來看你需不需要幫忙。」

松鴉羽抽動一隻耳朵，像是有蒼蠅停在上面似的。「不需要。」他不耐煩地回答。

**太好了！那我就可以繼續去採青苔了！**但藤池心想白翅一定不會就此善罷甘休。「但你至少讓我跟在後面嘛，」她堅持，「要不然我一定又會被叫回來。」

松鴉羽聳聳肩，「好，但妳休想幫我帶路。我在這片樹林自由走動的時候，妳都還沒出生咧。我只是想在山谷上面採一些金盞花的葉子，」趁著藤池走到他身旁時，他繼續補充道：「懸崖頂的山坡上有一些生長得不錯的金盞花叢，因為那裡樹木稀少，陽光可以照射到地上。」

藤池很驚訝巫醫竟然能將從沒有見過的地方描述得這麼仔細。她跟在他旁邊，順著崖壁的彎道，踏過顛簸的路面，沿途石塊高低起伏，樹根如群蛇般盤結，好像故意要將他們絆倒。當他們來到山的邊緣，藤池眺望整座山谷，一想到之前夢到眾貓打鬥的血濺畫面，便不由得發抖起來，不知道這是不是雷族滅亡的徵兆。

此刻松鴉羽急忙繞過崖頂，穿過一條刺藤叢生的陡峭小徑。為了避開隨地攀長的刺藤藤蔓，藤池必須緊貼地面爬行。前方的松鴉羽突然停下腳步，慘叫一聲。藤池因為太過專注爬行，差點撞到松鴉羽的臀部。

藤池發現原來是巫醫被刺藤的藤蔓纏住，細刺扎進他的皮毛。她伸出一隻腳掌，想幫他把藤梗撥開，但想想還是算了。**要是知道我試圖幫他，他一定會狠狠用爪子伺候我，到時我的傷勢一定比被刺藤扎到還嚴重！**

松鴉羽舉起一隻腳，笨拙地摸索著，想找出刺藤的尾端，口中還不停念念有詞。過了一會兒，他終於掙脫，可以繼續往前爬行，留下一撮虎斑色的毛硬生生卡在細刺上。沿途上雖然還是有刺藤從他的腰腹刮過去，但他停都不停，只管繼續往前。

他們終於來到一處小空地。藤池開心地伸展肌肉，讓暖呼呼的陽光透進皮毛。當下撲鼻而來的強烈兔子氣味，讓她不由自主地口水直流。

「就是這個地方，」松鴉羽喵聲說，「但是兔子的氣味太濃，我根本聞不到任何金盞花的味道。」

藤池走進空地，開始尋找金盞花叢的蹤跡。但眼前僅剩一堆被啃爛的花梗和散落滿地的葉子，在陽光下已開始枯萎。

「我的星族啊！」她嘶聲大叫。

「怎麼了？」松鴉羽追問。

「這裡的金盞花全沒了，」藤池告訴他，「都被吃光光了，一定是兔子幹的好事——牠們的糞便也都還殘留在這裡。」

松鴉羽走向被破壞殆盡的金盞花叢，將鼻子埋入殘枝落葉中，去聞那些乾硬的黑色糞便。「真是慘不忍睹，」他氣急敗壞地說，「我曾試著把金盞花和其他草藥一起種在舊兩腳獸巢穴旁，但它們只有在這種陽光普照的地方才會長得好。」

藤池繞著空地四周緩步走動，希望能找到沒被兔子下毒手的金盞花。她雖然沒有找著，但突然飄來陣陣金盞花的濃烈香氣，讓她困惑地停住腳步。

**從這味道聞起來應該是有一堆金盞花才對，但為什麼就是找不到？**

藤池張開嘴，嚐嚐空氣，一路順著氣味的方向尋去，最後來到空地邊的山毛櫸前；陣陣的氣味從樹枝飄散而下。

「金盞花會長在樹上嗎？」她嘀咕，「我真是鼠腦袋！」

但藤池確實有聞到味道。她半信半疑地往樹上爬，蹲在最低的樹枝上，爪子緊抓住樹皮，目不轉睛地盯著樹枝與樹幹交叉處的淺凹槽。注滿雨水的凹洞上被放了幾株金盞花，花的根部因為有水的滋養，所以能夠存活下來，並且保持新鮮。

「松鴉羽！」她興奮地大喊：「我找到金盞花了！」

松鴉羽張望四周，一度摸不清藤池在哪裡，接著快步跑到她所在的樹下。「樹上有長草藥？」他不耐煩地說：「要是妳敢耍我，我就——」

「我才沒有耍你，」藤池跟他保證，並描述金盞花就被刻意放在樹上注滿水的凹洞裡。

「我把它們丟下去給你。」

藤池拾起一株株草藥丟到地上。松鴉羽說：「這是我遇過最離奇的事，它們怎麼會出現在那裡？」

「會不會是兔子把它們搬到樹上，想說以後再吃？」藤池猜測。

「妳什麼時候看過兔子爬樹了？」松鴉羽語氣苛刻地問，並用前掌將金盞花掃成一堆。「松鼠有藏核果的習慣，」他若有所思地說：「說不定牠們也愛金盞花。」

**你什麼時候看過松鼠吃金盞花啦？**藤池不敢說出來。「只能說這是個謎。」她喵聲說。她把最後一株金盞花丟到地上後，便從樹上爬下來。

松鴉羽把金盞花分成兩束，好讓藤池也幫忙帶一束回營地，然後穿過空地，再次聞聞被毀壞的金盞花叢。「我們必須想辦法保護這些藥草，好讓它們有機會長回來。」他滿嘴草藥地喃喃說道。

藤池很懷疑這是否可行。在草藥圃的四周築荊棘屏障可是個大工程，更何況這麼做也防止不了兔子的入侵，牠們一樣可以在刺藤叢之間穿梭自如，不會因此就遠離這片林子。

「也許我們可以弄一些狐狸氣味過來，」她建議道：「那些兔子肯定不敢再來。」

「要怎麼弄過來？」松鴉羽用不以為然的語氣問，暗指那是個鼠腦袋的提議。

藤池沉思片刻。「我們可以利用狐狸糞便啊……雖然要把它們帶到這裡來是有點噁心，但說不定會有效。」

「妳要怎麼拿到糞便？」松鴉羽喵聲說，「是要跑去找一隻狐狸，然後跟牠說：『請大一些便給我』嗎?這根本行不通嘛。」

藤池轉動眼珠，**松鴉羽雖然是巫醫，但有時候還真是個鼠腦袋。**「用舊的糞便啊，」她回答。「我可不會像你說的，大搖大擺地走進狐狸窩取新鮮糞便。」她自言自語地嘀咕道。和松鴉羽爭辯等於自討沒趣——不知道為什麼，他總是會辯贏。

但松鴉羽卻出乎意料地點點頭。「也許這個辦法可行。等我們把這些草藥帶回山谷，妳立刻去辦。」

藤池嘆了一口氣。**這下可好了，**她邊想，邊跟著松鴉羽走下小徑。**為什麼我非得這麼大嘴巴不可?**

⚡⚡⚡

回到了岩石山谷，藤池跟著松鴉羽走到巫醫窩，將金盞花放妥。

「你們終於找到一些了!」薔光一跛一跛地走向前大喊，並將鼻子埋進香氣四溢的葉梗堆中。「我馬上去把它們整理整理，存放起來。」

「謝啦，藤池。」松鴉羽匆匆對她點了個頭，「妳現在可以去處理狐狸糞便的事了。」

藤池厭惡地皺皺鼻子，便走回空地，掃視四周。她很清楚必須找一個戰士陪她去。在尋找狐狸糞便的過程中，可能會有遇到狐狸的危險，若是單槍匹馬去，免不了又會被念一頓。花落是她第一隻瞥見的貓。她正好從荊棘隧道出來，快步穿過營地，把一隻田鼠放到獵物堆上。

「嗨，花落，」藤池喵了一聲走向她，「妳要不要和我一起出去找狐狸糞便?」

花落兩眼發直地瞪著她，一副她冒出第二顆頭似的。**這也不能怪她，**藤池無奈地想。「好讓兔子遠離松鴉羽的金盞花叢。」她解釋道。

「很……很抱歉，藤池，我不能去。」花落遲疑了片刻，回答道：「我答應波弟和鼠毛，要幫他們除蝨子。」說完便急急忙忙往長老窩跑走。

哼！藤池在心裡碎碎念道，**如果妳真要除蝨子，去跟松鴉羽要些老鼠膽汁不就得了。**

她一開始以為花落是想逃避既麻煩、又有潛在危險的工作，**但那不像是她的個性啊……不對，她一定還在為在黑暗森林碰到我這件事感到尷尬。或許她已經開始認清那裡是一個糟糕的地方，所以才不想跟我說話。**

她突然聽到背後傳來另一隻貓的腳步聲，嚇得趕緊跳起來。她轉過身，瞥見父親樺落迎面走來，準備把一隻松鼠放到獵物堆上。

「我被你嚇到魂都快飛了！」她倒吸一口氣。

樺落抽抽耳朵，「我還以為妳天不怕地不怕咧，藤池。」

藤池覺得他話中有話，但沒有時間去多想。「我必須去收集一些狐狸糞便，把兔子趕離松鴉羽種的草藥圃，」她喵聲說：「你可以跟我去嗎？」

「當然可以。」樺落俐落地舔舔身上的胸毛，和藤池肩並肩一起朝荊棘隧道出發。

一來到森林，藤池便開始走在前頭，往雷族和部族領土外的樹林邊界走去。「在其他地方應該找不到狐狸的蹤跡，」她解釋，「所有部族對趕跑狐狸都蠻有一套的。」

樺落點點頭。「我在三天前的晚上有看到妳，」他沉默片刻後喵聲說：「妳在黑暗森林接受鷹霜的訓練。」

藤池停下腳步，震驚地看著父親，但願他沒察覺到她怦怦加快的心跳聲。她只是很難想像雷族貓會和虎星以及其他黑暗森林的貓扯上關係，更別說是自己的至親。**我該信任任何族貓嗎？**她問自己。**除了獅焰、鴿翅和松鴉羽絕不可能和黑暗森林有所牽扯外，其他族貓可就難說了！**

「那是我第一次去，」樺落繼續說：「我在樹林裡看到妳。」

「我怎麼沒看到你？」藤池回答，努力掩飾內心的不安。

樺落眼裡閃過一抹笑意，說，「妳當時有點忙。」

「我在那裡學了不少有用的東西，」藤池戰戰兢兢地喵聲說。

她的父親點點頭，收起眼裡的微笑，轉而露出自信的眼神。「他們給我們的訓練還蠻不錯的，我們可以藉此讓部族更強大。」他喵聲說道：「我以前自以為已經學會了所有技巧，但現在看來，還有許多方法可以增強部族的戰鬥力。」

藤池不想再繼續談黑暗森林的事。「這些用來對付狐狸應該也很管用，」她勉為其難地說，「你有聞到什麼了嗎？」

樺落琥珀色的眼睛專注地看著藤池，讓她感到毛皮發麻，渾身不自在，過了一會兒，他才抬起頭，張開嘴巴，嚐嚐空氣。「沒有，」他喵聲說，「我們必須再靠近邊界一些。」

當他們跨越雷族氣味標記，進入陌生的樹林時，藤池更是感到不自在。這裡遍地坑坑洞洞，上面鋪滿了潮溼的腐葉；草叢裡處處是突起的岩石，密密麻麻的樹枝蓋在頂上，遮蔽了光線。藤池不禁打起哆嗦，直覺有東西在監視她，但她轉過身，查看灌木叢和上方的樹枝是否有雙眼睛在閃爍時，卻什麼都沒發現。

「有狐狸！」樺落得意地喊著，「而且我猜測就在附近，往這邊走。」

藤池跟著他繞過一處蕨葉叢，總覺得還是有東西在監視她。她頻頻回頭查看，但從暗影中卻看不出什麼異狀。

「好痛！」她驚叫一聲。她身體被荊棘藤蔓纏住，細刺戳進她的皮毛。她死命掙扎了好一會兒，心想狐狸說不定已經環伺在一旁，就等著她屈服後，輕鬆享用這手到擒來的獵物。

「不要動，」樺落的聲音從她旁邊傳過來，「老實說，藤池，妳剛剛探頭探腦的模樣，簡直跟第一次出營地的小貓沒兩樣。妳難道沒看見刺藤叢就在妳前面嗎？」

「呃，有啊，」藤池含糊地說，「我只是覺得好玩，才走進來看看。」她接著扯開嗓門說：「樺落，救我出來，我不想要卡在這裡等狐狸來。」

她父親開始將她從多刺的枝葉中拖出來，藤池扭動身體，很快就脫困成功。她的皮毛仍卡著細刺，藤蔓上更是沾了幾團銀白色的毛髮。

「乍看之下，還以為下雪了，」樺落乾笑一聲說：「妳確定妳沒事嗎？」

「我沒事，謝啦。」

「那我們就繼續走吧。拜託，這一次妳一定要看路喔。」

藤池跟著他，心裡一肚子火。**他簡直把我當成什麼都不懂在說教。他應該要記住，我已經不是小貓了。**

藤池在刺藤叢對面的岩石堆之間，發現了一個黑漆漆的洞，正好隱身在濃密的蕨叢底下。強烈的狐狸氣味從裡面飄散出來。

「狐狸窩就在那裡。」樺落用尾巴指了指。

「但是這氣味已經很舊，」藤池說，等不及想表現研判氣味的功力，「我認為狐狸已經走了。」

樺落點點頭。「沒錯。我們得趁著狐狸回來前，趕快收集一些糞便，然後快閃。」

藤池循著臭氣沖天的氣味，在洞口找到成堆的狐狸糞便。她叼起一根枝條，戳進糞便裡，直到枝條一端沾滿糞便為止。

「星族啊，臭死了！」樺落喊道，「真不敢相信我們竟然在做這件事。」

「等你受傷需要金盞花的時候，你就會覺得值得了。」藤池一邊咬著枝條，一邊告訴他。

樺落轉動眼珠，「難道沒有比較容易的方法嗎？」

藤池不理會他的問題，嘴裡叼著枝條，一步步往雷族的邊界走。等到安全回到自己的領土，她終於可以鬆一口氣，被監視的感覺也很快跟著消失。

**不知道是不是狐狸在監視我們，如果是的話，為什麼牠不展開攻擊？**

藤池和樺落一路輪流把笨重的枝條搬到營地上方種植金盞花的空地。藤池叼著枝條，把沾滿糞便的一端抹在草地上，繞著被破壞的草藥叢走一圈。

「這樣兔子應該就不敢來了。」樺落得意地喵聲說。

藤池扔掉枝條，突然感到一陣憂心。「但願我們這麼做是對的。若是其他狐狸聞到這個味道跑過來，該怎麼辦？牠們會不會以為這就是牠們的地盤？」

樺落聳聳肩。「牠們要是真這麼想的話，那就太鼠腦袋了。不過，我們最好把今天做的事告訴巡邏隊，要不然他們會誤報成是狐狸入侵。」

藤池點點頭。「我會去找棘爪，跟他說這件事。」**但願我們所做的是對的**，她心想，一股侷促不安攫住了她，像是腳掌扎進了一根刺似的。**我們竟然把最大勁敵的氣味帶進領土的中心。**

她沿著小徑走回營地，樺落跟在後頭。「我們沿著風族邊界的河岸回去，繞一下遠路，」他提議，「我想把腳上的狐狸臭味洗掉。」

在前往邊界的途中，他們穿過翠綠清涼的蕨葉叢，鮮綠的氣味漸漸掩蓋了他們皮毛上的狐狸味。在熟悉的環境中，藤池逐漸感到放鬆。但在走下山坡前往河邊的當下，她一時沒注意，突然踢到草地上的一根樹枝，跌了一跤。昨晚受訓時受傷的腳，開始隱隱作痛。

「老鼠屎！」她皺起眉頭，碎碎念道。

「妳下次動作要再快些，」樺落說；他顯然很清楚她的腳傷是怎麼來的。「妳應該多加留意腳踩的位置。讓一個愚蠢的意外，造成終生失去打鬥能力，太划不來了。妳應該清楚訓練有多嚴酷。」

藤池很快瞥了他一眼。「是啊。」

和族貓談論她的夜間活動，讓她感到莫名的不自在，特別是那族貓正是自己的父親。**樺落一定以為我是虎星的一步棋**，她心神不寧地想著。**他不知道我是在幫雷族當臥底。但這件事又**

**不能讓他知道**，她愈想愈不安。

藤池雖然很清楚黑暗森林的貓試圖殲滅所有部族，但卻很難想像樺落和花落會成為雷族的敵人。**他們一定是被騙了，而樺落一心只想為部族貢獻**。但她卻無法完全放下內心的疑慮，那種不安就像蠕蟲般隱隱吞噬著她。

藤池試圖甩開雜亂的念頭；來到河岸，她站在樺落旁邊，低頭望著河水。「我們真的有必要到河裡去嗎？」她問。

「難道妳想帶著狐狸的味道，臭兮兮地回營地？」樺落回應，「我們真的別無選擇。」

他勉為其難地來到河邊，四肢撲通浸到水裡。藤池跟著照做，往河裡稍遠的地方涉去。當冰冷的河水流過她的腳時，她不禁感到畏懼。她趕緊用一隻腳搓搓另一隻腳，想清除附著在上面的氣味。藤池可以聽到樺落在背後濺起水花的聲響，但聲音卻突然停止。

「糟糕，」樺落碎碎念道：「我們被盯上了。」

有四隻貓正從對面緊鄰風族的河岸看著他們。藤池在陽光下瞇起眼睛瞧，認出是風皮和他的見習生礫掌，還有石楠尾以及她的見習生荊豆掌。雖然風皮和荊豆掌在昨晚也和藤池一起加入了黑暗森林冗長的打鬥模擬訓練，但卻看不出有絲毫的疲倦。

「你們在我們的河裡做什麼？」風皮質問，「還不趕快滾！」

樺落不為所動。「這條河不屬於你們！」他說：「我們和你們一樣都有在這裡活動的權利。」

「你們的領土只到河岸，」石楠尾不客氣地說，「你們的氣味也只標記到那裡。」

「你們還不是一樣只將氣味標到河岸，」樺落回嗆，「我就不相信哪隻貓會有本事把氣味標記延伸到流動的河水去！」

藤池站在水深及肚的河裡，感覺自己的模樣蠢到極點。她抬高頭，看到那些站在對岸的貓們。接著她走回樺落身邊，伸出尾巴，拍拍他的肩膀。「我們走吧。」她喵聲說。

樺落還是沒有要走的意思。「這條河不屬於任何一個部族，」他義正辭嚴地說，「我們什麼時候要來這裡洗腳，是我們的自由。」

風皮轉動眼珠，為了避免石楠尾聽到他對他們說的話，於是刻意將身子往河岸傾。「聽好，我不想為了這件事和你們起衝突，」他悄悄地說，「但如果你們執意要爭到底，我只好動手了。趕快走，有沒有聽到？」

樺落看似已經聽進去，但就在這個時候石楠尾突然走上前。「別浪費時間跟他們囉嗦，」她發出嘶吼，「如果他們不離開，我們只好出招。荊豆掌，妳還愣在那裡做什麼？」

「讓我來教訓他們！」礫掌自告奮勇。

「不用了，礫掌，」風皮告訴他的見習生：「這兩隻雷族跳蚤毛球，不值得你動手。」

藤池感到一陣不安，她發現其中兩隻加入黑暗森林的風族戰士竟然沒有站在自己族貓那一邊，而是暗中袒護起她和樺落。有沒有搞錯！

「可是這兩個小混混侵入我們的地盤，」石楠尾走向前，直盯著河面，眼裡閃著怒火。

「再不走，休怪我們不客氣。」

「走啦，」藤池催促樺落，「我可不想招惹更多麻煩。」

「話是這麼說沒錯，」樺落同意，「可是是他們先挑釁的，」他怒氣沖沖地蓬起頸毛，和石楠尾四目交接。「我們又沒有做錯事，何必要退讓。」

藤池錯愕地看著他跨過河水，撲到風族領土的岸上。風皮咆哮一聲，跑到族貓的旁邊。「鼠腦袋！」他對著樺落嘶聲說道：「你非要逼我動手不可！等你到黑暗森林時，我們走著瞧。我非得好好教訓你，好讓你明白該對誰效忠。」

「對，到時候就看我們怎麼修理你！」荊豆掌附和，蹲低身體，擺出飛撲的姿態，腳下的草被他撕得碎爛。

石楠尾似乎將注意力全放在樺落身上，而沒有聽到族貓們窸窸窣窣的說話聲。藤池鬆了一口氣。

藤池勉為其難地涉過河水。**我必須力挺自己的族貓！睡夢中必須打鬥，醒著時也要打鬥，我該不會一輩子都得在戰鬥中度過吧？**

藤池還沒撲到對岸時，就聽到雷族領土傳來貓咪踏過枯葉的沙沙聲響。此刻，栗尾領著巡邏隊隊員蜂紋、榛尾和莓鼻從榛木叢現身。四隻貓兒身上都帶著獵物。

「發生什麼事了？」栗尾放下嘴裡的田鼠問。

**感謝星族！**藤池轉向那玳瑁戰士。「我和樺落在河邊洗腳，」她解釋，「然後，這群風族巡邏隊跑過來驅趕我們，所以——」

「所以你們就只為了洗腳的事，而要大打出手，」栗尾嘆了一口氣，「我從沒聽過這麼荒謬的事！藤池、樺落，現在立刻給我回來。」

藤池鬆了一口氣，乖乖地爬上岸，一一抖動四肢，順勢把水甩掉。樺落先是惡狠狠地瞪了石楠尾和風皮一眼後，才心不甘情不願地從對岸涉水回到自己的領土。

藤池一肚子毛骨悚然。**父親從沒有這麼喜歡逞凶鬥狠過，**她心想。**黑暗森林正在改變他！**

「大家走著瞧！」樺落轉頭喵聲道。

「誰怕誰。」風皮反嗆，尾巴猛烈來回擺動著。

藤池跟著栗尾和大夥兒一起回營地，一路上內心的焦慮開始如洪水般席捲而來。**今晚還會有更多麻煩，**她愈想愈不安。**在黑暗森林受訓已經夠受罪了，現在還槓上風皮。不知道何時才能結束這一切？**

# 第三章

鴿翅伸出爪子，從橡樹樹根上抓了一大把青苔起來。

「這些看起來很乾爽舒適，」白翅說，「鼠毛和波弟應該會很高興。」她遲疑片刻，接著說，「鴿翅，我很擔心妳做惡夢的事。我——」

「我沒事，真的。」鴿翅打斷她，很後悔跟她提起自己反覆夢到部落貓撲兒被老鷹抓走，震天哭喊的悽慘畫面。鴿翅避開她的眼神，低下頭，檢查是不是有刺藏在所採集來的青苔裡。「那些夢終究會煙消雲散。」

白翅搖搖頭。「妳回來都已經整整一個月了，但還是不停夢到。」她伸出爪子，從橡樹樹根扒下另一團青苔。「都怪我不好，當初真不應該讓妳到山裡去。妳太稚嫩，還沒有足夠的戰士經驗就叫妳跋山涉水。」

「不要這樣說！」鴿翅抬頭反駁，「不是妳要求我去的，是火星選派我去的。」

「對啊，我還以為當族長的會精明些，沒想到他這麼糊塗。」白翅喵聲說。

**我好希望能告訴妳為什麼他會下此決定，但我不能，**鴿翅心想。「別忘了我曾帶著大夥兒長途跋涉找到河狸的住處，」她提醒母親，「我在這方面可是很有經驗的。」

「我知道，」白翅還是一臉擔憂，「星族不應該將河狸的事託夢給見習生，這責任未免也太大了。」

**祂們其實沒有託夢給我……**鴿翅更加埋頭整理青苔，想掩飾臉上的表情。**要是白翅知道我生下來便扛著預言的重責大任，肯定從此睡不著覺。**

「我很快就會沒事的，真的，」她要她放心，「其實也沒那麼糟，我很幸運能到離部族很遠的地方去，那裡真是讓我大開眼界！」

白翅嗤之以鼻地說：「湖邊多的是可以讓妳大開眼界的東西。」

「是，是，我知道有一個……喔，這裡有一大根刺！」鴿翅大喊，一爪揪住那根刺，把它丟到一旁。「幸好沒讓它跑到鼠毛的毛皮裡去。」

鴿翅和白翅繼續合力把更多的青苔從橡樹根上刮下來，過不了幾個心跳的時間，已經採集了滿滿一堆。白翅停下手邊的工作，「我不久前才和蜂紋說過話，」她說：「他是一名年輕有為的戰士——也很有禮貌！他很喜歡妳，妳知道嗎？」

鴿翅開始發熱，渾身感到不自在。「我知道。」她尷尬地低聲喃喃，顯得有些侷促不安。「妳總有一天必須找個伴侶，以延續部族的生命力。」白翅提醒著。

「現在談這個還太早。」鴿翅喵聲說。**預言會允許我有伴侶嗎？如果我隨時隨地都有被召**

**去拯救部族的可能，我要怎麼有自己的小貓？**她的腦中浮現虎心的身影，他的雙眼閃閃發光，露出一副想將她撲倒在地，和她玩打架遊戲的頑皮模樣。**虎心一定會懂⋯⋯**

鴿翅甩掉腦中的念頭。「青苔夠多了，」她大聲說，「我們回營地吧。」

白翅把青苔滾成兩球。兩隻母貓各叼起一球帶回岩石山谷。現在白翅已經不再碎碎念了，鴿翅還蠻享受和她在一起的時光。要是沒有其他族貓在場，她很少能和母親單獨工作得很融洽。昨晚輾轉難眠的她現在已經感覺好多了，但她的耳朵還是充滿嗡嗡的雜音，而且感官仍無法深入遠處。

**如果我的特異能力永遠回不來該怎麼辦？**她心想，一股冷汗從耳朵直竄到尾梢。不行，她告訴自己，**我不能胡思亂想。**

當她經過營地入口附近一處茂密的蕨叢時，眼前突然閃過一團灰白相間的皮毛，鼠鬚冷不防從矮樹叢跳到她面前。鴿翅驚叫一聲跳開，青苔球掉了滿地。

「終於嚇到妳了！」鼠鬚喵嗚大笑，「我從沒看過妳這麼驚慌的樣子，妳耳朵長青苔了嗎，鴿翅？通常很少有貓能夠偷襲妳。」

鴿翅伸出一隻腳打他，儘量讓自己不被刺激到。要是我的感官沒有失靈，我老早就可以聽到你乒乒乓乓走過來的腳步聲，簡直跟一隻歇斯底里的狐狸沒兩樣。

「妳想一起去打獵嗎？」鼠鬚繼續說，「邊界狩獵隊在影族邊界的草地上聽見松鼠的打架聲，受傷又沒體力的松鼠最容易抓了！」

「一起來嘛，」冰雲喵聲說，「一定會很好玩的！」

鴿翅看了母親一眼，「可是，我必須先把青苔帶回去……」

「我來就好了，」白翅爽快地喵了一聲，「妳去打獵吧。」

「謝謝！」

白翅把兩團青苔球弄成一團，讓鴿翅加入鼠鬚和大夥兒一起前往樹林。鼠鬚加快腳步，往林子全力衝刺。鴿翅伸展肌肉，四肢在地上疾速奔馳，前晚的驚恐和疲憊也隨之一掃而空。

「我肯定跳得比任何一隻貓都高！」蟾蜍步大聲說。

「才怪！」冰雲反嗆，一個箭步跳上倒落的樹幹，急著炫耀她的技能。

蟾蜍步跟著白色母貓躍上樹幹，一個勁兒地撲到她背上。

「噢！走開！」冰雲氣急敗壞地說，連忙跳起來，甩開蟾蜍步的糾纏，「你重得跟獾沒兩樣。」

「我們來賽跑，」鼠鬚提議道：「誰最後一個到達枯樹，誰就是老鼠！」

他話還沒說完就已經開始狂奔，讓其他三隻貓在後頭拚命追趕。鴿翅也跟著往前衝，肚皮的毛刷過地面，尾巴在身後飄盪著。蟾蜍步迎頭追過她和鼠鬚，但鴿翅慢慢也追上冰雲。**在沒有遠方聲音的干擾下，反而可以跑得比較快，也比較容易閃避樹幹，**她突然驚訝地發現，**原來一般的貓就是這樣的感覺！**

她繞過刺藤叢，甩開一旁的鼠鬚，現在只剩下蟾蜍步跑在她前面，只見他的黑白身影拚命往前飛奔。鴿翅集中精神，全力衝刺，展現箭步如飛的身手。她追趕上蟾蜍步，見到他露出一臉驚訝，但此時枯樹已近在眼前。她一口氣超越他，往枯樹奮力飛撲，四肢往樹幹一踏，達陣成功。

「我贏了！」她大喊。

蟾蜍步接著抵達，然後是鼠鬚，最後一名是氣喘吁吁的冰雲。

「好啦，我是老鼠，」白色母貓撲通趴到地上，「鴿翅，妳跑得可真快！」

「對啊，妳甚至連蟾蜍步都能打敗，」鼠鬚喵聲說：「他已經夠快了！」

蟾蜍步對著她點點頭，表示讚許。「做得好。」

等大家都稍稍喘口氣後，鼠鬚站起身。「是時候去抓松鼠了。我們現在最好不要出聲；空地就在附近。」

他走在前頭，鴿翅和其他貓跟在後面，躡手躡腳地穿過矮樹叢。鴿翅隔著空地邊緣蔓生的草叢，瞥見兩腳獸已經開始在那裡築起綠色外皮的巢穴。

見到三隻吵吵鬧鬧的小兩腳獸在空地跑來跑去，把一個紅色的東西互相丟來丟去，她忍不住喃喃自語說：「老鼠屎！湖邊到這裡的獵物都給牠們嚇光了。」

鼠鬚帶領狩獵隊繞過空地邊緣，沿著暗影潛行，避開兩腳獸的視線。當穿過影族舊邊界時，鴿翅不由得開始起雞皮疙瘩。這裡還殘留著影族的氣味，她心想說不定會聽到影族巡邏隊來勢洶洶的腳步聲。

**我和虎心就是在這個草叢相遇的，**她經過時忽然驚覺到，**一切都不一樣了……**

巡邏隊在空地對面散開，開始嗅聞空氣中的松鼠氣味。

「在這裡，」站在樹下的冰雲，抬頭盯著樹枝，並低聲地說：「上面有一隻松鼠。我猜牠應該是受傷了。」

鼠鬚跑過去，「妳說的沒錯。妳從這邊爬上去，另一邊由我負責。」

鴿翅和蟾蜍步靜靜看著族貓爬到樹上。當他們爬到最低處的樹枝時，樹葉突然一陣騷動，只見松鼠匆忙竄出，飛過冰雲的頭頂，往地面一躍而下，直接從鴿翅和蟾蜍步旁邊溜走。鴿翅趕緊轉身，和蟾蜍步一起展開追捕。松鼠拚命往空地逃竄。

**牠還沒有受傷到跑不動的地步**，鴿翅邊追邊想。

她和蟾蜍步逐漸逼近從空地狂奔而過的松鼠。他們及時閃過毛皮巢穴，四肢一不小心撲通踩進溪水。鴿翅趨前，繃緊肌肉，準備騰空一躍，朝近在咫尺的松鼠飛撲，但撲鼻而來的影族腥味，讓她不得不緊急煞住腳步。

**星族啊！我差點越界。**

松鼠繼續往前跑，搖搖尾巴，拔腿溜到附近的一棵白蠟樹上，轉眼消失得無影無蹤。鴿翅氣喘吁吁地站在自己領土邊緣，開始張望四周，但並沒有看到蟾蜍步或其他狩獵隊員的身影。

「妳這次終於停了下來。」

聽到這聲音，鴿翅的心開始怦怦地跳個不停。她倏地轉身，看到虎心從一處刺藤叢走出來，來到所屬部族的邊界，然後點頭致意。

「我可沒有踏進你們地盤半步喔！」鴿翅語帶防衛地說，頸毛也開始怒張，**真希望其他族貓也能在這裡**，她心想。

「別緊張，這裡只有我，」虎心回應，「況且妳又沒做錯事。事實上，我一直希望能見到妳。」

鴿翅的眼睛瞇成一條線，「聽好，我們不能再像這樣說話了。這……這一切都過去了。」虎心眨眨眼睛，「不要誤會，我是有件事要跟妳說，」他遲疑了一下，勉為其難地補充道：「是有關曦皮的事。」

鴿翅從緊張轉為好奇，皮毛也漸漸變得平順。

「自從焰尾死後，她就變得怪怪的，」這隻虎斑公貓繼續說，「她……她認為他之所以會淹死都是松鴉羽害的。」

「才不是這樣！」鴿翅發出嘶吼，「當時松鴉羽有試著救他。」

虎心嘆了一口氣說：「也許是這樣沒錯，但我想已經很難去釐清真相，所以曦皮才會一心想報仇。」

鴿翅瞪著他，回想起當天悲慘的情景。那隻影族的年輕巫醫，也就是虎心和曦皮的手足，不小心掉入裂開的湖冰底下，當場溺斃身亡。

「妳知道嗎？最近所有的巫醫貓都怪裡怪氣的，」虎心繼續說：「半月時也沒有動身去月池等等諸如此類的事。曦皮認為松鴉羽因為和焰尾有所爭執，所以就趁著他跌入冰底下的時候，伺機害死他。」

「別胡說！」鴿翅撕碎面前的雜草。「曦皮也該成熟點。松鴉羽絕不會做出那種事——沒辦法救活焰尾，他已經夠傷心難過了。我不敢相信你竟然也聽信那樣的流言！」

「我之所以告訴妳這些，並不是因為我相信那是真的，」虎心激動地說：「我只是想警告妳，曦皮為了復仇，有可能會做出傷害雷族的事，」他再次緩和語氣，並搖搖頭。「她最近的言行舉止真的怪怪的。」

鴿翅懶得理他。「我想我們可以應付歇斯底里的曦皮，你的好意我心領了，」她沒好氣地說：「請你以後不要再來找我說話了。要是被看見了，我們兩個都會遭殃。」她轉身，準備奔往空地另一端的林子。

「我只是好心想幫忙，」虎心忿忿不平地說，語氣中帶著些許傷感，「我要證明給妳看，我們可以不必互相為敵。」

「一切都太遲了。」鴿翅喵聲說。

她看都沒看虎心一眼，便自顧自地朝樹林離去。途中，松鼠從她身旁飛竄而過，鴿翅發出惱怒的嘶聲。**一定是虎心把松鼠趕回我們的地盤，他以為我自己沒有本事抓嗎？**

但她的腳卻又不由自主地迅速追捕起眼前的獵物，她單掌一揮，正中牠的脊椎，讓牠當場一命嗚呼。鴿翅叼起獵物，跑進樹林深處，在幾個尾巴遠的地方瞥見鼠鬚和其他狩獵隊員的身影。

「獵得好！」蟾蜍步對著迎面而來的鴿翅大聲說。

「對呀，妳的身手真俐落。」鼠鬚補充，冰雲羨慕地聞聞那隻新鮮獵物。

等到狩獵隊準備回營地時，鴿翅回頭望了空地另一頭最後一眼。虎心已經消失不見。**他跟我說的都是真的嗎？**她心想，**曦皮真的會為了一個從未發生過的謀殺事件進行復仇計畫嗎？**

# 第四章

獅焰緩緩穿過荊棘隧道，進入營地，接著停下腳步，舒展痠痛的肌肉。「剛剛那堂訓練課真是太棒了，」他喵聲對著從他身後走來的花落說：「妳後空翻扭身那一招真把我給修理慘了。」

「就是說嘛，妳可以教教我嗎？」走在花落後頭的狐躍請求她。

年輕母貓聽到族貓們的稱讚，眼睛發出炯炯的光，然後尷尬地舔了幾下胸毛。「這招其實不會很難，」她喃喃地說：「獅焰，很抱歉把你給打傷了。」

「我很快就會沒事了，」獅焰用尾梢友善地拍拍她的耳朵。「我自己應該再機靈點才對。」

煤心走上前，眼底閃爍著笑意，上下打量起獅焰一身蓬亂的皮毛。「你看起來像是從荊棘屏障被硬拖出來一樣。」

「我也有這種感覺，」獅焰回答，「花落

和狐躍根本沒有讓我有喘氣的時間，他們很快就會變成很棒的戰士了。」

當他正前往獵物堆的途中，後面突然傳來喊叫聲。「火星！火星！」

獅焰倏地轉身，看見栗尾沒頭沒腦地衝進空地，蜂紋、莓鼻和榛尾緊跟在後。樺落和藤池則是慢慢跟上來。

「星族啊！」獅焰大喊，頸毛瞬間直豎。「我們被攻擊了嗎？」

栗尾大口喘著氣，火星從擎天架上的族長窩現身，輕步沿著錯落的岩石堆跑下低窪的空地，沙暴跟在他後面躍下來，塵皮和蕨毛也從獵物堆跑過來。

「怎麼了？」火星停在栗尾的巡邏隊面前盤問。

「風族邊界有麻煩了，」栗尾解釋，「樺落還有藤池與一些風族貓起了衝突。幸好我們及時現身，否則他們很可能就大打出手了。」

「真的是這樣嗎？」火星的綠色眼睛盯著樺落和藤池問。

獅焰第一次注意到樺落繃著一張臉，藤池則是煩躁地來回甩動著尾巴。

「是他們先挑起的，」樺落理直氣壯地喵聲說：「他們不准我們在河水裡洗腳。」

「我們又沒有踏進他們的地盤，」藤池補充：「根本沒有冒犯到他們。」

「別鬧了！」火星還沒開口，塵皮就搶先罵道：「各部族間的氣氛難道還不夠緊張嗎？你們還有心情找麻煩。」

「我們才沒有找麻煩！」藤池反駁他。

火星高舉尾巴，要大家安靜。蕨毛走到栗尾的旁邊，用鼻子輕輕磨蹭她的耳朵。「希望你們沒有起任何爭執才好。」他輕輕地說。

他的伴侶充滿愛意地對他眨眨眼睛。「沒有啦。但這兩個鼠腦袋真是夠了。」

「妳才鼠腦袋咧！」樺落嗆回去。

「大家都冷靜下來，」火星邊喵聲說，邊走進相互充滿敵意的群貓中。「沒有人說你們違反戰士守則，」他繼續對著樺落和藤池說：「但在風族邊界洗腳的確是不明智的舉動。」

「沒錯，為什麼不在湖邊洗就好了？」沙暴跟著數落。

藤池開口準備回應，但一陣興奮的尖叫聲突然從育兒室傳來。獅焰回頭，看到小錢鼠和小櫻桃咚咚跑過來。

「發生什麼事了？」小櫻桃質問，興高采烈地高舉著尾巴，在空中晃呀晃。

「告訴我們該怎麼做！」小錢鼠自視不凡地鼓起胸膛，「我們要和誰作戰？」

小貓的熱情讓獅焰感到很窩心。他們已經快六個月大，馬上就可以當見習生了，他們的母親罌粟霜也能回到戰士崗位。他低頭一一和這兩隻小貓磨鼻子。「別緊張，」他發出呼嚕聲，「風族沒有要攻過來，你們可以先把爪子收好。」

他再次挺直身子，突然瞥到煤心藍色的眼眸裡閃過一抹哀愁。他很清楚她內心的感受。**只要妳能克服對預言的心理障礙，我們可以隨時有自己的小貓。**他努力壓抑嘶吼的衝動，灰色母貓把他的使命看成彼此之間的大難關，讓他很沮喪。**被星族選出來並不是我自願的，這在我出生前就注定好了！**

「和小貓玩得很開心吧？」亮心問，一同和伴侶雲尾迎面走來。「你有一天也會是個好父親的，獅焰。」

**就算是這樣也沒用**，獅焰心想，頓時一股難堪騷動著皮毛。

更多貓從荊棘隧道冒出來。鼠鬚領在前頭，後面跟著鴿翅、冰雲和蟾蜍步。鴿翅嘴裡叼著一隻松鼠，冰雲則帶回一隻烏鶇。他們走到空地中間，好奇地看了看圍在火星四周的眾貓，然後走到獵物堆放獵物。此刻大夥兒也跟著一哄而散，不再爭論與風族起衝突一事。

等到鴿翅把松鼠放好，波弟便從長老窩走到她面前。「嘿，年輕小夥子，」他開始說：「今天早上的青苔是妳採的，是嗎？」

鴿翅將頭歪到一邊，「是啊，是白翅和我去採的。有問題嗎？」

「青苔真的很乾，而且刺刺的，」波弟喵聲說，不好意思地眨眨眼睛，「我不是故意要找麻煩，但鼠毛躺在上面覺得渾身不舒服。」

獅焰望向長老窩，看見鼠毛垂著頭，蜷縮在入口。他突然覺得很同情她；自從她的室友長尾被倒落的樹壓死後，這有話直說的老母貓就變了。只要能再聽到鼠毛親口抱怨青苔的刺癢難耐，獅焰做什麼都願意。

「對不起，」鴿翅喵聲說，「我以為刺全都處理乾淨了。如果你要的話，我可以再去檢查床鋪一遍。」

「別麻煩了，妳這樣要檢查到什麼時候。」灰紋插話；他和蜜妮正在獵物堆旁一起享用一隻田鼠。「蜂紋和花落可以出去找一些羽毛回來。這樣應該夠柔軟了吧。」

「這也太不公平了！」正忙著選新鮮獵物的花落抬起頭大喊。

「就是說嘛，我們每次都要被派去做無聊的差事，」蜂紋走到手足旁邊，「就只因為部族裡沒有半個見習生！什麼時候才會輪到一些較年長的戰士去做做見習生的工作呀？」

灰紋瞇起琥珀色眼睛。「或許要等到你們學會不頂撞資深戰士的那一天。」他厲聲斥喝道。

蜂紋和花落露出反抗的眼神，互看一眼，但還來不及回嘴，就看到沙暴走到灰紋旁邊，並戳了一下他的腰側。「好了啦，灰紋，」她喵聲說：「你對待自己的小貓總是比部族其他貓還嚴格。他們說的有道理，他們是戰士，卻還有做不完的見習生差事。」她接著對這兩隻年輕戰士說：「我跟你們一起去。」

「不用了，我有個更好的辦法。」火星跑到延伸到族長窩的落石堆，躍上底部的一顆大岩石。「所有能夠自行狩獵的成年貓都到擎天架下面集合，準備進行部族會議！」他宣布。

大部分的貓都已經在空地上，簇擁在火星四周，錯愕地開始竊竊私語。獅焰走到煤心旁邊坐下來，注意到蕾光拖著身體，一跛一跛地來到刺藤屏障邊緣，不久松鴉羽也從巫醫窩走出來，蹲坐在她旁邊。黛西、罌粟霜和蕨雲悄悄從育兒室走出來，一起坐在群貓的角落。

「狐躍、玫瑰瓣，你們站到我旁邊來。」火星繼續說。

兩名戰士彼此交換疑惑的眼神，接著站起身，走到崖谷加入族長。

「既然部族正面臨見習生短缺的問題，」火星繼續說：「我想最好的解決辦法就是新增一些。小錢鼠和小櫻桃——」

「什麼？」小錢鼠跳起來大喊，蓬起根根皮毛，身體看起來頓時變成了兩倍大。

「是我們嗎？」小櫻桃亢奮地跳上跳下，「喔，太酷了！」

「火星，不行！」罌粟霜跳起來，啪嗒啪嗒穿過空地，火速趕到自己孩子的身旁。「這一切來得太突然！他們全身亂七八糟的——小錢鼠，看看你的皮毛是什麼德性！」

她連忙撲到小公貓身上，開始一陣狂舔，而莓鼻則是起身，匆匆跑到小櫻桃旁邊，幫她梳理儀容。獅焰覺得這位戰士一臉驕傲，彷彿把今天當成了自己的見習生命名儀式。

火星發出開懷的貓鳴聲，靜靜地望了一會兒，接著揮動尾巴，把兩隻小貓叫過來。「他們已經夠體面了，」他喵聲說：「趕快來我面前站好。」

兩隻小貓聽從他的命令，身上的毛髮仍舊翹來翹去，亂成一團。火星伸出尾巴，拍拍小櫻桃的肩膀。「從現在起，」他宣布，「這隻小貓將命名為櫻桃掌。狐躍，你在為部族效力的同時，展現了勇氣和努力不懈的精神，我相信你一定能將這些特質傳承給你的見習生。」

狐躍雙眼閃著驕傲的光芒，走上前，和櫻桃掌互碰鼻子。兩隻貓隨後雙雙走回貓群中。

但當火星轉向小錢鼠時，這小公貓突然往後跳開，閃掉族長的尾巴。「我不想當見習生，」他尖聲說道：「你只是想把所有討厭的工作通通丟給我們而已！」

眾貓一片嘩然。獅焰看到櫻桃掌瞪大眼睛，錯愕地看著手足。莓鼻不停甩動尾巴，罌粟霜則是緊閉眼睛，爪子刺進泥地，一副想找個地洞鑽進去的模樣。

火星非但一點也不生氣，甚至忍不住噗哧笑了出來。「沒錯，是有工作要你們做。」他同意，「但是這裡的每個戰士都曾經做過這些工作。不過，訓練也是一樣重要。所以我才選玫瑰瓣當你的導師，她的戰鬥技巧精湛，身手敏捷，我知道她一定會把你訓練得跟她一樣厲害。」

他再次把小錢鼠叫過來。

小錢鼠不為所動，半信半疑地將眼睛瞇成一條縫。「在幫任何貓抓跳蚤之前，」他試探著說：「我可以先接受一些訓練嗎？」

「這要由玫瑰瓣決定。」火星發出貓鳴。

玫瑰瓣的眼睛閃著笑意。「我有個比訓練還要棒的提議，」她保證，「今天我們就去探索整個領土。差事留到明天再做。」

「不能騙人喔！」小錢鼠低吼。

他終於走到火星面前，讓他用尾稍拍拍自己的肩膀。「從現在起，這隻小貓將命名為錢鼠掌。」他大聲宣布，「現在，去和玫瑰瓣碰鼻子。」

這年輕的小公貓露出滿意的眼神，乖乖照著他的話做。

「部族集會完畢。」火星喵聲說。

就在眾貓準備解散時，蕨毛突然匆匆跑上前。「等一下，火星。我有個消息想和部族分享。」

火星揮動尾巴，允許這位薑黃戰士發言。

「栗尾又懷孕了。」蕨毛宣布。

族貓紛紛響起恭賀的聲浪。獅焰瞥見栗尾的第一窩孩子，煤心和罌粟霜，彼此交換歡喜的眼神。

栗尾在喧嘩聲中扯開嗓門說：「他們即將在一個月內報到。」

黛西走到她旁邊，舔舔她的耳朵；蕨雲的鼻頭緊貼在栗尾的肩膀上。「妳很快會搬到育兒室和我們一起住，真是太好了。」她喵聲說。

獅焰聽著她們的對話，忍不住想偷瞄煤心，但她已經從他身邊走開，興奮地跑去找罌粟霜說話。

狐躍和玫瑰瓣朝荊棘隧道走去，他們的見習生蹦蹦跳跳地跟在一旁。錢鼠掌似乎已經忘了剛才的顧忌，變得和手足一樣亢奮。

「他們還這麼小，」罌粟霜看著孩子從身邊經過，忍不住喃喃地說：「沿著邊界走這麼一大圈，但願他們不會累壞才好。」

「他們不會有事的。」煤心要她放心。

「那當然。」莓鼻用鼻子磨蹭伴侶的耳朵，補充說道：「我們的小孩一定會成為部族有史以來最優秀的見習生。」

獅焰轉身離開，試著壓抑羡慕的情緒。在部族集會解散之際，他看到朝睡窩走去的藤池，立刻跑過去攔住她。「你們今天和風族是怎麼一回事？」他問：「有哪幾個戰士涉入其中？」

藤池停頓了一會兒，似乎是不太想回答。「石楠尾和風皮，還有他們的見習生。」她最後還是說了。

**果然**，獅焰心想。「他們只是對你們挑釁嗎？還是真的有動手？」

藤池搖搖頭。

「沒事，」樺落無意間聽到他們說話，跟著喵聲說：「我們沒有遇到一絲危險。風皮根本沒有要惹事的意思，只是栗尾在那裡大驚小怪而已。」

獅焰打量樺落一會兒。他信心滿滿的說話口氣讓獅焰感到很驚訝。凡是和風皮交手過的雷族貓，通常回來都是一肚子氣。為什麼這一次如此反常？他瞇起眼睛。莫非樺落和風皮的交集已超出了兩部族的界線？

等樺落再次走遠後，他立刻催促藤池，「再多跟我說說今天發生的事。樺落和風皮之間是不是有什麼關聯？妳是不是有看到樺落到黑暗森林去？」

「沒……沒有。」藤池回答。

她吞吞吐吐的模樣更讓獅焰起疑。「但是妳知道他到那裡去，對不對？」他氣惱地說：「妳有責任告訴我們在黑暗森林發生的每一件事！即使是牽扯上妳的父親也一樣。妳該想清楚該對誰效忠。」

藤池的眼裡燃起怒火。「你竟然懷疑起我的忠誠？」她大吼：「我可是每次一入睡，就開始為部族賣命！」

「怎麼了？」鴿翅的聲音從獅焰後方傳來，他轉身看到她急急忙忙跑過來。「你對藤池做了什麼事？」

「沒事。」獅焰為自己辯白。

「指控我不忠叫做沒事？」藤池譴責他，眼裡仍是難掩熊熊的怒火。

「這太不公平了！」鴿翅嚷著，「不要咄咄逼人，獅焰。如果我們連自己的族貓都信不過，還有誰能信任？」

獅焰哼地一聲說：「我不知道。如果藤池能坦蕩蕩回答我，我會比較信任她。」

藤池沒有回應，自顧自轉身，揚長而去。當鴿翅正準備跟著離開時，獅焰卻伸出尾巴，攔住她的去路。

「務必仔細監聽風族邊界的一舉一動。」他喵聲說。

沒想到鴿翅突然低頭，開始喃喃自語，但獅焰聽不清楚她在說些什麼。

「什麼？」他問。

鴿翅抬起頭望著他；看到她眼裡所散發出的深層恐懼，獅焰不禁感到憂心忡忡，皮毛一陣發麻。

「從山裡回來後，我的特殊感官一直沒有恢復。」她坦承，「如果我從此失去了那股力量該怎麼辦？」

獅焰注視著她，「但妳是三力量之一。」

鴿翅搖搖頭。「我不知道是不是因為在山脊上時，我聽得太多，看得太多，或是因為我已經太習慣把遠方的聲音隔絕在外。在旅途中我必須這麼做，要不然太多聲音會讓我受不了。」

「我相信妳一定會沒事的，」獅焰突然回想起她還是他的見習生的那段日子，接著出於本能地安撫她，「妳只要耐心等，相信妳的感官一定會恢復的。」

儘管他聽起來信心滿滿，但內心卻沒這麼有把握，一股焦慮開始湧上來。**如果鴿翅失去特異能力，是否就意味著預言將減為兩力量？**

# 第五章

「嗨，松鴉羽。」沙暴的聲音從門外傳進巫醫窩裡，「我們採了一些蜘蛛網來給你。」

松鴉羽轉過身，聞到蜘蛛網氣味裡，還隱約夾雜著櫻桃掌和錢鼠掌的淡淡體味。從舉行見習生命名儀式到現在已過了四分之一個月，他不得不承認他們還滿能適應目前的工作。

看著兩隻年輕貓蹦蹦跳跳地進來窩裡，蕾光忍不住噗哧笑了出來。

「噢，松鴉羽，真希望你可以親眼看看這兩個小傢伙。他們活像是兩團會走路的蜘蛛絲——從鼻子到尾巴，都纏滿了蜘蛛網！」

「我們找到一大堆。」錢鼠掌得意地大聲喊道，「沙暴把木頭抬起來，讓我們進去採。」

「我還是先幫他們清理一下好了，」蕾光繼續說：「你們兩個都過來，不要踩到那堆牛蒡根。」

松鴉羽聽到兩個見習生跑進巫醫窩的腳步聲響，還有蕾光挪動身體來到他們面前的聲音。

「妳的腳會痛嗎？」櫻桃掌喵聲問：「行動不便是不是很辛苦？」

「是很辛苦，」蕾光淡淡地回答，「不過我已經習慣了，腳也不痛了。」

「蜂紋跟我們說妳是族裡最勇敢的貓。」錢鼠掌告訴她。

松鴉羽可以感受到蕾光的難為情。「這我就不知道了。」她喃喃地說：「現在站好不要動，我來幫你們把皮毛上的蜘蛛網清掉。」

松鴉羽從小貓身旁鑽過去，到空地找沙暴。「謝謝妳帶他們出去採。」他喵聲說：「那些蜘蛛網一定會派上用場。」

「不客氣。」沙暴回應。過了一會兒，她又說：「你的工作量似乎很重，或許你應該考慮盡快找個見習生。」

**我還打算多活幾年咧，**松鴉羽心想。「蕾光幫了我很多忙。」他大聲說道。

幸好沙暴沒有繼續追問下去，他著實鬆了一口氣。「那我先走了。」她喃喃說道。

「妳可以幫我去找栗尾嗎？」松鴉羽在她身後喊道：「跟她說我要幫她做檢查。」

「當然好。」沙暴隨即踱步離去。

松鴉羽轉身打算走回巫醫窩，此刻更多貓兒的氣味朝他撲鼻而來。腳步聲愈來愈大聲，他趕緊停下腳步。

**亮心……狐躍……玫瑰瓣……他們要做什麼？**

「你們是來接見習生的嗎？」他問，「他們在裡面清理身體。」

「沒錯，我們要出去上訓練課，」玫瑰瓣回答：「亮心準備教他們一些戰鬥獨門絕招。」

「火星希望每位見習生都能把它們學會。」亮心帶著沉著與自豪的語氣說：「如此一來，如果他們眼睛受傷，或是必須在視線不良的夜晚作戰，還是可以有辦法出招迎戰。」

松鴉羽聽到一陣蹦蹦跳跳的腳步聲，知道錢鼠掌和櫻桃掌已經從巫醫窩跑出來。

「我們現在要去訓練了嗎？」錢鼠掌迫不及待地喵聲問，「我們剛剛採到了一大堆蜘蛛網喔。」

「沒錯，」亮心告訴他，「今天由我來訓練你們。我要教你們一些其他部族都不會的招式。」

「太酷了！」櫻桃掌高呼。

「你們到時一定要保持鎮定，」亮心提醒他們，「我們要到山谷的斜坡去訓練，那裡可是長滿了厚厚的刺藤叢喔。」

「太棒了！我們走吧！」錢鼠掌尖聲說道。

松鴉羽聽著他們走遠的聲音，開始享受皮毛沐浴在陽光下，微風吹拂的清涼感覺。營地裡一片忙碌。狩獵隊已經動身出發，在入口恰巧碰到巡視邊界歸來的刺爪和他的巡邏隊員。松鴉羽走過去，發現棘爪正從戰士窩出來，準備聽取刺爪的報告。

「此刻的風族似乎非常神經兮兮。」刺爪喵聲說道。

「這有什麼好大驚小怪的？」松鴉羽可以想像棘爪轉動眼珠的樣子。

「我是說，比平常還要神經兮兮。」刺爪繼續說：「我們在邊界碰到了一支風族的巡邏隊，他們一直堅稱說，有看到我們族裡的一隻貓闖進他們的地盤。」

「噢？」棘爪的語氣轉為嚴肅，「他們有說是哪隻貓嗎？」

「沒有，他們當時沒能看清楚。所以我跟他們說，那肯定不是雷族的戰士。若真的有貓闖進去，應該也是獨行貓才對。」

「嗯……」松鴉羽可以感覺棘爪正在努力沉思，「他們最後有採信你的說法嗎？」

「這我就不曉得了。」刺爪坦承，「一有什麼風吹草動，那些貓就開始疑神疑鬼！不過這次是由莎草鬚帶隊，她個性正派，搞不好他們就採信了。」

「我們最好去跟火星稟報，」棘爪決定，「如果風族開始亂栽贓，他還是要知道比較好。跟我來，刺爪。」

兩隻貓朝錯落的岩石堆走去，松鴉羽則返回自己的窩裡。此刻栗尾已經在門口等他了。

「嗨，松鴉羽。沙暴說你找我。」

「沒錯。進來，我來幫你檢查檢查。」

「我好的很，真的。」栗尾跟著松鴉羽進到窩裡，並繼續說：「我又不是沒生過小貓。」

「這我知道。但那已經是好幾個季節以前的事了。上了年紀的母貓一旦懷了孕，必須讓巫醫定期追蹤，比較保險。」

「你是說誰上了年紀？」栗尾豎起皮毛，但松鴉羽知道她並沒有真的生氣。

他要她躺在蕨葉上，開始用一隻前掌輕輕撫摸她的肚子，然後靠過去聽她的心跳。薔光拖著身體，湊上前觀摩；松鴉羽可以感覺到她的呼吸騷動著他的頸毛。

「她應該沒事吧？」薔光小聲問。

松鴉羽點點頭。「一切看起來都很正常。」他回答，接著跟栗尾說：「我發現妳臀部關節有一點僵硬。妳在生產時，可能需要吃一些罌粟籽來舒緩疼痛。」

「我沒事，」栗尾告訴他：「葉池已經教了我一些關節的伸展操。」

松鴉羽愣住。「葉池不是部族的巫醫。」他咬牙切齒地嘶聲說道。

「但她仍然是我的朋友。」栗尾說，「不管怎麼樣，我都信賴她。」

松鴉羽抑制住嘆氣的衝動。**我才懶得爭辯**。他抽動一隻耳朵，把栗尾打發走，跟著她往空地走去。他坐在陽光底下，聽著營地裡的動靜。剛狩獵歸來的鴿翅，正坐在獵物堆旁和榛尾、灰紋一起享用食物。塵皮正帶領狩獵隊準備出發，後面跟著葉池、藤池和罌粟霜；罌粟霜終於可以再次外出執行戰士勤務，松鴉羽可以感受到她的喜悅之情。

狩獵隊還沒離開空地，就聽到山谷上方爆發一陣劇烈的騷動。松鴉羽跳起來，豎起根根毛髮。上方不時傳來貓兒們嘶吼與淒厲的尖叫聲，頓時間，整個營地驚恐聲四起。

「是錢鼠掌和櫻桃掌！」莓鼻大喊一聲，旋即衝出戰士窩，急急穿越空地。「聽起來像是狐狸的聲音！」

他奮不顧身往荊棘隧道衝去，火星、雲尾、灰紋和蕨毛拚命在後面追趕。松鴉羽立刻跑回巫醫窩，發現薔光一瘸一跛來到門口；松鴉羽可以感覺出她的驚慌失措。

「發生什麼事了？」她問，「怎麼會有慘叫聲？」

「有狐狸。」松鴉羽簡短回了一句，「去準備治傷口的草藥。」

薔光往存放草藥的岩縫走去。此刻松鴉羽聽到身後傳來鴿翅的聲音，發現她就站在刺藤屏障旁。「真的有狐狸嗎？」她震驚地說，「不可能呀！我明明沒有聽到任何異狀啊。」

松鴉羽原本想向她問個清楚，但從岩壁上方傳來的咆哮與嘶吼聲不絕於耳，讓他格外心神不寧。

「聽起來好像很激烈！」薔光顫抖著聲音說，「傷勢一定很嚴重。」

「我們一定能搞定的。」松鴉羽外表雖故作鎮定，但鴿翅剛才的一番話讓他開始擔心起來。**為什麼她沒聽到狐狸入侵的聲響呢？**

打鬥聲逐漸停止；過了一會兒，松鴉羽聽到族貓們從荊棘隧道歸來的腳步聲。他走出去找他們，準備面對瀰漫濃濃受傷氣味，以及貓兒疼痛抽搐的場面。

但當他來到空地，發現情況並沒有他想的那麼慘。他聽到亮心和玫瑰瓣一拐一拐的腳步聲，而且聞到狐躍身上所散發出的血腥味，但他們的傷勢很輕，並不像平時遭到一隻發怒的狐狸攻擊那樣嚴重。

「到我的窩裡去，」他吩咐他們，「我一會兒就過去看你們。那兩個見習生在哪裡？」

「在這裡！」櫻桃掌跳到他旁邊，「我和錢鼠掌都沒事。」

「對啊，狐狸差點把我們給吃了。」錢鼠掌愈說愈興奮，「幸好一隻貓及時現身，把牠趕跑！」

火星擠進在松鴉羽四周圍觀的貓群中間。「什麼貓？」他問錢鼠掌：「你是說亮心，還是你們的導師？」

「不是，」櫻桃掌回答：「他們是有把狐狸趕走沒錯，但牠又跑回來，我們那時以為自己會被吃掉。還好有另外一隻貓出現！他對狐狸吼了幾聲，狐狸就逃走了！」

火星搖搖頭，綠色的眼睛露出疑惑。「我從沒在那裡看過其他貓出沒啊。」

「我也覺得不可能。」蕨毛喃喃地說。

「對呀。」莓鼻附和，「你們兩個，聽好，不准你們在這麼危險的事上亂開玩笑，隨便編故事。」

「你們的確是飽受驚嚇沒錯，」沙暴用充滿疼惜的語氣補充道：「但也不能因為這樣，就捏造出有神祕貓來拯救你們的事。明明就是亮心和你們的導師成功地把狐狸嚇跑的。」

「可是我們又沒有亂說！」櫻桃掌抗議。

「對呀。」錢鼠掌緊緊靠在姊姊旁邊，很肯定地說：「明明就有另外一隻貓。」

松鴉羽可以察覺出那兩隻年輕的貓並沒有說謊，或是起碼他們對自己所說的話深信不疑。他知道火星也很認真看待這件事。

「那隻貓長什麼樣？」族長問。

「我們沒有機會看清楚，」錢鼠掌坦承，「我們當時躲在一處刺藤叢裡，狐狸味很濃，根本沒有辦法聞到那隻貓的氣味。」

「我們甚至無法確定那是不是雷族貓。」櫻桃掌跟著說。

火星沉默片刻。「我會去問問其他戰士，看他們有沒有看到些什麼。」最後他喵聲說道：「大家能平安無事最重要。」

眾戰士們開始散去。

「你們不准走，」松鴉羽喵聲說，尾巴拂過兩個見習生。「到我的窩裡去，我要幫你們做檢查。」

「可是我們又沒受傷。」櫻桃掌告訴他。

「我是巫醫，有沒有受傷我說了算，趕快到裡面去。」

他把這兩隻年輕貓趕進他的窩裡，發現蕾光已經在幫戰士們處理傷口。

「亮心的腳掌都是刺藤的細刺。」她跟松鴉羽說明，「我把它們通通拔了出來，而且幫她抹了羊蹄葉。」

「我現在好多了。」亮心喵聲說：「蕾光處理的很好。我看我還是不要在這裡礙事，好讓你專心治療其他貓。」

松鴉羽聞聞她的腳掌，確定她沒事後，立刻尾巴一揮，請她離開巫醫窩。

「狐躍肩上有個被狐狸咬到的傷口和幾處抓傷，」蕾光繼續說：「我已經把它們舔乾淨，但我不知道要用什麼草藥對咬傷最有效。」

松鴉羽仔細地聞了一遍傷口；抓傷的部分已經止血，但咬痕卻很深。「咬傷的部分必須敷上牛蒡根泥。」他吩咐道，「蕾光，妳要把它嚼得細細的，然後用一些蜘蛛網固定住。」他接著告訴狐躍：「你必須休息個一兩天。」

「可是誰來當我的導師？」櫻桃掌擔心地問，「錢鼠掌可以繼續學東西，而我卻要被關在營地。」

「妳可以去幫長老抓跳蚤呀，」她的哥哥告訴她，然後突然尖叫一聲。「好痛！爪子不要亂抓！」

「夠了。」狐躍訓斥他們，「妳當然還是會有導師，櫻桃掌。我已經問過雲尾了，他說他可以訓練妳幾天。」

「太好了。」櫻桃掌滿意地說。

「我只有一點點抓傷而已，」玫瑰瓣告訴松鴉羽，「雖然側面掉了一些毛，但應該都不嚴重。」

松鴉羽檢查了一下，發現那些抓傷都很淺。因為薔光還在忙著做藥泥，所以他便親自到儲存藥草的地方找了一些金盞花，接著將汁液滴到玫瑰瓣的傷口上。

「明天再過來多塗上幾滴。」他吩咐她，「不要一開始就做粗重的工作，不過我想妳還是可以照常執行勤務。如果疼痛變劇烈的話，記得告訴我。」

「知道了，謝謝。」玫瑰瓣喵聲說。

她和狐躍離開後，松鴉羽也順便把薔光打發出去。「妳今天表現得非常好。」他告訴她：「到外面做做復健，呼吸些新鮮空氣。」

他等到她拖動身體的聲音已經遠去後，才回過頭來和兩個見習生說話。他很確定他們沒有受傷，但他必須利用檢查這個藉口找他們過來。

「多跟我形容一下你們看到的那隻貓。」他一邊喵聲說，一邊聞櫻桃掌的皮毛。

「才不要。」錢鼠掌發起牢騷，「你只會說我們在騙人。」

「對呀，要不然就說我們被嚇壞了，才會在那裡胡思亂想。」櫻桃掌接著說。

松鴉羽把頭歪到一邊。「你們就說說看啊。」

「這個嘛，我們其實也沒記得多少。」錢鼠掌遲疑了一會兒後，繼續說：「亮心要我們躲到最裡面的刺藤叢去。我們根本什麼也看不清楚，但真的有聽到另一隻貓的聲音。」

松鴉羽咕噥一聲，假裝在檢查錢鼠掌的傷勢。他把雙掌按在這年輕公貓的肩膀上，以便潛進錢鼠掌的記憶。

耀眼的陽光照在山谷的斜坡上，讓松鴉羽睜不開眼睛。亮心正在一片蕨叢和刺藤環繞的空曠草地上，向兩名見習生示範一個動作。狐躍和玫瑰瓣則是站在一旁觀看。松鴉羽等著接下來將發生的事，頸毛不由得開始倒豎。

「做的很好，櫻桃掌，但試著——」

亮心被突如其來的一聲嘶吼打斷，只見一隻狐狸瞬間從一處刺藤叢竄出來，往見習生猛撲而來，狐躍和玫瑰瓣見狀立刻騰空跳起。

「快躲起來！」狐躍大喊，接著一個勁兒地衝向入侵者。

玫瑰瓣嘶吼一聲，衝到狐狸旁邊，伸出爪子，狠狠劃過牠的腹側。亮心倏地轉身，把兩名見習生推到附近的刺藤叢。「趕快進去，不要亂跑出來！」她嘶聲說道。

錢鼠掌和櫻桃掌鑽進刺藤叢；松鴉羽可以感受到他們的恐懼如浪潮般朝他排山倒海而來。他們躲進草叢後，他便沒有辦法看到太多打鬥的畫面，只聽到狐狸陣陣的咆哮聲，狐躍疼痛的哀叫聲，以及玫瑰瓣和亮心憤怒的喵叫聲。他從藤蔓縫隙中看到狐狸撤離空地，三隻貓在後面追趕著。

狐狸的氣味漸漸散去，一切歸為平靜。

「你覺得我們現在可以出去嗎？」櫻桃掌小聲地問，「我的毛皮上都是刺。」

「最好不要，」錢鼠掌回答，「亮心要我們乖乖待在這裡。」

他們等了一會兒，恐懼也跟著逐漸退去。但狐狸氣味又再度轉濃，松鴉羽不由得心頭一震。錢鼠掌嘀咕道：「我覺得牠好像跑回來了。」

他從刺藤叢的縫隙瞄出去，看到狐狸就在幾個尾巴遠的地方低著頭嗅來嗅去。

「牠在找我們！」錢鼠掌語帶驚恐地低聲說。

「我們要是被牠找到了該怎麼辦？」櫻桃掌問，「其他的貓都去了哪裡？」

狐狸步步逼近；松鴉羽心想牠已經鎖定了見習生的氣味。此刻附近的草叢暗處突然爆出一聲宏亮的嘶吼。狐狸抬起頭，聽到嘶聲再度傳來，遲疑了一會兒後，旋即轉身，夾著尾巴逃之夭夭。

「好險！」錢鼠掌倒吸一口氣。

松鴉羽直覺草叢底下一定有一隻貓。但刺藤叢擋住了他的視線，他只能在暗處隱約捕捉到一團模糊的身影。他集中精神，設法嗅到氣味。

「噢！」錢鼠掌大叫，「你按得太用力了！」

眼前的影像瞬間消失，松鴉羽再次陷入一片黑暗中。「對不起。」他咕噥。他差點就找到了一些蛛絲馬跡，卻偏偏在這個節骨眼被迫退出這年輕公貓的記憶，讓他很無奈。「好了，你們可以走了。」

兩個見習生蹦蹦跳跳離開後，松鴉羽走到空地，發現巡邏隊已經回來。罌粟霜陪著櫻桃掌和錢鼠掌站在谷地中央。眾貓則圍著她，聽兩名見習生講述此次的冒險事蹟。

「什麼？」罌粟霜大叫，「狐狸差點把你們給吃了？這真是太可怕了！棘爪，我們該怎麼處理？」

「冷靜，罌粟霜。」副族長喵聲說：「反正這次沒有造成任何傷亡——」

「不要只會叫我冷靜！」罌粟霜反駁，「我的小貓差點被吃掉！」

「我知道這很令人擔心。」棘爪安撫她，「我萬萬沒想到領土內竟然會有狐狸出沒。我們不久前才趕走一隻，沒想到牠這麼快又跑來了。」

松鴉羽走過去，想和大家討論救了見習生一命的神祕貓。但罌粟霜周圍一陣喧嘩，沒有貓有心情聽他說。

他鑽進群貓間，發現藤池就在他旁邊，充滿罪惡地蜷縮在一旁。「怎麼啦？」他問。

「都是我不好，」藤池苦著一張臉回答。為了讓大家聽見，她提高音量喵聲說：「狐狸有可能是被我引進領土的。」

「怎麼說？」火星盤問。

松鴉羽察覺族長從擎天架跑過來；當他開始質問藤池時，現場的貓兒瞬間安靜下來。

藤池開始敘述她和松鴉羽發現金盞花圃被兔子吃光的經過。「所以我才會去找一些狐狸糞便，把它塗抹在枝條上。」她語帶顫抖地繼續說，「為了把兔子嚇跑，我就把糞便塗在草藥叢四周。那隻狐狸肯定是聞到糞便的味道，一路跟著進入邊界。我真的很抱歉。」她說完。

「鼠腦袋！」雲尾大聲斥責。

「罵的好，妳差點就害死我的孩子！」罌粟霜嘶聲說道。

「嘿，話不能這麼說。」獅焰擠向前，來到松鴉羽和藤池的旁邊。「藤池怎麼知道會發生這種事？我們平時根本不會跑到那裡做訓練。」

「沒錯，」栗尾跟著說，「到時金盞花長回來，大家就會很開心了。」

更多貓加入發言，大家一陣七嘴八舌，讓松鴉羽摸不著頭緒。最後，火星大喊一聲。

「夠了，事情都已經發生了，再吵也於事無補。」等喧鬧聲漸漸平息，他補充道：「現在我們必須加強定期巡邏，以確保狐狸不會再回來。」他哼的一聲說：「並且要特別留意躲在草叢的陌生貓。」

松鴉羽可以感覺出族長只是在半開玩笑。怪事不斷在發生，部族需要嚴加警戒。錢鼠掌的記憶仍栩栩如生地浮現在松鴉羽的腦中，他知道崖頂的確有一隻貓現身。

「嘿，鴿翅。」他喵聲說，在逐漸解散的族貓中聞到她的氣味，「妳剛才想跟我說什麼？妳有事先聽出崖頂的任何動靜嗎？」

鴿翅停下來，面對著他。他可以感覺出鴿翅的戒心。「沒有。」鴿翅回答。

「連在開始攻擊時，也都沒聽到？」松鴉羽追問。

「沒有。」

「那之後呢？有任何關於那隻突如其來的貓的蛛絲馬跡嗎？」

「沒有！」鴿翅忍不住爆發出來，「我什麼也沒聽見，可以了嗎？不要再指望我關照整個部族。」

她悻悻然離去。過了一會兒，獅焰的氣味迎面朝松鴉羽飄來，他的手足跑來站在他旁邊。

「怎麼了？」獅焰問。

「我想那兩個見習生說的沒錯，」松鴉羽告訴他，「的確有入侵者。」

獅焰突然感到一陣驚慌；松鴉羽可以感覺出他頸毛直豎的模樣。「我得趕快召集一支巡邏隊去追捕。」獅焰喵聲說。

「不，先別急。」松鴉羽擋住他，並伸出尾巴，環抱住兄弟的前腿。「這隻貓顯然有意救見習生一命，因此我不認為她會對部族造成任何威脅，我也不認為她是刻意來害我們的。」

獅焰沉默片刻；松鴉羽幾乎可以聽到他的思緒在腦中不停翻攪的聲音，有如蜜蜂在空樹幹中嗡嗡飛舞。他知道獅焰會得出和他一樣的結論。「真的嗎？你真的這麼認為？」獅焰最後喵聲說道，緊張的語氣中隱藏著一股期待。

「我們在隧道中沒有找到她。」松鴉羽說。

「她真的會回來嗎？」

松鴉羽深吸一口氣。「我們很久以前就得到了教訓，我們並沒有想像中的瞭解她。或許她會回來。」

# 第六章

「爬高一點！再高一點！」

藤池一步步往樹上爬，樹枝橫掃過她的臉，揪扯著她的皮毛。

「動作加快！」樹下不斷傳來催促的吼聲，「繼續往上爬！現在馬上給我跳！」

「星族啊！」藤池碎碎念著，爪子緊抓住樹皮。「從這麼高的地方跳下去，肯定會摔個半死。」

她和其他的貓擠在高高的樹上，樹幹承受不住他們的重量，已經開始彎曲。樹上沒有足夠的空間讓四隻貓同時安全地攀爬。

藤池偷偷往下瞄了一眼，俯瞰陰森的黑暗森林。她聽到四周響起貓咪訓練的聲音，打鬥聲幾乎蓋過了那黏膩樹葉的沙沙晃動聲。**不知道樺落有沒有在裡面？不知道還有多少雷族貓參與其中？**

她只看到負責監督訓練的破尾坐在一棵倒臥的樹幹上，蟻皮則是站在他旁邊。想當初他到黑暗森林時，還只是破尾的見習生，但現在已經晉升為戰士；都是他在一旁發號施令。

「那個癩痢皮就愛指揮其他貓，」風皮嘶聲說道，緊抱住藤池旁邊的樹幹。「他以為他死了，就有什麼了不起！」

河族的穴掌攀住藤池下方的一根細枝，緊閉著眼睛，微微發出驚嚇的呻吟，拚命想穩住重心。他的族貓鯉尾吃力地超越他，不停往樹頂上爬，差點把藤池從搖搖晃晃的樹枝撞下來。

「喂，小心點！」藤池大吼，很羨慕這河族貓輕盈強壯的身體，以及充滿自信的動作。

「鯉尾，妳贏了！」破尾從樹下大喊，「除了妳不用跳之外，其餘的貓現在都給我跳下來！」

藤池深呼吸。**我已別無選擇……**她瞄準樹底下一堆枯葉，縱身一躍墜在地上，瞬間有種窒息的感覺。她還來不及爬起來，蟻皮就撲到她身上，把她壓倒在地，用琥珀色的眼睛怒瞪著她。

「動作也太遲鈍了吧，鼠腦袋！」

藤池吃力地撐起身體，抬起後腳，往他肚子猛力一踹。「我沒想到你這麼忘恩負義，」她喘著氣說：「你難道都忘了自己在木柴堆上被薊爪打到傷重身亡那一幕嗎？」

「誰還管過去的事？現在這裡是我的部族！」蟻皮發出嘶聲，爪子朝她的喉嚨猛劃過去，「這裡的一切是我應得的。」

藤池縮起下巴，狠咬蟻皮伸出的腳掌一口。**是**，她愈想愈淒涼，**這是你應得的**。壓在她上面的蟻皮發出怒嚎，趕緊把腳縮回去。藤池一鼓作氣，趁勢將蟻皮甩開，並看到鯉尾正優雅地從樹上飛身一躍，落在一處蕨叢裡。

「很好，」看到鯉尾自鳴得意地走出來，破尾喵聲說道，「要是其他的貓都能像妳一樣就好了。」他在藤池、風皮和穴掌之間來回走動，用充滿殺氣的眼神怒瞪他們，然後繼續說：「好了，打鬥訓練的時間到了。我要看看上次練習的後空翻動作。」

藤池和穴掌一組，風皮則和鯉尾互相練習。這隻河族的貓不再是一個月前剛到黑暗森林時需要其他貓幫忙的緊張見習生，他已經學會了很多，每個動作都強而有力且果決。當他撲到藤池身上時，藤池被他強勁的攻擊力道嚇了一跳，隨後從他下方抽身掙脫，爪子劃過他的耳朵。穴掌對藤池的技巧也同樣感到驚嘆。

她注意到自己和在場的貓如何流暢地應和著彼此的動作，像一支從出生就一起接受訓練的精良部隊。**其他貓根本不會想到我們是來自不同的部族**，她心想，一邊閃過穴掌的攻擊，再次飛身跳起，襲擊他的耳朵。**我們的戰鬥技巧配合的天衣無縫，這是一股各部族從未見識過的強大威力，而我竟是其中的一員。**

破尾終於喊道：「夠了！」藤池終於鬆了一口氣。

鯉尾跳開，讓風皮可以站起來，並順口問道：「我們有表現的很好嗎？」

「你們來這裡並不是為了得到讚美，」破尾吼道：「要聽好聽話，就去找你們做作的族貓。你們是為了打鬥而來。如果能存活下來，就算你們好狗運。」他不屑地揮動尾巴，「現在通通給我離開。」

藤池踉蹌朝幽暗的林子離去，其他貓跟在她後面走。風皮跛著腳，穴掌剛剛被藤池這麼一擊，身上也多出幾道滲血的傷口，連鯉尾的後腿都掉了一些毛髮。

在場的每隻貓都沉默不語。藤池看到花落穿過林子，朝相同的方向離去，也是一副慘兮兮的樣子。她知道花落有看到她，但她累得沒有力氣和藤池打招呼。藤池注意到四周出現愈來愈多貓咪，個個都是疲憊地低著頭，腰腹一起一伏地喘著氣。

**等到下次我們一閉上眼睛，又都會回到這裡，**藤池心想，**我們就像掉入網裡的蒼蠅，被黑暗森林操控著。**

⚡⚡⚡

一輪圓月浮掛在湖上，把湖水染得一片銀白。火星帶領著部族步出森林。藤池走在姊姊旁邊，雖然她累得筋骨痠痛，但還是很高興能去參加大集會。

**今晚會待到很晚，這樣我就不用到黑暗森林報到了。**

當群貓跟著火星沿著湖畔而行時，藤池注意到鴿翅頻頻甩動頭，一副剛從水裡跳出來的模樣，一邊喃喃發出懊惱的嘶聲。

「妳的聽力還沒恢復嗎？」藤池小聲地問。

鴿翅轉向她，困擾地睜著大大的藍色眼睛。「還沒，」她回答：「這比耳聾還要慘！我這樣要怎麼保護部族？」

「別擔心，」藤池試圖安慰她，「我們四周都是戰士。」看到姊姊一臉不放心的表情，她突然一股怒氣衝上來。「但是他們都沒什麼用，因為他們又沒有預言的加持，對吧？」她酸溜溜地說。

「妳不懂。」鴿翅嗆回去。

「是嗎？」藤池嘶聲說道：「我可沒看到妳每天晚上到黑暗森林裡去賣命！」她因為太生氣，沒有注意到自己罵的太激烈，直到走在前面的蕨毛來到她們旁邊，才驚覺自己說話太大聲。

「妳們兩個吵夠了沒？」他喵聲說：「妳們起碼也得在大集會時表現出團結的樣子。妳們是想讓其他部族看到雷族戰士吵吵鬧鬧的德行嗎？再說，星族如果看到妳們在滿月時吵架，一定會生氣的。」

藤池心不甘情不願地點頭，鴿翅則是喃喃地說：「對不起。」蕨毛眯起眼睛，對她們使了一個嚴厲的眼色，接著加快步伐，跑回雲尾旁邊。

**星族！**藤池心想，**有時候我真懷疑祂們是否真的有力量。**她想起在黑暗森林目睹的一切，不禁打了個寒顫。**我很清楚那些貓的能耐，我們該拿什麼對抗他們呢？**

ϟϟϟ

火星帶領部族沿著湖岸來到斷木橋，此刻霧星帶頭的河族隊伍也從溪流附近的灌木叢現身。當下眾貓紛紛不知所措地徘徊。藤池看到敵方部族裡出現幾張不懷好意的臉。

**我們不能為了哪個部族先過橋這種事而爭吵！**

隨後霧星走向前，禮貌地對火星鞠了一躬。「你們請先走，」河族族長喵聲說，並揮動尾巴，示意自己的族貓後退幾步。

「謝謝。」火星回答。

他與霧星一起等在岸邊，讓棘爪先領著雷族貓越過斷木橋。藤池排著隊等待過橋，放眼掃視河族貓，就在與鯉尾四目交接的那一剎那，在黑暗森林一起訓練的記憶，有如爪子般把她與這河族戰士緊緊箍在一起，讓她一時之間無法移開視線。最後是鯉尾別過頭，才結束了彼此的目光接觸。藤池注意到她正在顫抖。

「快點！」鴿翅戳了她的側腹一下，「妳到底要不要過橋？還是妳想整晚站在這裡？」

「對不起。」藤池趕緊躍上斷木橋，衝過去。

她往島上一躍，落在布滿石礫的岸邊。空氣中聞不出有其他部族貓的氣味，看樣子雷族是第一個到達的。藤池鑽進附近的灌木叢，往巨橡樹前進。空地一片鴉雀無聲，跟在後頭的鴿翅和蕨毛，小心翼翼地踩著每個步伐，深怕打破了這片寂靜。

突然間，一陣咚咚腳步聲從灌木叢前方傳來，空氣中爆出興奮的尖叫聲，藤池忍不住驚跳起來。

「往這邊！我們來比賽，看誰先到巨橡樹！」

「一定是我先到！你這隻刺蝟哪能跟我比！」

蕨毛忍不住喵嗚大笑。「我們的見習生來參加生平第一次的大集會了。」

櫻桃掌和錢鼠掌鑽過灌木叢，玫瑰瓣跟在他們後面。

「夠了，」她喵聲說：「你們別想在空地亂跑。等族長到齊開始說話時，都必須保持安靜。」她用尾巴指了指，「去那裡坐好。」

兩名見習生雖然乖乖聽她的話，但還是忍不住睜大眼睛，東張西望，彼此交換眼神，亢奮地動來動去。

「哇！巨橡樹也太大了吧！」櫻桃掌驚呼。

雷族貓陸陸續續鑽出灌木叢，河族和風族緊跟著現身。過了一會兒，影族也加入。擁擠的空地，混雜著各部族貓咪的氣味，藤池蹲在自己族貓的中間，不想看到任何她在黑暗森林打過照面的貓。

**我感覺自己多少和他們站在同一陣線，**她不安地想著，**但我卻已經開始背叛他們。真希望我也能告訴其他部族貓事實的真相，或許我們能從內部聯手一起對抗黑暗森林。**

火星一馬當先，跳上巨橡樹的樹枝，隨後一星、霧星和黑星也紛紛跳上去。棘爪和其他副族長則是鎮守在樹底下。突然間，所有的貓全靜了下來；藤池發現大部分的貓都和自己的族貓在一起，而沒有像往常一樣，四處穿梭交換情報。

霧星站在一根低樹枝上，大喊一聲，藍色的眼睛環顧著空地四周。月光把她一襲黑藍色的皮毛照的閃閃發亮。「由我先開始。」她宣布，「河族可說是大豐收。乾旱的天氣並沒有影響湖裡或河裡的水位，所以捕魚不成問題。」

底下的河族貓喃喃表示贊同，但其他外族貓則是一片沉默。

「還有，」霧星繼續說：「我們新增了兩名戰士。苔掌和穴掌現在叫做苔足和穴飛。」

「苔足！穴飛！」

藤池從獅焰背後瞄過去，看到這兩名新戰士高高抬著頭坐在那裡，任由群貓高呼他們的名字。她注意到大部分的歡呼聲全來自他們的族貓；其他部族的貓則是顯得一副興趣缺缺的樣子。等喧鬧聲停止後，霧星對其他族長們鞠了躬，垂下尾巴，坐回自己的樹枝。

火星站起身，沿著樹枝，往前走了幾步。「雷族境內的獵物也很充足。」他報告，「兩天前有一隻狐狸闖進我們的領土，但我們的戰士已經把牠趕跑了。」

藤池鬆了一口氣，幸好族長沒有把狐狸為何會被引到雷族的原因講出來，都是因為她放了狐狸糞便所引起的。**他也沒有提到戰士受傷的事，他不想讓雷族看起來很弱。**

「還有，我們有兩名新見習生，」火星繼續說：「櫻桃掌和錢鼠掌。」

兩隻年輕的貓直挺挺地坐立，眼神閃爍著光芒，讓族貓們高喊著他們的名字。藤池覺得他們已經驕傲到不行，但其他部族只有寥寥幾隻貓跟著一起為他們歡呼。

影族的紅柳雖然不發一語，但卻若有所思地看著那兩名見習生。休想動他們的歪腦筋！藤池恨不得過去告訴他，**你別想把他們帶進黑暗森林！**

火星等空地的貓兒們安靜下來後，便走回原來的地方，但他還沒坐下來，一星就急著從樹枝上跳起來，在穩住腳步的瞬間，把橡樹上面的葉子弄得沙沙作響。

「我發現你根本沒有提到你們戰士在風族邊界逗留的事。」他激動地說：「你們是想策動侵略嗎？」

藤池的心臟怦怦狂跳，緊張地猛吞口水。**他們是衝著她和樺落在溪邊清洗的事來嗎？**

火星立刻走上前，眼裡燃著綠色的火光，正面迎向風族族長。「並沒有！」他大吼，「你未免也太可笑了吧！」

「我太可笑？」一星發出嘶聲，「那為什麼我的戰士會看到一隻雷族貓在查探我們的地盤？」

「沒錯！」鴉羽從空地大喊；他豎起灰黑色的皮毛，匆匆跳起來。「我可是有親眼看到！」

「我也有！」白尾附和。

藤池發現在她旁邊的獅焰繃緊神經，對這不實的指控顯然很氣憤。而她倒是鬆了一口氣，這整件事似乎和她跟樺落無關。

「你能指認出是誰踏進你們的地盤嗎？」火星冷冷地問；他朝空地的雷族貓揮動尾巴，「是在場的哪隻貓？」

「不曉得，」一星回答，「我的戰士們根本沒看清楚入侵者的長相，氣味也不容易辨別。」

「呃，是嗎？」火星瞇起綠色的眼睛，「所以你根本無法證明那就是雷族貓囉？也很有可能只是一隻路過的獨行貓——或是因為天氣霧霧的，你們錯把一隻瘦小的狗兒看成是貓。」

「你當然會這麼說，火星。」一星帶著怒氣說。

「對，」火星應和，「我當然不容許我的部族遭受不明的指控。一星，我勸你還是趕快好好坐下來，報告你部族的消息，免得讓自己難堪。」

空地的眾貓一陣竊竊私語，表示贊同——藤池注意到不只是雷族貓，除了鴉羽和風皮等少數貓仍在氣頭上外，大部分的風族貓都露出一臉尷尬的表情。

「風族有兩名新見習生，」一星忽然宣布，「伏掌和雲雀掌。」說完後就坐了下來。

這一次只有風族貓呼喊著兩個新見習生的名字。藤池替他們感到很不平。**他們的重要時刻就這樣白白被毀了，只因為他們族長這個鼠腦袋！**

火星揮動尾巴，示意黑星說話，然後自己也坐下來。

「影族的戰士們在兩腳獸的巢穴前和兩隻寵物貓大鬥了一場。」那隻大白貓得意洋洋地掃動著尾巴，「牠們應該會有好一陣子不敢再來惹我們。」

影族貓紛紛高呼附和；藤池看到褐皮和蟾蜍足臉上露出喜孜孜的表情，雖然蟾蜍足的一隻眼睛因為被嚴重抓傷而腫了起來，這也表示寵物貓的身手還不賴。

「另外，」影族族長繼續說：「我們有三名新戰士，松鼻、雪貂爪、歐掠翅。影族很強大。」

黑星坐下來，讓在場的貓為這些新戰士喝采。藤池沒有心情加入歡呼的行列。**強大？聽起來像是一種威脅。這該不會意味著他們將引起更多麻煩吧？**

各族長陸續從巨橡樹下來。在離開小島前，各部族總算有了互動，並且開始分享舌頭。藤池看到虎心目不轉睛看著她和鴿翅，然後又忽然把目光移開。鴿翅似乎也不想理那隻影族貓。

一個心跳的時間過後，藤池注意到虎心離開他的族貓，往鴿翅走來。藤池轉過去，想通知姊姊，但穴飛卻在這時候擠到她們中間。

「嗨，藤池。」他喵了一聲。

「嗨，恭喜你成為戰士。」藤池開口，一邊敷衍這隻河族貓，一邊偷瞄鴿翅在幹什麼。

「謝謝。」穴飛驕傲地鼓起胸膛，「嘿，妳不覺得昨天晚上的攀爬訓練很棒嗎？」

**喔，還敢說——你嚇到魂都快飛了！**藤池心想。「我們還是不要在這裡談比較好。」她小聲地說。

穴飛不理會她的暗示。「待在黑暗森林真的有種很奇怪的感覺，」他仍繼續說，但起碼知道把音量放低。「我是說，在那裡有一半都是已經死掉的貓！」

「是啊，真奇怪。」藤池邊附和，邊找尋鴿翅和虎心的身影。

「喂，穴飛！該走了！」聽到河族副族長蘆葦鬚這麼一喊，終於讓她可以鬆一口氣。

「明天晚上見，」穴飛發出貓鳴聲，轉身擠進貓堆中，回去找他的族貓。

藤池一看到他走，趕緊轉身找姊姊，但並沒有看見鴿翅或虎心的蹤影。**他們會不會是一起去了哪裡？**

然後她看到鴿翅正跟在一群雷族貓後面走出空地。藤池趕快從灌木叢底下鑽過去，跑到岸邊找正在排隊過斷木橋的鴿翅。

「虎心想幹什麼？」她低聲問。

鴿翅把爪子戳進沙地，看起來很困擾的樣子。「沒什麼，」她氣嘟嘟地說，「他一直來煩我有關焰尾的事。」

藤池從耳朵到尾梢突然開始冒冷汗。**虎心該不會已經把看到我在黑暗森林裡做的事通通告訴鴿翅了吧？**焰尾當時從星族不小心遊蕩到黑暗森林，一想到碎星命令她殺掉焰尾的那一刻，她的肚子就不由得顫抖起來。

「煩妳有關焰尾什麼事?」她追問鴿翅,一心想問個清楚,「虎心說的話哪能信。」

「就是說嘛!」鴿翅激動地說著,接著趕緊壓低嗓門,並快速瞄了四周,看看有沒有戰士在偷聽。「他一直想說服我,曦皮對松鴉羽懷恨在心,因為他沒有把焰尾救起來。她覺得他是被松鴉羽害死的。虎心說,曦皮正準備對雷族不利。」她抽動頰鬚,「他以為這樣就可以嚇唬得了我嗎?」

藤池總算放心,但又不能讓姊姊看到自己突然鬆了一口氣的表情。「或許妳應該去稟告棘爪,」她建議道,「他可能會想多派一些貓去執行影族邊界的巡邏工作。」

「這樣大家不就都知道我和虎心說話,」鴿翅回應,「我才不想自找麻煩。」她跳上斷木橋的一端,往下看著藤池,「說真的,曦皮能有什麼殺傷力?她心裡很清楚焰尾並不是松鴉羽害死的。」

# 第七章

大集會後的早晨，執行完清晨巡邏的獅焰一回來，立刻往火星的窩裡跑去。陽光灑落在山谷上，幾團白雲悠悠飄過藍天，營地充滿了祥和的氣氛。但獅焰卻有種烏雲罩頂、大災難即將降臨的不祥預感。

獅焰爬上落石堆，聽到棘爪的聲音從火星的窩裡傳來。

「你覺得這會是一星故意捏造的嗎？」副族長喵聲問，「他會不會是想藉機宣戰？」

「但願不是，」火星回答，「但風族的確愈來愈充滿敵意。」

「火星？」獅焰來到族長窩入口，探著頭問：「我可以跟你談一談嗎？」

火星坐在族長窩最裡面的床鋪上，棘爪則是站在他旁邊。「進來，」他揮揮尾巴邀他進來，「我們正在討論一星在大集會發怒的事。」

獅焰走進窩裡，向棘爪點頭致意。「我有

聽到你們的談話，」他開始說：「我正想和你討論這件事。要是風族說的都是實話呢？」

「什麼？」棘爪的尾梢開始抽動。「你是說雷族貓——」

「不是，」獅焰打斷他，「我知道那不可能。不過，要是他們真的看到有貓在遊蕩呢？記得櫻桃掌和錢鼠掌也說過他們看到一隻貓。說不定真的有一隻惡棍貓在我們的地盤裡閒晃。」

火星點頭，「說的有道理。」

「如果你要的話，我可以去追查，」獅焰提議，「並且設法驅逐他。」他緊張地等族長下命令，並暗暗對自己說，**順便可以證實松鴉羽和我的猜測是否屬實**。

「應該沒有這個必要，」棘爪喵聲說：「我們只要多派些巡邏隊就行了。」

「不用了，」火星沉思片刻後決定，「獅焰如果想去查，就讓他去吧。沒有必要為此勞師動眾。我們只需要查出是不是有貓入侵的跡象就行了。」

棘爪雖然一臉困惑，但還是對火星點頭。「好，如果你認為這樣最好的話。」

獅焰匆匆和兩隻貓告辭，跑下落石堆來到空地。當他正準備穿過荊棘隧道時，忽然看到松鴉羽在巫醫窩外，忙著聞狐躍肩上的狐狸咬傷，於是獅焰馬上掉頭去找他。

獅焰跑過來，此刻松鴉羽正對著狐躍喵聲說：「聞起來都很正常。你明天再過來。如果沒什麼問題的話，再過幾天你就可以回到戰士崗位了。」

「太好了，謝謝！」狐躍回應完畢後，便走回戰士窩。

松鴉羽轉過身，「什麼事讓你這麼興奮？」

獅焰沉默了一個心跳的時間。松鴉羽雖然看不見，但卻能很精準地察覺出他的喜怒哀樂。

雖然這已經不是第一次，但獅焰還是覺得很不可思議。「火星允許我去追查入侵者。」他告訴兄弟。

松鴉羽抽抽鼻子。「真的嗎？那麼你還是謹慎點比較好，」他沉默了一個心跳時間後，繼續說：「如果證明我們的直覺是對的，你要怎麼做？」

「我不知道。」獅焰坦承，腳掌突然有股激動的感覺。「我就是不想讓其他貓比我們先發現真相。」

「說的也是。」松鴉羽說。

獅焰讓手足回到窩裡，自己則是鑽過荊棘隧道，朝山谷上方的山坡前進。他俯瞰著湖面，風迎面拂來，把他的皮毛吹得平貼在兩側。湖上一片平靜，水被陽光照得閃閃躍動，四周環繞著婆娑的綠蔭。但獅焰還是難以擺脫被黑暗森林籠罩的陰霾以及暴風雨將至的預感。

刺激的狐狸糞味漸漸飄進獅焰的鼻子裡。他沿著氣味，來到櫻桃掌和錢鼠掌受訓的空地。

**嗯，有夠臭！藤池做的可真澈底。**

他沿著刺藤叢邊緣搜尋，最後找到腳印和勾在細刺上的少許毛髮，這裡就是見習生躲避狐狸的地方。獅焰從刺藤叢底下鑽了進去，試著模擬當天兩隻年輕貓從藏身處看出去的情景。四周的荊棘藤蔓遮住了大部分的視野，但下方有一個縫隙，剛好和飽受驚嚇的見習生視線平行。從縫隙看過去，可以發現在幾個尾巴遠的地方有一處榛木叢，那隻出手相救的神祕貓應該就是蹲伏在那裡。

獅焰鑽出刺藤叢，細刺刮過皮毛，他忍不住發出厭惡的嘶聲。榛木叢下面的殘碎石礫看似有被貓踩過的跡象，幾根斷裂的樹枝散落在地上，但卻沒有看到清楚的腳印。

**這隻貓的體型應該比我小，才有辦法鑽到下面去，**獅焰心想，**可惜沒有留下任何毛髮，而在這臭氣沖天的狐騷味中什麼也聞不到。**

空地已經勘查完畢。獅焰沉思了一會兒，便前往非部族領土的森林邊界，然後再到風族邊界，因為入侵者曾在那裡現身。他沿途仔細地檢查地上，接著在一個地方發現布滿腐葉的泥土有被翻動的痕跡，在這裡似乎是經過了一番撲殺和短暫的掙扎。

獅焰謹慎地聞著四周的氣味，但卻找不出任何獵物被捕後，被吃下肚的跡象。此刻一道往邊界方向延伸的細小拖行痕跡，突然出現在他眼前，他不由得愣了一下。獅焰一步一步循著痕跡走，有時候還差點在草叢和樹葉堆中斷了線索，不過最後還是來到了邊界。拖行的痕跡跨越雷族的氣味標記，繼續往前延伸。他在邊界外幾個狐身遠的非部族森林裡發現了散落的羽毛。

**這隻貓的確殺了獵物，而且知道要把它帶到邊界以外的地方吃，**獅焰的心臟開始一陣狂跳。**這隻貓顯然對領土界線瞭若指掌！因此可以在這裡從容地獵食和走動，但又不想被其他貓發現。**

獅焰在散落的羽毛旁邊坐下來，把尾巴繞在腳邊，試著理出頭緒。如果這個入侵者住在這附近，不僅需要食物和水，也需要一個棲身的地方。

**如果他要監視雷族，就不能離這裡太遠，但也不能太近，因為他在歇息的時候氣味就會飄過邊界⋯⋯**

獅焰重新站起身，鼓起勇氣慢慢進入陌生的林子。不久，他來到一處刺藤叢，看起來有可能是獨行貓藏身的地方。

**不可能，**他一邊想，一邊細心地觀察著。**要是我才不會住在這裡。這裡太難脫逃，我可能還沒聽到聲響，敵貓就已經撲上來了。**

獅焰豎起皮毛，繼續搜索，直覺自己已經非常接近尋找的目標。他來到一個高低起伏的空地，一塊塊爬滿青苔的岩石從地上冒出來。他發現其中的一顆大岩石底下有一個像是隧道入口的洞。獅焰躡足走過去，步伐輕到像是在跟蹤一隻老鼠。他一來到洞邊，立刻伸長脖子，嗅一下氣味。濕氣和泥味盈滿他的氣味腺體，而且還有一股貓味混雜其中，但這裡五味紛雜，讓他根本無法清楚辨識出氣味。

他蹲下來準備鑽進去，但此刻突然有一個念頭閃過他的腦海。**等一下，除非我知道還有另一個出口可以出去，否則我不會選在這裡棲身。**

他繞著岩石叢潛行，戰戰兢兢地移動，目光不停來回掃動，想要找到另一個洞口。最後終於讓他找到了：這個洞比第一個洞還小，並且被蕨葉叢很隱密地遮蓋著。

**太好了！**

獅焰想了一會兒，決定去找來一根斷裂的樹枝，把它拖到第二個洞前，緊緊堵住出口。

**不管入侵者有沒有在裡面，我都不能大意。**

他回到第一個洞口，趴下來，努力想看清楚裡面。但在黑暗中什麼也看不見。

**沒有別的選擇了，只能硬著頭皮進去。**

他猶豫了好幾個心跳的時間，真的很不想擠進一個黑漆漆的洞裡。那個洞比他的身體還小，在這麼狹窄的空間中，恐怕連呼吸都有困難。**裡面什麼東西都有可能……蛇……狐狸……然後他甩甩皮毛，你是戰士，還是老鼠呢？**他往地上一趴，開始扭動肩膀，設法鑽進狹窄的裂口往前爬。

他的背後突然傳來說話的聲音，「哈囉，獅焰。」

獅焰一驚，倏地轉過身，頭應聲撞到洞口上方的岩石。他頓時目瞪口呆，站在他眼前的竟是一隻他想都沒想過會再見到的貓。

「索日！」

索日低下頭，棕黑混雜的皮毛在陽光下閃爍。他頰鬚微彎，笑笑地看著獅焰。「我回來看到的第一隻貓就是你，真是太恰當不過了。」他喵聲說，接著舔了幾下胸毛。「畢竟你是我離開前見到的最後一隻貓。」

獅焰突然感到一股罪惡感。他回想起自己堅信索日不應該被當成犯人關起來，於是幫助他從雷族營地逃脫的經過。

「你在這裡做什麼？」他盤問，腦袋一片混亂。

索日訝異的抽動耳朵。「你不歡迎我這個前族貓嗎？」

「你從不是我的族貓，」獅焰駁斥，試圖冷靜下來。他很氣自己，為何要讓索日目睹他渾身皮毛沾滿汙泥和石礫的狼狽模樣。「你要是以為我們會歡迎你，那你就錯了。」他繼續說：「我們很清楚你對黑星和影族做了什麼事。」

索日張著大眼睛，一副受傷的表情。「我只是想建議不一樣的生活方式。你知道嗎？這個世界不是只有戰士守則而已。」他的語氣像帶著一絲不祥的預兆。「可是我也知道，戰士守則規定對待客人要有禮貌。來見見老朋友也是合情合理，不是嗎？」

獅焰氣得咬牙切齒。**不管我說什麼，這隻貓總是有辦法讓我難堪！**「我們從來都不是你的朋友。」他碎碎念道。

「喔，我覺得你是我的朋友啊。」索日喵聲說：「畢竟你曾經幫我逃脫，不是嗎？」他對著氣沖沖的獅焰眨一下眼睛，繼續說：「啊，我知道了，這是不能說的祕密。這也難怪啦，釋放犯人也不是什麼光彩的事。不過，我還是不知道自己為什麼會被抓起來。」他盯著前掌的爪子，「那麼，你可以帶我去見見火星嗎？」

獅焰大感驚訝，「你真的要見他？」

索日點頭，「有什麼好不可以的？雖然他莫名其妙就把我關起來，但我跟他其實也沒什麼過節。我們可以敘敘舊，談談在湖邊的往事。關於太陽消失的那一天——你還記得嗎？」

獅焰突然感覺一陣毛骨悚然，抬頭仰望天空，那異常黑暗、寒冷與寂靜的天色，他至今仍記憶猶新。

「別擔心，」索日發出貓鳴，「我不會再把太陽變不見。只要我沒有受到不平等的對待，就不會有事。」

⚡⚡⚡

獅焰帶著索日從荊棘隧道走進來。大部分的巡邏隊在這個時候都已經歸營，岩石山谷處處可見貓咪的蹤影；有的在曬太陽、有的在分享舌頭、有的則是忙著在獵物堆旁閒聊。塵皮正從空地經過，準備去廁所隧道，一見到索日，立即停下腳步。

「我真不敢相信！」他大聲嚷著，「你來這裡做什麼？」

把身體捲成一團躺在太陽下的雲尾和亮心，忽然抬起頭瞧。「索日！怎麼可能！」雲尾吃驚地大喊。

兩三名在窩裡的戰士一聽到聲音，連忙探出頭來，緊接著跑出來。正在門外和栗尾分享舌頭的蕨毛，瞥了一眼，忍不住跳起來，趕緊衝到落石堆，直奔火星的窩。

「索日！」在獵物堆的松鼠飛，嘴裡叼著一隻田鼠，在抬起頭的瞬間，不禁倒抽一口氣，「噢，不會吧！」

櫻桃掌和錢鼠掌蹦蹦跳跳穿過空地，在索日面前煞住腳步，不可思議地張大眼睛看著他。

「你真的是索日嗎？」櫻桃掌問，「鼠毛才剛講到你！」

「對呀，你就是那個偷走太陽的貓嗎？」錢鼠掌跟著問。

索日點頭。「沒錯，但是我又把它變回來了。」

「哇！」

獅焰站在原地，看著愈來愈多族貓跑來空地，團團圍繞著他和索日。他看看四周，想尋找松鴉羽和鴿翅的蹤影，但根本沒看到他們兩個。

「你想幹什麼？」灰紋擠上前，咆哮說：「每次只要你踏上我們的領土，準沒好事發生。」

「沒錯。」塵皮走過來，站到灰紋的旁邊，頸毛跟著豎了起來。「索日，你要是識相的話，最好拍拍屁股回去原來的地方。」

「見到老朋友真好，」索日發出噗噗貓鳴，順勢舉起一隻腳，舔了一下。「雷族總是這麼熱情歡迎我。」

在場的貓還來不及回應，火星已經擠上前，停在索日的面前，一雙綠色的眼睛不斷上下打量著他，覺得他很可疑。

「你來這裡做什麼，索日？」他蓬起火焰色的皮毛問。

索日眨眨眼睛。「我只是路過，想說順道來跟雷族的朋友打聲招呼。」

路過……哼！獅焰心想，他已經在附近逗留了起碼好幾天。

火星聽到索日這麼回答，索性思考了一會兒，尾梢微微抽動。「雷族現在是跟你沒什麼恩怨，」他最後喵聲說：「但黑星我就不敢說了。你在風族邊界閒晃，已經引起夠多風波。在種種考量之下，請你最好離開。」

索日只是抽動一隻耳朵，沒說半句話。

「火星，只要你一聲令下，」雲尾往前跨了一步，嘶吼道：「我們可以立刻攆他走。」

但此刻一個聲音突然從戰士窩傳來，不斷喊著「索日！索日！」。只見罌粟霜衝過空地，擠開在索日身旁圍觀的群貓。

「索日，是你救了我的孩子，對不對？」她睜著大大的眼睛，喵聲問他，「在山谷上方，當他們被狐狸盯上那一次？是你救了他們，對不對？」她看到索日沒有回答，便迫不及待地繼續說，「他們沒有看清楚是你，但若真要是雷族戰士，他們怎麼可能會認不出來。」

獅焰突然有股失落感。雖然索日應該就是那天躲在榛木叢裡把狐狸嚇跑的貓，但也改變不了獅焰對他的觀感。他不希望索日待在這裡。

「那麼，索日那天在雷族地盤幹什麼？」塵皮喃喃地問。

「就是說嘛。」雲尾瞪著這個訪客，「他如果真想拜訪，為什麼不直接過來，或是跟巡邏隊打聲招呼？」

罌粟霜轉過頭，回瞪雲尾。「他也許不太確定我們會不會歡迎他。」她駁斥，接著回頭看著索日，並從喉嚨發出低沉的貓鳴。「喔，索日，真的很感謝你！這裡永遠歡迎你。」

「謝謝妳，罌粟霜。」索日回答，「但說真的，這只是小事一樁。」

「把狐狸打跑可不是小事一樁，」莓鼻從罌粟霜後面走過來喵聲說，並恭敬地對著訪客點頭致意。「火星，他今晚能待在這裡吧？」

火星看起來有點不知所措。獅焰看得出他並不想讓索日再進到營地裡，但現在又很難趕他走。「好吧。」他草草點頭同意。

「請過來獵物堆，隨便選你想吃的食物。」莓鼻邀請他。

這奶油色的戰士帶著索日穿過營地，大部分的貓也跟了過去。櫻桃掌和錢鼠掌已經開始興奮地纏著索日問東問西，想聽他說旅途上的一切。

「你們等會兒再問，」罌粟霜告訴他們，「先讓索日吃東西，休息一下。」

獅焰呆站在營地入口附近。**有沒有搞錯！索日不但回到雷族，而且還被奉為貴賓款待。**他看到原本站在眾貓邊緣聽話的松鴉羽迎面走來。「我們猜錯了。」獅焰喵聲說。

松鴉羽點點頭，接著轉向獵物堆，彷彿看得見索日被族貓團團簇擁的景象。「我原本很確定……」他咕噥道。

「我才不管索日救了多少見習生，」獅焰沉默一會兒後，繼續說：「我就是無法信任他。我覺得火星也不信任他。」

「我也是。」松鴉羽嗤之以鼻地說，「他絕對不可能只是路過。他一定是別有目的，而且肯定沒好事。」

# 第八章

鴿翅嘴裡咬著一隻松鼠，跟著棘爪穿過荊棘叢。榛尾和刺爪也都帶著獵物跟在後面。今天真是大豐收。

棘爪一踏進營地，突然煞住腳步，讓來到狹窄隧道盡頭的鴿翅差點撞上去。「對不起。」他咕噥一聲，趕緊閃到旁邊。

鴿翅走出隧道，看到副族長正隔著空地，望向一隻坐在獵物堆旁的陌生貓。那隻貓邊吃著獵物，邊和簇擁在他身邊的雷族戰士聊天。他一襲棕黑白三色相混的皮毛看起來十分光滑，一副營養充足的樣子。

棘爪仍不斷望著那新訪客，頸毛開始倒豎。「那是誰？」鴿翅問他。

「索日，」副族長放下嘴裡的兔子回答，「他曾經待過這裡，那是妳出生前的事，還有——」

「鼠毛很久以前告訴過我關於他的事！」鴿翅興沖沖打斷他的話，「他就是那隻把太陽變不見的貓嗎？我還以為那只是編造的故事。」

棘爪點頭，「是真有其事。」

「你覺得他會故技重施嗎？」

「他敢？」刺爪低吼一聲，來到棘爪旁邊，「那隻貓只會惹麻煩。真不知道火星在想什麼，還讓他待在這裡。」

棘爪叼起兔子，帶頭往獵物堆走去，其他狩獵隊員跟上去，擠進纏著索日說話的群貓中放獵物。

「來見見索日。」鼠鬚熱情地對著正在放獵物的鴿翅喵聲說：「他就是那隻趕走狐狸，救了見習生一命的貓。」

「沒錯，他能來真是太好了，不是嗎？」白翅補充道：「沒有他，那兩隻可憐的年輕貓可就完了！」

但鴿翅發現並不是所有圍在索日身邊的貓都很樂意見到他。火星和沙暴、灰紋和蜜妮坐在一旁，對這新訪客的出現顯得很自在；塵皮、蕨雲和松鼠飛低著頭竊竊私語，不時對索日投以懷疑的眼神。

波弟和鼠毛一臉好奇，從長老窩慢慢走過來；當看到索日時，波弟忍不住驚訝地眨起眼睛。

「不會吧！」這隻老虎斑貓大叫，「索日！真不敢相信還能再見到你。」

索日低下頭，「波弟，你看起來過得不錯。鼠毛，我——」

當索日轉向她時，這棕色母貓立刻退後一步，急急甩動尾巴，發出嘶聲。「不要過來。」她大吼。

鴿翅似乎察覺到索日的琥珀色眼睛閃過一絲怒火，然後這隻雜色公貓再次鞠了一躬。「看來鼠毛還是老樣子，」他心平氣和地喵說道：「真高興再見到妳。」

鼠毛一個轉身，怒沖沖地走回長老窩。波弟無可奈何地看了索日一眼，便跟了回去。鴿翅太過專注望著那隻脾氣暴躁的長老，並沒有發現妹妹已來到身旁。藤池用一隻腳掌戳戳她。

「真是太詭異了。」藤池喵聲說，但她看到鴿翅沒有回應，於是繼續悄悄地說：「妳有在影族邊界發現任何異狀嗎？」

鴿翅以為妹妹在問曦皮的事。「你該不會把那隻蠢母貓的話當真了吧？」她轉動眼珠問。「沒有，我沒有看到什麼異狀。只有閒閒沒事做的貓才會去相信她的鬼話。」

⚡⚡⚡

火星陸陸續續又多派了一些狩獵隊外出，多捕了些獵物回來。當太陽一下山，整個部族便圍在獵物堆旁大快朵頤。鴿翅坐下來啃食一隻老鼠，試著搞清楚索日的到來對雷族有何意義。年輕的貓兒們團團圍住這新訪客，張大眼睛，豎起耳朵蹲坐在一旁，專注聽著他所說的每一句話。

「有一次我用單掌就把一隻獾給打敗了。」索日忙著講述，「那隻獾又大又醜又殘暴，我是在離這裡很遠的樹林獵食時突然遇上的。」他舔了一隻腳好一會兒，接著將它慢慢刷過耳朵。「但是，只要懂得對付獾的技巧，牠們其實沒有想像中的可怕。那隻獾的鼻子被我那麼一抓，立刻逃之夭夭。」

**希望櫻桃掌和錢鼠掌在遇到獾時，不要有樣學樣，**鴿翅心想。那兩名見習生坐在最前面，目瞪口呆地仰頭看著索日，連飯都忘了吃。

「再多講一點！」櫻桃掌央求，「索日，你有和狗兒對決過嗎？」

「說起我擊敗的狗兒可是比你們吃過的老鼠還多，」索日回答，「有一次——」

「好了，」罌粟霜喵了一聲，用尾巴拍拍櫻桃掌的肩膀。「不好意思，索日，他們該上床睡覺了。」

「才沒有！」錢鼠掌抗議，「我們已經不是小貓了。」

「你們還是得睡覺啊。」罌粟霜告訴他。

莓鼻靠到伴侶旁邊，用鼻子磨磨她的耳朵。「就讓他們晚睡一次吧，」他低語喃喃，「他們難得聽到山谷外發生的事。」

「萬歲！」錢鼠掌興奮地跳起來，「拜託你趕快說狗兒的事，索日。」

「一對兩腳獸還有牠們的小兩腳獸帶著那隻狗，在我當時棲息的樹林裡散步，」索日開始說，「然後那幾個笨蛋竟然鬆開栓在狗兒身上一條像藤蔓的東西，讓牠逮到機會亂跑。牠聞到我的氣味，跑了過來，隔著蕨叢，朝我的窩一陣鬼吼鬼叫。你們知道我怎麼治牠嗎？」

「不知道！」櫻桃掌大呼，「趕快說！」

「我爬到樹上，」索日繼續說：「等到狗兒跑到樹下，便出奇不意地跳到牠身上。」

鴿翅聽到好幾隻貓紛紛興奮地倒吸一口氣。他們連這種鬼話也相信嗎？

「那隻爬滿跳蚤的癩痢皮毛哀號了好久好久，這一點都不誇張。」索日繼續說：「牠夾著尾巴，一路哭著跑回兩腳獸的身邊，我那時仍是緊緊纏住牠的脖子不放。」

「兩腳獸有抓到你嗎？」花落屏住氣問。

索日搖搖頭。「就在狗兒快接近牠們的時候，我很快跳下來，躲進蕨叢裡。牠們罵了那隻亂跑的狗兒一頓，然後把那條藤蔓的東西再次往牠身上一綁。從此以後，我就再也沒見過牠了。」

鴿翅瞪著索日，儘量不去理會族貓們給他的讚美。她努力回想自己是否曾經聽到疑似他踏進雷族領土的聲音，但似乎是沒有。她沮喪地搖搖頭。

**如果我的感官能恢復就好了……要是永遠都回不來該怎麼辦？**

一條尾巴突然停在她身上，讓鴿翅嚇了一跳。她轉過身，發現原來是煤心。

「別悶悶不樂。」灰色母貓喵聲說，「不管妳在擔心什麼，我敢保證一定會沒事的。」

「不知道耶，」鴿翅喃喃地說，「這個索日……我就是不喜歡他，不想看到他待在這裡。」

煤心頗有同感地點頭。「我也不是很確定索日是怎麼樣的一隻貓。」她坦承，「但他如果真的是見習生的救命恩人，部族至少應該好好招待他吃住。」

鴿翅努力思考這個問題，同時又注意到坐在花落旁邊的蜂紋站了起來。這有著一襲和他父親一樣濃密皮毛的戰士伸伸懶腰後，迎面朝鴿翅走來。

「嗨，鴿翅，」他喵聲說：「我想到森林走一走，妳要跟我一起去嗎？」

「現在不要，」鴿翅回答，「我很快就要回窩裡去了。」

蜂紋眨眨眼睛，露出受傷的眼神。「喔，好吧。」他轉身離開，消失在荊棘叢的盡頭。

「妳也太絕情了吧，」煤心碎碎念道：「妳不要一直傷蜂紋的心，他是真的很喜歡妳。」

鴿翅尷尬地扭動身體，感覺皮毛一陣發熱。「他才不喜歡我……」她開口說道。

「他當然喜歡妳。」煤心很篤定地說。「聽好，」她開始嚴肅起來，「如果你們之間沒有阻礙，妳應該好好把握可以瞭解他的機會。」

「妳是說妳和獅焰——」

看到煤心搖著頭，藍色眼睛蒙上一層感傷的氣息，鴿翅突然打住。「不是，」煤心喵聲說：「我們之間是有阻礙，但妳永遠不會懂。」

鴿翅看著她。**難道煤心知道獅焰擁有特異能力的事？這會是阻礙嗎？**

她開口想問煤心，但這灰色母貓沒給她機會問。「妳現在就趕快去找蜂紋，」她催促道，「他看到妳一定會很開心。」

鴿翅雖然還是有所疑慮，但不想再辯下去。她鑽過屏障，來到幽暗涼爽的林子。銀白月光穿透樹葉灑落，林地一片光影斑駁。輕柔微風騷動草叢，鴿翅頭頂上的樹葉也跟著沙沙作響。

「蜂紋！」她喊道。

此刻沒有出現半點回應。鴿翅試著集中注意力聽，過了不久，她聽到腳步聲，腦中浮現一隻貓坐在湖邊的影像。鴿翅突然感覺一股興奮之情從耳朵直竄尾梢。**或許我的特異能力已經開**

始回來了！

她衝過森林，往影像中的那隻貓直奔。雖然此刻比較難集中注意力，浮現的影像也比以前模糊，但當她竄出灌木叢來到湖畔，看到蜂紋坐在岸邊，仰望著天上的星宿時，心裡還是很開心。他淡色皮毛上的條紋在銀色的月光下顯得很搶眼。

「蜂紋！」她尖聲大喊，很高興自己沒有從此失去特異能力。

蜂紋跳起來，倏地轉過身。「鴿翅！」他大聲喊道，接著衝過去找她。「妳來了，」他接著說；他發出的呼嚕聲響亮到連話都說不出來了。「和我一起坐下來吧，這裡很美喔。」

鴿翅突然覺得很尷尬。「我們可以去走一走嗎？」她問。

「當然可以。」

他們肩並肩一起沿著湖邊散步，蜂紋緊貼著她走著，彼此的皮毛相互摩擦。鴿翅試著找話題聊。

「你記得索日以前來這裡的情形嗎？」她打破沉默問。

「是有一點印象，」蜂紋回答，「今天看到他，我是有一眼認出來。但他剛來的時候我還只是一隻小貓。」

「你覺得他怎樣？」

蜂紋聳聳肩，「他似乎以為自己很了不起。」

鴿翅突然興致勃勃地打開話匣子，「就是說嘛！他說的那些故事！什麼跳到狗兒背上……拜託！我是聽說我們當時和影族作戰時，是有從樹上跳下來，但只有不折不扣的鼠腦袋，才會想到要在狗兒身上試這一招。」

「喔，關於索日的事我聽的夠多了，」蜂紋喵聲說，「我們就不要在這裡談他。蟾蜍步跟我說那天賽跑妳跑贏了。要不要跟我比賽？」

「好啊！」鴿翅回應，「要跑到哪裡？」

「那裡的樹墩可以嗎？」蜂紋問，耳朵指指遠處沿岸森林邊的樹墩。

鴿翅點完頭，咻地往前衝，腳下的小石礫被她踏得往後彈飛。蜂紋一度趕上她，但不久她又開始領先。**哇，我真的可以跑得很快耶！**不過鴿翅開始聽到湖對岸其他部族的動靜：此刻一隻河族貓正在營地附近的溪裡捕魚；而在影族裡，有一隻灰色口鼻的戰士正在教他的見習生夜間狩獵的技巧。

她感覺自己的感官像湖上的水波般湧進湧出。有時候她可以很清楚聽到一切的聲響，但有時候影像卻很模糊。不過一想到自己的狀態正在恢復中，她不禁開始興奮起來，也大大鬆了一口氣。

**真的只要耐心等就行了，獅焰說的對！我的感官只是在去山上的途中使用過度而已。**

鴿翅很高興自己的感官終於回來，因為太過專注，所以沒有注意到跑步時腳踩的地方。她的一隻腳突然被一個東西纏住，一不小心跌了個狗吃屎，撲倒在卵石堆上。她慘叫一聲，開始喘起氣來。

蜂紋飛快地超越她。鴿翅試著爬起來，發現原來是纏繞在樹叢邊的常春藤把她給絆倒了。她抖抖腳掙脫出來，此刻蜂紋已經來到她身旁。

「妳還好吧？」他氣喘吁吁地問。

「很好，」鴿翅上氣不接下氣地回答。雖然跌了一跤的她感到精疲力竭，但喜悅的感覺又不斷湧上來。**我沒有失去聽覺，太好了！**「我很好。」她又說一次。

她狼狽地爬起來，蜂紋挺出肩膀讓她靠著，並用尾巴幫她拍掉皮毛上的沙子和石礫。他的眼睛閃爍著光芒。「妳要是沒有跌倒的話，早就贏了。」他喵聲說。

「也許。」鴿翅幾乎忘了賽跑這件事；恢復感官遠比比賽重要。「你也跑得很快呀。」

她開始沿著湖岸走回去，蜂紋隨身在側。「鴿翅……」他靦腆地說：「我可以帶妳去看一個地方嗎？」

「好啊。」鴿翅心不在焉地同意，一邊專注聽著一隻風族母貓責罵把甲蟲放進睡窩裡的小貓們。

「往這邊走。」蜂紋轉進林子，鴿翅跟在後頭走，兩側的蕨葉從她皮毛拂過。

他們走在方圓不見小路的地方，最後進入一處小空地。野生的茉莉藤爬滿了長了許多節瘤的橡樹，形成了一道拱門，底下留了一個小空隙。藤上已經冒出了一些白色的花。蜂紋鑽進縫隙裡，揮揮尾巴要鴿翅跟上來。她跟在他後面爬過去，感受他溫暖的氣息，並沉醉在甜甜的茉莉花香中。

「我一直很喜歡這個地方。」蜂紋跟她說，「等到繁花盛開的綠葉季，這裡會更棒。」他緊張地對她眨眨眼睛。鴿翅知道他怕她取笑他。

「這裡很美。」她肯定地說。

蜂紋漸漸放鬆，抬起口鼻，仰望上空；鴿翅在藤蔓間找到一個可以看見星星的縫隙。

「我喜歡抬頭看我們的祖靈。」他喵聲說：「有時候我在想到底哪幾顆才是我的祖先。」他遲疑了一會兒後，接著說：「鴿翅，我想妳的祖靈們一定很閃亮。」

「這我就不知道了，」鴿翅回答，「我想我的祖靈應該會躲在雲後面，因為祂們生前老是喜歡惹麻煩！」

蜂紋噗哧一笑。「我猜那一顆是我的祖靈，」他用尾巴指了指，並喃喃地說，「那邊看起來像是卡在樹叢的那一顆！」

「不知道祂們有沒有在看我們，」鴿翅不禁納悶，「祂們在那裡可以看到我們的一舉一動嗎？」

「肯定可以。」蜂紋嚴肅地喵聲說：「我們每次一犯錯，祂們都會在上面瞪著我們。我敢說，那一個祖靈一定知道我把火蟻放到花落床鋪裡的事。」

「不會吧！」鴿翅大喊，覺得又好笑又不可思議。

「對啊。」蜂紋尷尬地低下頭，「那時我們還在當見習生。不過，她有報復回來就是了；她趁我不注意的時候把我推進了河裡。」

鴿翅哼地一聲說：「那一定也有一顆星星在瞪她，說不定是那一顆。」她舉起一隻腳指了指。「然後祂旁邊那一顆一定在生我的氣，因為有一次我忘了幫長老換床墊。」

「喔，不會吧！」蜂紋靠過去，用鼻子磨蹭她的耳朵。「鼠毛一定把妳臭罵了一頓。」

鴿翅把臉皺成一團，「她的聲音大到肯定連河族都聽到了！」

蜂紋陷入沉默。**這樣真不錯，**鴿翅心想，完全沉浸在清涼草地和瀰漫四周的香氣中，**和族貓坐在這裡談談天，看看星星真好……**

這不同於和虎心相處的那幾晚。她此刻雖然沒有心臟要從胸膛跳出來的狂烈感覺，也沒有在禁地奔跑的刺激感，但和蜂紋坐在茉莉藤下，讓她有種幸福的感覺，除了這裡，她哪兒也不想去。

「來，」煤心喵聲說，「讓我們瞧瞧妳的狩獵蹲姿。」

鴿翅看著藤池在練習空地邊緣擺起姿勢，煤心在她身邊來回走動，檢查她有沒有做對。

「妳的尾巴要再縮進去一點，」她指導，「對，就是這樣。現在跳過去，看妳能不能撲到樹下的櫻草花。」

藤池繃緊肌肉，瞬間飛身騰空一躍，四肢不偏不倚落在櫻草花上，把它壓扁在地。

「非常好。」獅焰稱讚道。「鴿翅，現在換妳做做看。」

鴿翅蹲下來，儘量讓自己的四肢和尾巴落在正確的位置上。她以為自己會很討厭再被前導師訓練這種基本動作，但今天她心情好的不得了，所有討厭的事情都變得很有趣了。昨晚在和蜂紋散步完後，她睡了一頓好覺。今天早上她的感官變得更加敏銳了。

一想到她的特異感官如此脆弱，讓她不禁感到害怕，但她把害怕拋在腦後。**我只能小心保護好它。就像是走在石頭路上時，要小心四肢，或是在戰鬥時，要好好保護肚子脆弱的部分是**

**一樣的道理。**

她趁著獅焰在檢查她的動作時，將感官往外延伸。風族有一窩新的小貓誕生。鴿翅聽到他們鑽進母親的懷裡吸奶，不禁心想，**真是吵鬧的小傢伙！**初加入巡邏勤務的河族新戰士們興奮到沖昏頭；影族的虎心正在教幾個見習生跟蹤松鼠的技巧。鴿翅不禁笑出來，因為有個東西驚動了他們的獵物，松鼠先是跑走，然後又折回來，從虎心的背後逃竄而過，緊急跳上一棵樹躲起來。

「妳今天的心情很好喔。」獅焰說。

「嗯，」煤心抽動頰鬚附和，「一定是昨晚散步得很愉快！」

「什麼散步？」獅焰問。

煤心看了他一眼，藍色的眼睛閃爍著光芒。「不能告訴你。」

獅焰抽抽耳朵，「好吧。鴿翅，妳的後腳要再往前縮，看妳能不能撲到那邊的櫻草花。」

「如果藤池還沒毀了它的話。」鴿翅咕噥。

鴿翅把後腳縮緊，增強跳躍的爆發力。她飛過空地，落在妹妹旁邊，利爪撕碎殘餘的淺黃色櫻草花。

「很好！」獅焰稱讚，「妳們今天都表現的很好。」

「煤心說昨晚散步是什麼意思？」藤池小聲問，「而且妳昨天很晚才回來。」

鴿翅並不想談她和蜂紋出去的事，但她知道如果她不說，妹妹一定會生氣。「沒什麼，」她回答，「我只是和蜂紋到湖邊走走。」

藤池驚訝地睜大眼睛。「喔，真是太好了！」她大聲說：「他真的很不錯，你們會變成伴侶嗎？」

「我才沒有想那些！」鴿翅急急抽動尾巴，「只是去散一下步而已。是還蠻好玩的，但也沒什麼。」

她的妹妹戳戳她的內側，「你們兩個一定能生出最可愛的小貓！」

鴿翅轉動眼珠。她試著不去理會藤池的取笑，將聽覺範圍再次延伸至森林四周。她隱約看到一隻貓穿過林子，朝風族邊界走去的景象。她花了好一會兒才辨識出他的氣味和長相；當發現原來是索日時，她不禁心頭一震。

**他已經要離開了嗎？**她納悶，**還是只是出去走一走？他果然是一隻奇怪的貓。**

「我們回營地前先去打點獵，如何？」她建議。她把索日的事拋到腦後，打算告訴獅焰她的感官已經恢復了。

「在上完訓練課後，妳還這麼精力充沛，真是不可思議。」獅焰說。

鴿翅跳起來。「我甚至可以繞著湖跑一圈！」她發出貓鳴，然後發現煤心笑笑地眨眨眼睛。**喔，不，她一定以為那是因為蜂紋的關係！**

「好，我們去打獵。」獅焰喵聲說：「為了讓它變有趣一點，我們來場比賽。從現在開始，看誰最先獵到獵物就贏了。」

藤池豎起耳朵，「贏了有什麼獎品？」

「喔……獲勝的貓可以先從獵物堆選東西來吃，這樣好不好？」煤心提議。

鴿翅擺出蹲伏姿勢守候，巧妙地將感官擴散出去，像是蒲公英的種子，隨風飄盪。她很快察覺出有一隻鳥——紅冠水雞——正沿著湖岸啄食。她使盡全力盯緊獵物，煤心和藤池則是往不同的方向走去，高高抬起頭，嗅著空氣。

獅焰仍然在觀察著鴿翅。那隻紅冠水雞還在水邊小石礫堆上啄食著，鴿翅抓準牠所在的方位，然後飛身躍起，直奔湖的方向。她繞過樹林，飛越枯枝和小溪流。

**原來我們剛剛離湖邊這麼遠！**

鴿翅停在榛木叢旁，確定紅冠水雞還在那裡，於是繼續逼近。當她衝出樹叢時，鳥兒瞬間振翅飛起，但她一個大飛撲，一掌將牠打下來，然後狠狠咬了牠的脖子一口。她叼起獵物，回到空地。看到其他貓都已經比她先到，她並不感到意外，畢竟她是跑到大老遠的地方去打獵。

「妳輸了。」藤池喵聲說，一隻肥滋滋的老鼠躺在她腳邊。

煤心抓到了一隻松鼠，而獅焰則是捕到一隻烏鶇。

「藤池是第一個回來的，所以她贏了。」煤心宣布。

鴿翅對著妹妹點點頭，「蠻厲害的嘛。」

煤心叼起自己的獵物，帶隊回營地，藤池跟在她旁邊。鴿翅聳聳肩，也跟了過去。暗地裡，她並沒有因為是最後一個回來，而感到大失所望，因為她成功達成了目標。獅焰聚精會神地看著她，在她與他眼神接觸的剎那，他對她點點頭。他一點也沒有失望，因為他知道她的特異能力已經恢復了。

# 第九章

一陣寒風像冰凍的爪子般刺進松鴉羽的皮毛，讓他渾身直發抖。他站在山頂上，四周的松樹叢被強風吹彎了腰，樹枝一陣嘎嘎作響。樹叢上空，烏雲翻騰。

「真是受夠了，」松鴉羽望著荒涼的景色，碎碎念道，「我要走了。」

但他還來不及從夢裡醒來，就聽到一隻貓在爬坡的喘氣聲，不久便看到一個瘦巴巴的灰色身影吃力地從滿布荊棘的矮木叢裡鑽出來。

「黃牙，」看到這隻貓現身，他嘆了一口氣，「我們真的非得在這裡碰面不可嗎？我的皮毛都快被這些風吹散了。」

黃牙停在他面前，瞇起琥珀色的眼睛瞪著他。松鴉羽覺得祂看起來比以前更邋遢。祂的皮毛被風吹得凌亂不堪，口臭加上眼睛浮腫，看起來好像已經好幾個月沒有梳理了。

「我之所以選這個地方，是不想讓任何貓偷聽到我們的談話。」黃牙喘著氣向他表明。

「星族裡的氣氛還是很僵嗎？」松鴉羽問。

「沒錯！」這隻老母貓嘶聲說道，「千萬不要相信任何貓！」

松鴉羽把爪子刺進冰冷的泥地裡。他凍得受不了，只想趕快醒來，躲到溫暖的睡窩裡去。

「祢到底有什麼事？」他不耐煩地喵聲問。

「來指示你該怎麼做。」黃牙回答，「你必須再找一名巫醫貓。我指的不是見習生，而是已經受過完整訓練的雷族貓。」

松鴉羽驚訝地聳起皮毛。「可是葉池已經不是巫醫了，她的事是祢我都無法掌控的。」

這老灰貓的眼裡露出一絲遺憾。「這我知道，」祂難過地喵聲說，「我不是指葉池。她所犯的錯嚴重違反了巫醫守則，她的所有巫醫訓練都白學了。你不要低估她受懲罰的程度，松鴉羽。她不但得放棄巫醫的身分，更被禁止使用一路苦學的知識。」

松鴉羽突然感到無奈。**說得一副自己好像從沒生過小貓似的，只是部族當時沒發現真相罷了。**「只因為一隻貓的過錯，讓整個部族都受到了懲罰！」他嘶聲說道。

「那是個沉重的錯誤。」黃牙語帶苦悶地說。

「那麼祢說的另一隻巫醫貓是怎麼一回事？」松鴉羽問，「不可能是薔光或亮心吧？她們是比其他貓懂得多，但從沒有受過正式的訓練。亮心甚至連月池都沒去過。」

黃牙甩動乾癟的尾巴。「你應該知道我指的是誰，鼠腦袋。」祂扯著粗啞的嗓門說：「雷族有第三位巫醫貓——煤心。或許是該跟她說出她真正身分的時候了。」

松鴉羽愣住，「祢真的這麼認為嗎？她會相信我嗎？」

「你只要去跟她託夢，她就會相信。」黃牙喵聲說：「讓她回到以前的生活。她的一切知識都還在，只需要重新喚醒而已。」

看到黃牙琥珀色的眼睛閃耀著熱切的光芒，松鴉羽一時之間感到不知所措，不由得倒退一步。「等等，煤皮是祢的見習生；但沒有必要也當我的見習生。在這個混亂的局勢，我可沒有時間訓練新巫醫。」

黃牙轉動眼珠。「你不需要訓練她！」祂激動地說，「她的知識早就比你豐富了。現在只要她能回想起自己是誰就大功告成了。」

松鴉羽豎起皮毛。「讓我考慮考慮。」他不悅地說。

「你最好能去做，」黃牙喵聲說：「要不然我就自己去找她託夢。」

**那一定會把煤心嚇得半死，**松鴉羽心想，他想不出還有比這更令那年輕戰士害怕的事。

「好啦，我去做。」他低吼。

黃牙轉身準備離開，但又回頭看了他一眼。「各部族將面臨史無前例的大戰，你要有所準備。」祂提醒他：「一個巫醫是不夠的！」

松鴉羽從黑暗中醒來，發現自己在巫醫窩裡，身子捲成了一團，舒服地躺在青苔和蕨葉混成的睡墊上。四周的空氣暖呼呼的，並且散發著綠葉季初臨的清新氣味。雖然他的身體放鬆，但心裡卻是忐忑不安，總覺得一刻都沒有休息到的感覺。

貓兒們紛紛在外面的空地走動；松鴉羽可以聽到副族長棘爪組織巡邏隊伍的聲音。在更靠近巫醫窩的地方，傳來咚咚的腳步聲，在一片窸窣聲中突然響起櫻桃掌的呼喊聲。

「索日——來看我們訓練，拜託！」

「對呀，」錢鼠掌附和，「我剛學會了一招很酷的戰鬥動作，想讓你瞧瞧。」

松鴉羽把頭探出睡窩，嚐嚐空氣。見習生和索日的氣味從外面的刺藤屏障飄過來。玫瑰瓣和忙著指導櫻桃掌的雲尾站在幾個尾巴遠的地方。

「這樣不太好，」玫瑰瓣喵聲說：「索日可不是閒著沒事，就等著看幾個見習生練習。」

「我們要你們專心上訓練課，」雲尾補充。從他冷漠的口氣，可以看得出他不喜歡索日。「而不是只顧著向客人炫耀。」

「謝謝你們熱情的邀請，」索日對兩隻年輕的貓喵聲說：「但我現在有其他的事要辦。等我回來，再來聽你們詳細報告今天學了些什麼。」

松鴉羽聽到雲尾暗地裡發出嘶聲，很清楚這隻白色戰士為什麼對他這麼反感。**索日說得一副自己就是族長似的！**

「松鴉羽？」

由於太專心聽巫醫窩外面發生的事，松鴉羽並沒有注意到薔光一跛一跛地來到他旁邊。

「松鴉羽，我可以去跟索日說說話嗎？」她問。

她熱切的語氣惹惱了松鴉羽。「如果妳奢望他會治好妳的背，那妳就錯了。」他厲聲說。

「我才沒有這麼想，」薔光生氣地回答，「我只是對他好奇而已。」

「沒什麼好好奇的，」松鴉羽斥喝，「他一點也不特別。」

「他趕跑了狐狸，救了見習生。」薔光提醒他。

松鴉羽哼的一聲說：「也許。」

**我和獅焰竟然會錯的這麼離譜**，他心想，**萬萬沒想到出現的會是索日。**

兩名見習生和他們的導師離開。索日在窩外閒晃了一會兒，接著也往營地入口的方向離去。松鴉羽從睡窩裡爬起來，開始舔掉皮毛上的青苔和蕨葉碎屑。

「松鴉羽！」刺藤屏障的另一端傳來黛西的聲音，「你可以過來看看栗尾嗎？」

松鴉羽還沒梳洗完，便鑽出屏障，來到營地。黛西正在一個尾巴遠的地方等著他。

「怎麼了？」他問。

「我也說不上來。」黛西坦承，緊跟在朝戰士窩走去的松鴉羽旁邊。「你是巫醫，應該比較懂。我是看過不少即將臨盆的貓，但栗尾的情況看起來有些不妙。」

松鴉羽咕噥一聲，鑽進戰士窩的外圍枝叢，一股乾青苔和蕨葉的霉味撲鼻而來，讓他忍不住皺起鼻子。大部分的貓都已經外出狩獵；他查覺到栗尾躺在戰士窩邊緣的睡墊上，於是穿過大大小小的床鋪，來到她旁邊。

「嗨，松鴉羽。」玳瑁戰士喵聲說，「你其實可以不用來，我沒事。」

「這我可不敢說。」松鴉羽嘀咕道。

栗尾說話的聲音聽起來有氣無力。松鴉羽聞聞她，可以感受到她的不安與疲憊。「妳讓自己太忙碌了，不到半個月妳就要生產了，繼續做戰士的勤務恐怕會讓妳吃不消。」

「但是上一次——」栗尾說。

「不管妳喜不喜歡，這次不比妳上次生小貓的時候，畢竟妳的年紀也愈來愈大了。」松鴉羽說，「千萬別太操勞，要好好休養。生小貓是非常艱辛的過程。」

栗尾嘆了一口氣說：「我瞭解。」

在一陣沉默中，松鴉羽用前掌摸摸她的肚子，感覺她的腰腹正在顫抖。他頓時陷入可怕的回憶漩渦中：當時栗尾在生產時，他感受到她極大的不安；眼看著獾步步逼近育兒室，他和她同時陷入一陣驚恐。他看到煤皮英勇地撲過去保護栗尾，但瞬間便聽到她慘叫一聲，那隻巨大的怪物雙顎緊緊咬住她的脖子，不停地來回甩動。就在那隻巫醫犧牲生命的瞬間，他聽見一隻小貓發出微弱的哭嚎聲，降臨到這個世界上。

松鴉羽不由得打起寒顫，**那就是煤皮投胎成煤心的瞬間，現在黃牙要我去喚醒她的記憶，說是為了部族著想。**

聽到栗尾再次說話的微弱聲音，讓他從回憶中驚醒過來。她的語氣裡充滿了疲憊。

「你說的對。」她喵聲說：「我必須盡可能讓這些小貓有好的開始。就算真的必須躺在這裡半個月……也只能照做了！」

「謝謝妳，栗尾。」松鴉羽回答：「妳做了很明智的決定。」**也讓我的工作輕鬆不少，**他暗暗地想。

「趕快來，栗尾。」黛西喵了一聲，擠到前面，連忙催促玳瑁戰士起身。「我和蕨雲在育兒室幫妳弄了一個很舒服的床喔。」

松鴉羽緩緩鑽出戰士窩，也漸漸不再那麼擔憂。**在小貓報到前，栗尾肯定會受到無微不至的照顧。**

松鴉羽回到空地，試著找尋煤心的腳步聲，不確定此刻是否是跟她開口的好時機。**我要怎麼跟她說起？**

他抽抽耳朵，聽到腳步聲迎面而來，但他卻聞到了樺落的氣味。「你在忙嗎？」他問。

「不忙，」虎斑公貓回答：「有什麼事嗎？」

「喔——是煤心，」松鴉羽回答，「如果你看到她，可以跟她說我在找她嗎？」

「沒問題。」樺落踱步離開。

松鴉羽朝戰士窩走去，停下腳步，嚐嚐空氣，但在一片氣味混雜的空氣中，並沒有聞到一絲煤心的氣味。他站在原地，懊惱地甩動尾巴。**她一定是狩獵去了。**

突然間，有一個聲音在他耳邊說話，「你在找煤心嗎？」

葉池的氣味撲鼻而來，松鴉羽頓時愣住。**她怎麼會知道？**

「對，」他謹慎地回答，「妳有看到她嗎？」

「有，但是我有話要先跟你說。」

松鴉羽猶豫不決，不想和自己的母親談論煤心，或任何事。但他可以感受到葉池的堅持，知道她絕不會輕易善罷干休。「好，」他嘆了口氣，「妳說吧。」

「不能在這裡說。」葉池喵聲說：「我們去森林，絕不能讓任何貓聽到我要說的事。」

松鴉羽暗暗嘆了一口氣，跟著她步出營地，前往森林。他走在葉池旁邊，還是不敢相信那就是自己的親生母親。有時候他甚至覺得她比外族的貓還要像陌生人。

葉池停在一棵大樹下，樹葉在她的頭頂上沙沙作響；松鴉羽可以聽到附近傳來滴水的聲音。「要說什麼？」他不客氣地問。

「我昨晚做了一個夢，」葉池悄悄地說；松鴉羽必須靠得很近，才能聽到她說什麼。「斑葉來找我，告訴我黃牙打算告訴煤心關於……關於她前世是誰。這是真的嗎？」

「沒錯。」松鴉羽回答。

「她不能這麼做！」葉池激動地說；看到她這麼歇斯底里，松鴉羽忍不住皺眉。「煤心好不容易才有過不同生活的機會。如果你告訴她前世的事，將剝奪她當一名戰士和母親的機會。」

松鴉羽可以聽到葉池爪子撕扯雜草的聲音。他試著打斷她，但她根本不理他。

「我之前是煤皮的見習生，」葉池繼續說：「我很清楚她想要什麼。我知道她一直很渴望當一名戰士、一名伴侶和一位母親，但在轟雷路上的一場意外，把這一切都從她身邊奪走了。就算她是一名傑出的巫醫，而且可說是雷族有史以來數一數二優秀的巫醫，也無法彌補這一切。我絕不容許她的生命再次被剝奪！」

「但凡事都要以部族為重，」松鴉羽辯駁，「現在正是需要更多巫醫的時候。」

葉池頓時沉默下來。要不是因為她和外族的貓結成伴侶，進而違反了巫醫和戰士守則，否則她現在仍是一名訓練有素、能擔起照顧部族責任的巫醫。這一點松鴉羽和她都很清楚，但彼此卻心照不宣。他們繼續僵持在那兒，直到再也承受不住彼此的沉默為止，彷彿暴風雨將一觸即發。

「貓本身的意願也很重要，你可以去收一個見習生。薔光已經很上手了。」

「喔，當然！」松鴉羽甩動尾巴，「這下可好，一個瞎子巫醫配上瘸子巫醫。雷族可真是所向無敵了！」

「我知道你比其他貓都看的清楚，」葉池平心氣和的說：「你不能拿這個當藉口。不過，我告訴你，煤心這次有權利過不一樣的生活。這也是為什麼星族會再給她一次機會的原因。斑葉在我夢裡是這樣說的，我絕不會讓你再毀了她的一切。」

她沒給松鴉羽回應的機會，便起身離開。

松鴉羽待在樹下，腦中的思緒一片混亂。他必須承認葉池說的有道理：如果星族千方百計要讓煤心過不同的生活，一定有祂們的原因。**黃牙此刻並沒有想得很透澈**，他提醒自己，**祂正惶惶陷入星族內部的敵對狀態與對黑暗森林的恐懼中。**

松鴉羽緩緩走回營地，仍然拿不定主意。在還沒抵達巫醫窩之前，他聞到了煤心的氣味，並且聽到她迎面走來的腳步聲。

「樺落說你在找我。」她開心地喵聲說：「是要交代我去做什麼事嗎？」

松鴉羽彷彿瞬間可以看得一清二楚，直覺葉池的目光正緊盯著自己。他深吸了一口氣。

「也沒什麼重要的事，」他告訴煤心：「那就等改天再說吧。」

# 第十章

藤池戰戰兢兢地悄聲穿過黑暗森林。這裡到處擠得水洩不通，宛如一座忙碌混亂的蟻丘，每個空地都擠滿了忙著訓練的貓群，每條小徑都有奔跑的身影，汙濁的河裡水花四濺。為了尋找一隻貓的蹤跡，藤池緊貼著暗影行走，深怕被叫去做訓練。一聽到說話聲，她旋即鑽進蕨叢裡，小心翼翼地把頭探出來，看到虎心和楓影就在前方幾個尾巴遠的地方。

藤池的心臟開始愈跳愈快。自從在一次所謂的受訓練習中，楓影差點害她淹死在河裡後，她就怕死了這隻老母貓。現在楓影看起來比以前更慘白；藤池不由得瞪大眼睛，吃驚地發現自己竟然可以穿透母貓迷濛的身影，看到後面的樹幹。

但當楓影傾身靠近虎心時，眼裡仍是灼灼閃著光芒。「黑暗森林將一舉消滅各大部族。」她告訴他。她發出粗啞的嘶聲，說話時口沫四濺。「星族將臣服於我們，不願與我們為伍的戰士將受到比死還痛苦的懲罰。」

飽受驚嚇的藤池，趕緊縮進蕨叢裡。虎心點點頭，專注聽著那老母貓的話。

「只要是曾經活過的貓都將知道——」楓影突然停下來嗅起空氣中的氣味。「我聞到害怕的味道，」她低吼。這隻蒼白的母貓露出凶惡的眼神，開始環顧四方，當她的目光掃過藤池蹲伏的蕨叢時，藤池開始顫抖，心臟幾乎要停止。「誰膽敢帶著恐懼來到這裡面對族貓？」

楓影轉動那滿是疤痕的巨大頭顱，繼續嗅來嗅去，然後站起身，大搖大擺地往藤池的反方向離去，鑽進濕黏的枯刺藤叢。藤池一動也不動地站在原地，儘量克制呼吸，避免騷動四周的蕨葉。

「雪叢！」楓影怒斥，「我就知道！你這團痢痢屎，趕快滾回去打鬥，拿出一些奮戰精神來。」藤池聽到一聲重擊和隨之而來的淒厲慘叫聲，不由得毛骨悚然。

幾個心跳的時間過後，藤池終於可以確定楓影不會再回來。她鼓起勇氣，從蕨叢冒出來，走到虎心面前。這影族戰士正坐在一旁，一隻腳掌刷過雙耳；他神情自若地抬頭看著迎面而來的藤池。「幹嘛在這裡鬼鬼祟祟，藤池？」他喵聲說。

「我只是想找你，」藤池謹慎地回答。虎心似乎很吃楓影跟他說的那一套；如果他真的認同她那一些毀滅所有部族的論調，那麼他也是一個危險的敵人。「曦皮是怎麼一回事？」她問，「鴿翅說你在大集合時試圖警告她。」

虎心用輕蔑的目光掃視她。「妳該不會是在擔心我把獅焰的事給抖出來吧？別緊張，我什麼都沒跟鴿翅說——這並不是看在妳的份上，我只是不想讓鴿翅知道妳幹了什麼好事？」

「我什麼都沒做！」藤池斷聲說道，頸毛開始倒豎。

「那是因為我阻止了妳。」虎心咆哮。

藤池的爪子劃過冰冷漆黑的草皮，「那是個測試！我有什麼辦法？」

「妳差點毀掉我弟弟的魂魄，這是不爭的事實。」虎心回嗆。

藤池知道他說的沒錯。**但我又不能告訴他實話。我是雷族的臥底這件事必須保密。**「那麼，曦皮又是怎麼一回事？」她問。

虎心開始猶豫。「曦皮把焰尾在湖邊的死亡怪罪到松鴉羽頭上。」他最後還是喵聲說。

「那真是可笑！」藤池大喊。

虎心搖搖頭，情緒由充滿敵意轉為悲傷。「妳不懂失去手足的痛，」他告訴藤池，「妳會一直鑽牛角尖，把錯怪到任何人、任何事頭上，而不甘於只是接受冰裂開的理由。」

藤池突然覺得他很可憐。**如果失去鴿翅，我應該也無法承受吧。**然後她提醒自己，虎心可能已經被楓影偏激的言詞洗腦了，她不能信任他。**他不值得同情！**

「我想不出曦皮有什麼本事可以對抗雷族，」她繼續大聲說著，「還是你打算也把她帶來這裡？」

「這不是我能掌控的。」虎心回答。

「你大可說些好聽的話說服她呀。」藤池酸他。

虎心悶不吭聲。藤池還來不及找話說，只見蕨叢再次騷動，鷹霜突然從裡面走出來。

「原來妳在這裡，藤池！」他斷聲說道：「跟我來，全部見習生就等妳一個。」他沒等藤池回答，便轉身離開。聽到自己被看成見習生，藤池當下皺起眉頭。**但我幹嘛那麼在意？**她訝異地問自己，**誰會想當黑暗森林的戰士？**

藤池跟在那暗色虎斑貓後頭，思索著黑暗森林和索日的出現究竟有沒有關係。**索日怎麼看都不對勁，有種讓人無法信任的感覺。特別是長老們口中關於太陽消失的那些故事！說不定黑暗森林正預謀再把太陽藏起來。**

藤池鼓起勇氣，加緊腳步來到鷹霜旁邊。「你知道索日這號人物嗎？」她問，試著裝出一派輕鬆的樣子。

鷹霜抽抽耳朵，「誰？」

「索日，」藤池重複，「就是那隻五個日昇前來到雷族的貓。他以前來過，當時還把太陽變不見。」

「啊，」鷹霜喵聲說：「那時我已經離開河族了，但我是知道這件事。他怎麼了？」

「我只是好奇想問問他有沒有……來過這裡。」

鷹霜停頓半晌，瞇起冰藍色的眼睛看著她，「所以，妳想知道索日是不是和我們同一夥的？」

「沒錯，」藤池喵聲說，儘量不要被他那冰冷的眼神嚇到。「就是這樣。」

這暗棕色虎斑貓遲疑一會兒後才回答，似乎是在猶豫要透露多少。「索日出現在雷族，我們樂觀其成。」他喵聲說。

**那就表示索日是個很大的麻煩囉，**藤池恍然大悟。她因為過於害怕，沒有再問下去，只管跟著鷹霜繼續走，最後他在一片沼澤邊停下腳步。此刻，四隻貓正在那裡等候著，肚子身陷在淤泥和雜草叢裡。他們不約而同轉過身，看著迎面而來的藤池和鷹霜。

「好，」鷹霜一聲令下，「在艱難的地勢中作戰……」

隔天一大早，清晨巡邏隊就出發了，此時的天空被渲染成一片玫瑰粉，根根草梗上閃爍著點點露珠，閃閃發光的蜘蛛網遍布了整叢刺藤。藤池拖著腳步，勉強地穿過森林。夜晚的訓練讓她精疲力竭，而且總覺得自己身上仍充滿了一股沼澤裡的泥臭味。

「別再聞了。」蟾蜍步碎碎念道，「妳這樣讓人看了很不舒服！妳該不會得了綠咳症吧？」

「沒有，我只是需要梳理一下毛髮。」藤池回應。

「妳的毛髮好的很。」帶隊的蜜妮轉過頭說：「專心執行任務，拜託。」

在前方幾個尾巴遠的地方搜尋獵物的榛尾，頓時間僵住身體。過了一會兒後，她從蔓生的草叢躡手躡腳走回來。「我聽到一隻貓在邊界附近走動的聲音。」她悄悄地說。

蜜妮很快對她點點頭。「藤池，妳往那邊走，」她朝著接骨木叢附近的一條小路甩動尾巴指示。「我從這邊過去。」

藤池遵照她的吩咐行動。她使出在黑暗森林所學的祕密追蹤技能，一聲不響地繞過接骨木叢，壓低身體潛行，避開小路上遍生的刺藤。不久她便聞到了一隻貓的氣味，並且聽到腳步的聲響。那隻貓大搖大擺地往邊界走去，似乎並不擔心被其他貓看見。藤池立刻認出這個氣味。

**是索日！**

她悄悄往前逼近，終於看到他鑽過矮木叢的身影。他停下腳步，此刻蜜妮也從另一端走來。

「有什麼事嗎？」這灰色母虎斑貓喊道。

索日似乎嚇了一跳，但很快又恢復了鎮定。「你們在跟蹤我嗎？」他喵聲說：「妳看，我可沒在偷食物。你們昨晚把我餵的很飽，沒必要偷。」

「那麼，你要去哪裡？」蜜妮問。

索日弓起背，一派輕鬆的樣子。「我想去拜訪影族，」他解釋道，「跟他們敘敘舊。」

「那裡不會歡迎你的。」蜜妮警告他。

「那裡有我的朋友，」索日瞥了她一眼，「想說已經好久不見了，趁這個機會誠心誠意地去探望一下！」

藤池豎起皮毛，不相信他的話，但她和蜜妮又無權阻止他。看著他揚長而去的背影，她喃喃地說：「那你就去吃他們的新鮮獵物啊。」

此刻蟾蜍步和榛尾出現，剛好聽到她說的話。

「妳這樣說有點不公平。」蟾蜍步不滿地說。

「沒錯，」榛尾附和，「別忘了索日可是趕跑狐狸，救了見習生一命的貓。他肯定已經洗心革面了。」

蜜妮不屑地哼了一聲。「江山易改，本性難移。」她低吼。

藤池看著索日的背影漸漸消失在盡頭，暗暗想著他到底知道黑暗森林多少。**他是被派來引起騷動的嗎？**

⚡⚡⚡

狩獵隊回到營地，藤池瞥見火星和棘爪正坐在獵物堆旁。蜜妮二話不說穿過空地，跑去找他們。其餘的隊員也跟了過去。

「我們在外面遇見索日。」她回報，「他說要去拜訪影族。」

「什麼？」棘爪立刻跳起來，頸毛直豎，琥珀色的眼眸中爆出一股怒氣。「這個奸詐的痢痢皮！他打算去跟他們說什麼雷族的是非？」

火星沉著地吃完嘴裡的田鼠，並朝著副族長抽抽耳朵。「冷靜點，棘爪。我們沒有證據證明他打算背叛我們。再說，我們有什麼祕密可以讓他去跟影族說？」

「我就是看不慣，」棘爪喃喃地說，「每次我一看到索日，就有股想剝他皮的衝動。」

火星驚訝地眨眨眼。「我是不鼓勵索日待在雷族，」他喵聲說：「但如果我們迫害他，他可能會到其他部族引起麻煩。」

「我才不怕索日或其他部族。」棘爪低吼。

「我也不怕，」火星告訴他，「但如果我們有就近監視敵人的機會，何不好好利用呢？」

一些貓紛紛跑過來聽。鴿翅走到藤池旁邊，用腳掌輕拍了她一下，問道：「發生什麼事了？」

藤池告訴姊姊，他們在邊界遇到索日時，他說的一番話。

「那隻貓是個大麻煩，」鴿翅嘶聲說道：「藤池，妳知道他跟黑暗森林有任何關聯嗎？」

藤池抽動尾巴。「這我不確定。我從沒見過他在那裡出現，但當我問鷹霜關於他的事時，他說他很高興索日在雷族這裡。」

鴿翅蓬起頸毛，眼裡露出和藤池同樣的不安。「讓他留在這裡顯然不妥。」她喵聲說。

藤池點點頭。「但只要火星願意讓他待著，我們也不能說什麼。我們只能從旁監視他。不過，我可以跟妳說，」她補充，「就算索日把所有的狐狸都趕出我們的樹林，我也絕不會信任他一絲一毫。」

# 第十一章

當獅焰帶著灰紋、蛛足和花落進入森林時，太陽已經開始下山。

「我想到風族的邊界查看一下。」獅焰喵聲說：「順便看看有沒有任何狐狸的蹤跡。」

金黃色的陽光穿透枝幹灑下來，樹木在涼爽的微風中輕輕晃動。青草和樹葉的清新氣味瀰漫在狩獵隊四周。但獅焰只注意到樹下斑駁的暗影，腦中充斥著有一天暗影終將蔓延吞沒一切的景象。

他帶領隊伍來到最終匯入湖裡的邊界溪流，然後順著溪岸，沿途標示氣味。此刻一片鴉雀無聲。雖然對岸的風族氣味標記還很新鮮，但並不見風族巡邏隊的蹤跡。正當他們邊界標示到一半時，從高沼地迎面飄來的微風突然夾帶著濃烈的風族氣味。獅焰揚起尾巴，示意巡邏隊止步。

「現在又是什麼情形？」蛛足咕噥道。

在那黑色戰士說話的當下，一支風族巡邏

隊旋即從盤結的岩堆後方現身，匆匆跑上溪岸。一星站在前頭；鴉羽和莎草鬚則是隨侍在側。

獅焰鞠了一躬說：「你好，一星。」

風族族長沒有回打招呼，反而露出充滿敵意的眼神，瞪著對岸的雷族貓。「我正想找你們部族的其中一個。」他厲聲喝道。

「哦？」獅焰面對一星挑釁的口氣，忍不住怒火中燒，但還是壓抑住皮毛倒豎的衝動。「有什麼需要我們效勞的嗎？」

「我們其中一名的戰士在無意中聽到你們的巡邏隊員在談話，」一星回答，「看樣子你們已經收留了那隻星族恨的牙癢癢的貓——索日。這是真的嗎？」

獅焰點頭，「沒錯。」

「那麼，你們必須立刻驅逐他！」

獅焰聽到站在一旁的蛛足發出忿忿不平的嘶聲，但還是決定忍住脾氣。「為什麼？」他喵聲說：「索日有礙到你們嗎？」

「這不是重點！」一星氣憤地說：「大家都知道索日是個大麻煩。火星必須即刻趕走他！」

獅焰開始抽動尾梢。「火星不可能任由你一個外族族長擺佈。」他警告他。

「那麼，風族只好逼他就範了，」一星開始咧嘴咆哮，「大家都知道索日是所有部族的敵人。」

獅焰終於忍無可忍。他衝到溪岸邊，急急甩動尾巴，蓬起全身皮毛。「如果你想打架的話，我們現在就可以奉陪到底！」

「沒錯！」蛛足撲過去，立在族貓的旁邊，瞬間亮出爪子。

一星和鴉羽馬上走到風族所屬的溪岸。一星從喉嚨發出低沉的怒吼。灰紋趕在大家都還沒出手前，趕緊把獅焰推回來，卻也引來獅焰的怒目相視。對於一星試圖指揮雷族，灰紋不是應該要和獅焰一樣氣憤難平嗎？

「好了，獅焰。」灰紋帶著堅定和冷靜的語氣說，這讓獅焰想起他曾是副族長的時候。「我們沒有必要在這件事上起爭執。一星，請你記住，你沒有權利決定雷族該歡迎誰。如果你執意批評火星收留的客人，就是在汙辱他的判斷力。」

雖然獅焰不明說，但他可以看出灰紋口是心非。他知道灰紋和他一樣都不喜歡索日。**我們都希望他走，但這不是重點，雷族的事由不得外族插手。**

一星對灰紋的話很不以為然。「趕快把索日趕走，」他低吼，「要不然我只好逼你們就範。」

灰紋搖頭，露出傷感的神情。「一星，」他開口說：「在舊森林時，你曾經和火星那麼要好，這些你難道都忘了嗎？我們怎麼會演變到現在這樣的局面？我們沒有必要互相對立啊。」

一星甩動尾巴。「這一切都是你的部族造成的。」

太陽下山時，獅焰回到營地，看著年輕的戰士們熱情地招待索日。

「狩獵隊剛回來，」花落喵聲說：「請過來選您的新鮮獵物。」

索日朝獵物堆走去，樱桃掌蹦蹦跳跳地跟在他旁邊說：「你可以再多說些故事給我們聽嗎？」

「對啊，你還有沒有再看到那隻狗兒？」錢鼠掌迫不及待地問。

蟾蜍步和玫瑰瓣擠過來聽，薔光也一跛一跛地從巫醫窩走來。正一起合吃一隻烏鶇的狐躍和冰雲抬起頭看著迎面走來的索日；白翅、樺落和榛尾從戰士窩來到附近坐著。

獅焰看到鴿翅、藤池和蜂紋待在幾個尾巴遠、但可以聽到索日和大夥兒談話的地方。他們對索日的歸來顯得興趣缺缺，也懶得加入他們。

**幸好並不是所有的年輕戰士都想和他當朋友。**

索日正大口吃著一隻肥田鼠，花落順便跟他提起今天和風族起衝突的事。「獅焰和灰紋告訴一星別想指揮雷族做事。」她喵聲說：「但一星說，如果我們不把你趕走，他就會逼我們就範！」

索日吞下最後一口田鼠，感激地舔舔嘴。「風族沒什好怕的，」他嘲笑道：「那些只會追兔子的瘦皮貓，根本沒辦法和我們的戰士相比！」

「我們才不是跟**你**同一掛的！你又不是雷族貓！」藤池發飆。

在場的貓紛紛倒抽一口氣，白翅更是轉身怒瞪她。

「藤池！妳怎麼可以這樣跟客人講話？」

「他才不是客人。」藤池喃喃地說。

鴿翅一臉疼惜地用鼻頭輕輕觸碰妹妹的腰側，蜂紋的尾梢搭在她的肩膀上一會兒。這年輕戰士隔著藤池的頭，和鴿翅交換了一下眼神，鴿翅微微點頭回應。

**鴿翅和蜂紋似乎很親密，**獅焰心想，接著心裡一陣酸楚，**蜂紋要是知道預言的事，不知道會作何感想？**

此刻，圍在索日身邊的年輕戰士們，開始爭先恐後地想跟他證明他們一點兒都不怕風族。

「我們會讓他們明白，」狐躍吼道，「我們可不是讓他們指揮著玩的！」

「他們敢試的話，我們就扒了他們的皮。」花落咆哮。

獅焰聽著他們的話，愈想愈毛。和外族對戰絕對不是一件好事，但火星又不能漠視一星的挑釁。為了捍衛雷族的面子，他不得不好好款待索日，否則不就顯得他在服從風族的命令。

**我們現在已經沒有退路了，**獅焰意識到，**一星等於是逼我們和索日交好，即便這裡並不歡迎他。**

# 第十二章

鴿翅穿過陰森的樹叢，過了一會兒，她心驚膽顫地發現自己已經不知不覺進入黑暗森林。月光穿透樹枝灑下來，她抬頭一望可以看見星星。

當下一片靜寂，但鴿翅可以聽到遠處傳來一隻貓悲慘的哀號。她開始在蕨叢和刺藤叢搜尋，但就是沒辦法找出哭聲的來源。雖然哀號聲愈來愈大，也愈來愈悽慘，但她還是不知道那隻貓藏在哪裡。

驚慌失措的鴿翅飛也似地拔腿就跑，一不小心絆到了一根枯枝。她嚇得尖叫一聲，滾落在地上，突然間從睡窩裡驚醒，掙扎著四肢想站起來。此刻，她發現自己身邊睡著藤池，櫻桃掌和錢鼠掌則是身體捲成一團，睡在窩的另一邊。

「好險！」鴿翅自言自語地說：「幸好只是在作夢！」

然後她發覺自己還是可以聽到那痛苦的哀

號聲。雖然聲音比她所夢到的還微弱，但哭聲還是大到足以穿透營地圍籬，傳進她的耳裡。

「是栗尾！」她大叫，「她現在在營地外的某個地方。」

鴿翅搖搖晃晃地站起來，火速跑出睡窩，衝到營地另一邊找松鴉羽。

「趕快起來！」她鑽過巫醫窩入口的刺藤屏障，氣喘吁吁地喊著，「松鴉羽，是栗尾！」

「什麼？」松鴉羽睡眼惺忪地抬起頭問：「怎麼了？」

「是栗尾，」鴿翅重複著，「我聽到她在哀號。一定是小貓快出生了，她在營地外面！」

松鴉羽一聽立刻清醒，連忙跳起來，甩掉皮毛上的青苔和蕨葉碎屑。「她的小貓太早來報到了！」他大喊，「趕快帶我去。」

此刻，薔光也醒了，一跛一跛地爬出床鋪。「我可以幫什麼忙嗎？」她喵聲問。

「不用了，那裡對妳來說太遠了。」松鴉羽回答，「不過妳可以去準備一些草藥，等我知道需要哪幾種時，會叫鴿翅回來拿。」

他話一說完，急忙衝出巫醫窩，鴿翅緊跟在後。此刻，雲尾正在屏障的隧道入口看守。

「發生什麼事了？」他站起身問。

「栗尾正在森林裡，她的小貓要出生了。」松鴉羽氣喘喘地說。他停都沒停，倏地鑽進荊棘叢。

鴿翅跟在後面，看到雲尾一臉困惑，才想到其他貓根本沒聽到栗尾聲嘶力竭的哀叫聲。雲尾一定很不解他們是怎麼知道的。「去找蕨毛，」她回頭喊道：「叫他跟著我們的氣味過來。」

雲尾揮動尾巴，表示收到。鴿翅隨即往營地外飛奔，此刻松鴉羽已經在隧道另一頭等她，並焦急地將爪子刺進地面。

「趕快帶路。」他命令道。

栗尾悽厲的哀號聲愈來愈大，充斥著鴿翅的感官。她不敢相信松鴉羽竟然什麼都沒聽到。

「她在湖的附近。」鴿翅用尾巴指了指方向後，才想起松鴉羽看不見。「跟我來。」

她匆匆穿越矮木叢，繞過一叢叢的刺藤和蕁麻。她一開始頻頻往回看，不確定巫醫是否能跟上她的腳步。不過她每次一回頭，都發現他緊跟在後。

「栗尾，我們來了！」他喊道。這兩隻貓已經漸漸逼近湖邊；鴿翅猜想，現在他應該可以親耳聽到那玳瑁貓的聲音了。

他們最後鑽出矮木叢，來到一處空地，鴿翅和蜂紋曾在離這裡不遠的地方散步。只見栗尾僵住四肢，側躺在彎成拱形的蕨叢下。她抬起頭看到狂奔而來的鴿翅和松鴉羽。「喔，感謝星族！」她喘著氣說：「我以為沒有貓會聽到我求救了。」

松鴉羽在她旁邊蹲坐下來，仔細地幫她做檢查。「妳躺好，」他喃喃地說：「小貓很快就要出生了。」

「痛死我了！」栗尾開始呻吟，「我第一次生產時從沒這麼痛過。」

松鴉羽仍是一臉專注神情。他伸出一隻腳掌，往下摸了摸栗尾的肚子和臀部。「找到問題了，」他告訴她：「我上次就警告過妳關節僵硬的問題。」

「可是我明明有做運動——噢！」一波強烈痙攣朝栗尾肚子襲來，讓她不由得痛苦抽搐。

「要不要給她吃點罌粟籽？」鴿翅建議。

「不行！」松鴉羽斥喝，「她已經很累了，但還是必須使出全力把小貓生出來。妳去幫我拿些山蘿蔔根來，」他想了一會兒後補充道，「這應該會對她有幫助。」

鴿翅轉身，火速穿過森林，直奔營地。**我根本不知道山蘿蔔根長什麼樣子**，她心想，**但願薔光知道**。她還跑了幾個狐身的距離，就看到蕨毛和蕨雲匆匆趕來。

「栗尾還好嗎？」蕨毛嚴肅地問。

「她會沒事的，」鴿翅稍稍停下腳步回應，「松鴉羽已經在她旁邊了。」

蕨毛點點頭，二話不說和蕨雲繼續往前跑。栗尾的伴侶和族裡最有經驗的貓后都已經趕來幫忙了，讓鴿翅安心了不少，於是加緊腳步趕回岩石山谷。當她氣喘吁吁跑到荊棘屏障，便看到棘爪現身，後面緊跟著塵皮和刺爪。鴿翅煞住腳步，讓他們先從荊棘隧道出來。

「是那邊嗎？」棘爪朝鴿翅過來的方向抽抽耳朵確認。

鴿翅點點頭。

「我們現在就去保護栗尾。」副族長解釋道：「貓的呻吟聲和血的氣味有可能會引來狐狸。」他帶著巡邏隊離開。這三隻貓一聲不響地穿越林子，不時張開嘴巴，循著氣味前進。

鴿翅鑽進刺藤隧道，看到雲尾仍在執行看守的工作。她對那白色戰士匆匆點點頭，立刻穿越營地，來到巫醫窩。

薔光正在巫醫窩的最裡面，一頭埋進貯存草藥的縫隙中。當鴿翅進來，她立刻探出頭來看。「栗尾怎麼——」她開口問。

「松鴉羽叫我來拿山蘿蔔根，」鴿翅打斷她，「妳知道它長怎樣嗎？」

「在那裡，」薔光用一隻腳掌指了指，鴿翅發現窩裡的地上已經整整齊齊擺了幾種草藥。「拿最後面那一個。妳最好也帶一些茴香過去，」她補充，指著那有著細長葉片的草藥。「那應該可以幫助栗尾減緩臀部的疼痛。」

「謝謝。」鴿翅叼起結成一球球的棕色根莖和草藥，旋即又衝了出去。

當她回到空地，發現栗尾還躺在蕨葉叢下。蕨毛緊緊依偎在她身邊，彎著腰舔她的耳朵。棘爪、刺爪和塵皮則是分散在四周，面向森林，張著嘴巴，豎起耳朵，細心留意危險的徵兆。

鴿翅走進空地，發現蕨雲正從湖邊的方向走來，嘴裡還叼著一團濕淋淋的青苔。她把它放在栗尾的旁邊，好讓這玳瑁貓后可以適時補充水分。

栗尾邊舔著青苔，邊喃喃地說：「謝謝妳，蕨雲。真是太好了。」鴿翅可以看出她已經精疲力竭。

松鴉羽坐在她旁邊，仔細觀察她。他一動也不動地坐著，只有尾巴來回抽動。當鴿翅把山蘿蔔根和茴香放到他旁邊時，他眼神往上瞥了她一眼。「我還以為是妳跑到山裡去拿這些東西回來咧。」

「茴香是薔光叫我拿的。」鴿翅胸膛一起一伏，氣喘喘地解釋。

松鴉羽滿意地點點頭。「她想得很周到。」他的空洞眼神盯著鴿翅，「趕快把山蘿蔔根嚼碎，妳該不會想她會自己嚼吧？」

**我怎麼知道？**鴿翅開始嚼著那塊硬梆梆的根莖，一邊不服氣地想著，**我又不是巫醫。**

「趕快折斷茴香梗，」松鴉羽接著魯莽地對蕨雲說：「擠出汁液滴進她的嘴巴裡。」巫醫的口氣讓蕨雲有點驚訝，但她還是照著他的話去做，把茴香液滴到栗尾的嘴裡。

鴿翅嚼碎山蘿蔔根後，蕨毛從旁催促栗尾把山蘿蔔泥吃下去，但這玳瑁母貓因為陣痛太劇烈，不斷喘著氣，根本無法吞嚥任何東西。

「噢，好痛！」她哀號著，「葉池！葉池！」

鴿翅的皮毛不禁顫抖了一下。栗尾知道自己叫錯巫醫的名字嗎？然後鴿翅突然發現葉池就出現在大夥兒的旁邊。她眨眨眼睛，露出一臉不確定的表情，除了在一旁看著，不知道自己能不能被允許做點什麼。

「我在這裡，」葉池喃喃地說。她在不妨礙松鴉羽工作的情況下，來到栗尾身旁坐下。「不要怕，栗尾。松鴉羽知道該怎麼做。」

「出了什麼問題嗎？」蕨毛對著松鴉羽嘶聲說道：「小貓不是該出來了嗎？」

「生小貓是急不得的。」松鴉羽回應。他雖然這麼說，但鴿翅可以看出他眼裡的擔憂。在陣痛的折騰下，栗尾顯得愈來愈虛弱。

「傻毛球，」蕨毛發出貓鳴聲、看著伴侶，「妳在想什麼？為什麼要這樣貿然離開營地？」

「我只是想出來透透氣，」栗尾邊急促喘氣，邊回答：「我沒想到小貓會在這時候跑出來，我只是想說到湖邊來應該會涼爽一點。」

「以後不准妳再這樣嚇我，」蕨毛喵聲說：「下次千萬不要再亂跑了。」

栗尾抽搐了一下，又是一股陣痛襲來。「保證不會有下次！」她咬著牙，猙獰著臉說。

鴿翅看到蕨叢裡有根樹枝，立刻把它拉出來拿給栗尾。「咬住這個，」她建議，「咬著它應該可以幫助妳減輕疼痛。」

「謝謝妳，鴿翅。」栗尾喵了一聲後，緊緊咬住樹枝。

鴿翅看到松鴉羽對她點點頭，表示肯定。**起碼我做對了一件事！**

然後栗尾喘了好大一口氣，她的嘴巴緊緊咬住樹枝，直到它斷裂為止。突然間，一小團濕濕的東西迅速從她的尾巴下方滑出來，一動也不動地躺在草地上。

「太好了！」蕨雲大喊，「栗尾，妳的第一隻小貓出來了，是一隻小母貓。」

「她長得真好！」蕨毛發出呼嚕聲，邊把小不隆咚的小貓挪到她母親面前。

栗尾轉過頭去看，虛弱地舔著那小小的身體，但她的肚子又是一陣抽搐，讓她不得不停止舔舐的動作。很快的，第二隻小貓也誕生了——又是一隻小母貓。

鴿翅可沒辦法像蕨毛和蕨雲那樣開心。兩隻小貓都小的可憐，而且看起來很虛弱；她們一動也不動地躺在那裡，栗尾已經體力透支到沒辦法用力幫她們舔乾淨了。

松鴉羽的前掌小心翼翼地拍拍栗尾的肚子，幫她做了一番檢查。「妳生完了，」他表示，「我們得帶妳和小貓們回營地。」

蕨毛輕輕催促栗尾，讓她靠著他的肩膀站起來。棘爪走到她的另一邊幫忙把她攙扶起來。

「我的小貓怎麼辦？」她發著牢騷，苦惱地睜大眼睛。

「她們沒事，」蕨雲保證，「我和鴿翅會帶她們回去。」

她叼起一隻小貓，鴿翅則是帶另一隻。當鴿翅將那嬌小的貓咪從地上叼起來時，小貓發出一聲微弱的叫聲，像一隻癱軟的獵物掛在她的嘴邊，重量比一隻麻雀還輕。

刺爪帶隊前進，一邊留意是否有狐狸逼近。被兩隻公貓一左一右攙扶的栗尾搖搖晃晃地走著。葉池則是在她旁邊繞來繞去；松鴉羽和塵皮走在最後頭。

當他們回到營地時，天已經漸漸亮了。部族開始紛紛忙碌了起來：原本在隧道入口附近和雲尾說話的亮心，也跟著栗尾和一行貓來到育兒室。

「東西都幫妳準備好了。」她告訴栗尾。

當蕨毛和棘爪協助貓后進入育兒室時，黛西也跟著從鋪著厚厚一層青苔和蕨葉的睡窩起身。「來這裡，」她喵聲對栗尾說，並和她磨磨鼻子。「我已經幫妳把床暖好，趕快躺下來休息吧。」

「謝謝妳，黛西。」栗尾喃喃說道，語氣中充滿疲憊。

等栗尾躺好後，鴿翅和蕨雲便把兩隻小貓放到她的懷裡。蕨雲和黛西開始有規律地用力舔她們。小貓們漸漸開始蠕動，接著微微發出飢餓的叫聲。她們依偎在母親的身邊，開始吸奶。

鴿翅終於鬆了一口氣。**她們也許會平安無事**。「忙了這麼一大圈，我累壞了！」她告訴松鴉羽：「你也去休息一下吧。」

松鴉羽搖頭說：「我必須待在這裡，觀察栗尾和小貓的情況。」

「你去休息吧，」亮心走向他說：「這裡交給我就行了。醫術我還懂一些，如果情況真有什麼不對勁，我立刻去叫醒你。」

松鴉羽猶豫了一會兒，然後點點頭。「好吧。那就麻煩妳了，亮心。」

鴿翅跟著松鴉羽步出育兒室，然後走回自己的窩。藤池仍舊縮成一團，在錢鼠掌和櫻桃掌旁邊呼呼大睡。四肢快累癱的鴿翅，立刻撲通往床上倒，然後沉沉閉起眼睛。

她開始蹣跚地穿過草木叢生的森林，四肢不時被纏結的常春藤和荊棘藤蔓絆住。她的四周盡是貓兒和小貓的慘叫聲，但她找不到他們在哪裡，更不能幫上任何忙。接著她衝出林子，來到一處光禿禿的山坡。此刻，鴿翅看到眼前兩隻瘦小的小貓在一塊平坦的岩石上扭動著。她開始走向她們，但一抹暗影突然落在岩石上。只見一隻老鷹咻地從天而降，一爪各抓起一隻小貓，準備揚長而去。被帶上天空的小貓，只能無助地扭動身體。

「不！」鴿翅尖叫一聲，隨即騰空躍起，張爪想攔住那凶惡的巨鳥，但一切都已太遲，她只能眼睜睜看著自己砰的一聲摔落到滿地羽毛的地上。她猛然睜開眼睛，發現自己躺在睡窩裡。藤池彎身，擔憂地看著她。

「妳沒事吧？」她的妹妹喵聲問，「妳一直翻來覆去，肯定是做了很可怕的惡夢。」

鴿翅抬起頭，看到自己睡窩的青苔和蕨葉被撕得亂七八糟，散落了滿地。她一想到那個可怕的夢，還是忍不住心驚膽顫。

「我沒事，」她低語喃喃，「謝謝妳，藤池。」她需要出去走走，讓頭腦清醒清醒。

她搖頭晃腦地爬出睡窩，輕步穿越營地。此刻太陽已經升到山谷正上方，棘爪正站在空地中央組織巡邏隊伍。鴿翅避開他們，往育兒室去。她探頭一看，在微光中瞥見熟睡的栗尾，而她的小貓們就蜷縮在她溫暖的懷裡。她們的毛髮已經乾了，全身毛茸茸，而且正拚命吸著奶。

亮心仍然在一旁看顧著，而蕨雲和黛西則是慵懶地互舔皮毛。黛西抬頭看了看在入口東張西望的鴿翅。

「她們都很好。」她發出呼嚕聲，「這次多虧有妳及時發現栗尾有麻煩。妳的聽力一定非常敏銳！」

「呃……嗯。」鴿翅立刻退離現場，不想談論她是如何大老遠就聽到栗尾的聲音。

「妳真是個英雄！」蜂紋的聲音突然從鴿翅背後響起，把她給嚇了一跳。他緊接著對連忙轉身的鴿翅說：「妳救了栗尾還有小貓一命！」

「不管是哪隻貓都會這麼做。」鴿翅害羞地回答。

「像我就不可能。」蜂紋眼裡閃爍著笑意，「我一定會睡死，連掉下懸崖都不自覺！」他收起開玩笑的眼神，接著流露出崇拜的表情。「我真的很為妳感到驕傲，」他喃喃地說：「很高興有妳這樣的族貓。」

鴿翅的皮毛下洋溢著一股暖意。她走向前，和蜂紋磨磨鼻子。「我也很高興有你這樣的族貓。」

⚡⚡⚡

「我敢說索日肯定不懷好意。」鴿翅在藤池的耳邊悄悄說。

蜜妮帶著狩獵隊往兩腳獸巢穴前進，這兩姊妹在最後頭壓陣，蛛足和樺落則是走在她們前面。藤池刻意放慢腳步，讓其他隊員聽不到她說話的聲音。

「妳為什麼會這麼認為？」她忍不住問。

鴿翅暫時停下腳步，努力集中注意力。「我可以聽到他在山谷另一端說話的聲音。」

「妳確定嗎？」

「確定。」

「喂，妳們還算不算是狩獵隊的成員？」前方傳來蜜妮的聲音，其他隊員已經消失在矮木叢中。

「來了！」藤池大喊著回應。「妳現在就去查查他在耍什麼把戲，」她小聲地對鴿翅說：「這裡我來掩護。」

「謝啦。」鴿翅對妹妹匆匆點了個頭，旋即轉身，一聲不響地鑽進蕨叢，朝營地反方向的懸崖地帶而去，那個地方只有毅力十足的貓才能爬得上去。當她愈來愈接近索日的聲音時，她轉而趴在地上，像是在追蹤老鼠般，小心翼翼地攀著每一步。

當她漸漸逼近，聲音也愈來愈清晰。鴿翅發現有好幾隻貓正在跟索日說話。濃濃的雷族氣味從刺藤叢的另一端撲鼻而來。鴿翅戰戰兢兢地抬起頭，從高長的雜草縫隙中一探究竟。索日的身影仍舊被刺藤遮擋住，當下鴿翅赫然發現花落、榛尾、鼠鬚和玫瑰瓣竟然也其中。族裡該不會只有她和藤池不吃索日那一套吧？

鴿翅躡手躡腳地爬上去聽。「你說的沒錯，索日。」玫瑰瓣喵聲說，「我們不能在這裡坐以待斃，等著風族攻擊。」

震驚的鴿翅強忍住嘶吼的衝動，抽出爪子，戳進地面。**為什麼他們要談論風族攻擊的事？**

「說的也對，」索日從喉嚨發出低沉的貓鳴聲，「他們可能會因此以為雷族貓害怕了。」

「雷族貓天不怕地不怕！」鼠鬚跳起來，頸毛怒張。「我們一定得先發制人！」

「真是好主意，鼠鬚。」

**但這根本不是鼠鬚的主意，**鴿翅憤怒地用前掌抓磨地面。**那全是你的鬼主意！你只不過藉由他的嘴說出來而已。**

「我們要證明我們不怕作戰，」榛尾急急甩動尾巴附和，「就看我們怎麼剝下他們奸詐的皮毛！」

「我們是不是應該先和火星商量商量？」玫瑰瓣建議。

「他會同意嗎？」索日問。

「當然不會。」鼠鬚駁斥，「族長不能在沒有充分的理由下，就對外族釋出敵意。」

「我們有充分的理由，」花落喵聲說：「我們知道風族正在策謀攻擊行動。火星也許不方便號召部族宣戰，但這並不表示他不樂見我們去將那群追兔子的貓除掉！」

「沒錯！」鼠鬚的眼睛炯炯閃爍，「就這麼辦！」

鴿翅恨不得跳出來，大罵他們是鼠腦袋。但她知道做這毀滅性決定的不是她的族貓，**這全是索日的錯。**

她儘量放輕腳步，悄悄往後退，直到完全走出刺藤叢為止，接著飛也似地轉身離開，一邊集中感官，尋找藤池所在的位置。她在舊轟雷路旁找到嘴裡叼著一隻田鼠的妹妹，四周並不見蜜妮或其他隊員的蹤影。

「趕快回去！」鴿翅來到藤池旁邊，嘶聲說道：「索日正在策劃攻擊風族的行動！」

# 第十三章

藤池吃驚地瞪著手足。她放下田鼠，匆匆挖了一些泥土蓋上去。「他沒這個本事！」她大聲喊道。

「他有，」鴿翅嚴肅地回答：「很多我們的族貓都打算跟隨他。跟我來——快點！」

兩名戰士一起奔回岩石山谷頂端。在奮力爬上小徑的途中，她們遇到了榛尾，後面緊跟著鼠鬚、玫瑰瓣和花落。

「你們在幹什麼？」鴿翅氣喘吁吁地問。

「妳覺得我們像是在幹什麼？」榛尾不耐煩地說，「我們是狩獵隊耶，鼠腦袋。」

「就是說嘛，這下可好了，所有獵物都被嚇跑了。」鼠鬚附和說：「妳們笨手笨腳穿過樹叢的樣子，簡直跟一群獾沒兩樣。」

藤池和姊姊交換了沮喪的眼神。「你們有看到索日嗎？」她問。

「沒有。」這回換花落回答，「妳們在找他嗎？」

鴿翅對著藤池抽動頰鬚，悄悄暗示她不要把她們偷聽的事說出來。她看出妹妹的眼裡和她一樣冒著怒火。**他們是我們的族貓——但竟然對我們撒謊！**「沒有啦，只是好一陣子沒看到他了。」她回應，「不知道他是不是還在這裡。」

鼠鬚聳聳肩，「我沒有聽說他已經走的消息。」

鴿翅和藤池退開一步，讓族貓們繼續前進。藤池很想告訴他們，如果他們假裝在狩獵，至少也應該抓點什麼東西再回營地。等他們走遠後，鴿翅揮揮尾巴，要藤池別出聲。她站在原地不動，露出一副警覺的模樣；藤池猜她應該正在集中感官。

幾個心跳的時間過後，鴿翅搖搖頭。「我找不到任何索日的蹤跡。」她喵聲說：「真是奇怪，他剛剛明明和他們在一起啊。」

「我們要不要去找找看？」藤池提議。

「還是不要吧，現在也不能做什麼。」鴿翅回答，「我們還是回去打獵吧。」

雖然藤池的根根皮毛都騷動著不安，但還是點點頭。「要是他們現在就發動攻擊該怎麼辦？」

「他們不可能這麼做，」鴿翅安撫她，「區區四隻貓還不足以對風族展開攻擊。他們勢必要說服更多貓加入後才會行動。」

「真不敢相信雷族貓會做出這種事來，」藤池喵聲說：「鴿翅，妳確定妳沒聽錯嗎？我是說，妳的聽力一直不太靈光，自從——」

「我的聽力已經好了。」鴿翅急著打斷她的話，「我很確定我所聽到的，只是……」她漸漸沉默下來。

「怎麼了？」

「我沒有聽到索日說很多話，」鴿翅坦言，「我原本以為我們的族貓肯定是被他洗腦，但說不定……說不定那只是戰士們平時的誇口之詞罷了。」

「或許吧，」藤池鑽到一根低矮的榛木樹枝下。「但我們也不能百分之百確定。」

「這附近沒有索日的氣味，」鴿翅繼續說：「可見他沒有往這邊來。真希望我能找出他現在在哪裡。」她搖搖頭，「我們回去狩獵吧。」

「我們要不要把這件事告訴火星呢？」藤池問，腳掌突然竄起一股焦慮。

鴿翅想了一個心跳的時間，然後搖搖頭。「在事情還沒有明朗之前，我不想給族貓們添麻煩。這全是索日的錯。從現在開始，我一定要緊盯他的一舉一動。」她更加堅決地說著，然後起身快跑離開。

藤池跟上去，但仍是一肚子惶惶不安。就算鴿翅不是很確定自己所聽見的，但藤池還是對姊姊的直覺深信不疑。

**這件事的確不單純，而且索日正是幕後主使者。**

藤池從睡夢中驚醒，發現鴿翅將身體捲成一團緊靠在她旁邊，睡在窩另一邊的錢鼠掌輕輕打著呼，櫻桃掌則是抽動著尾巴，似乎是沉浸在夢鄉中。

**真希望戰士窩不要那麼擁擠，我們身為堂堂的戰士，卻要在這裡跟見習生擠一間。**

但是現在沒有時間煩惱這些。藤池在睡夢中突然閃過一個念頭，催促她必須立刻動身查看，於是她輕輕戳了鴿翅一下。

「醒醒啊，」她悄悄在姊姊耳畔說：「記得保持安靜，不要吵醒見習生。」

鴿翅坐直身體，瞬間進入警戒狀態，「黑暗森林出事了嗎？」

藤池搖搖頭，很慶幸自己沒有被今晚的夢境帶到那裡去。「不是，是關於索日，」她小聲地回答，「我大概知道他今天是怎麼消失的。」

這隻作客的貓在天黑前並沒有返回營地，似乎也沒有任何貓知道他的去向。藤池稍早聽到塵皮自言自語地說：「太好了，我們終於解脫了，反正我從頭到尾都不信任他。」

雲尾甩甩尾巴附和，「那隻貓到哪裡都是個麻煩。」

此刻，藤池把身體湊得更近，在鴿翅耳畔喃喃地說：「跟我來。我們現在就必須行動，要不然可能就來不及了。」

兩隻母貓肩並肩，匆匆溜出睡窩。雲朵悠悠飄過月亮，月光昏暗稀疏。幾顆星族戰士在天上冷冷清清地發著光。

灰紋正在執行看守；她們趁他把頭轉開時，趕緊衝出營地，一個勁兒地鑽進廁所隧道。幾個心跳的時間後，她們再次爬上通往山谷上方的小徑。

「帶我到妳之前聽到索日說話的地方。」藤池喵聲說。

藤池跟著鴿翅來到懸崖邊的一處刺藤叢。她張開雙顎，蹲低身體，開始在荊棘藤蔓下鑽來鑽去，試圖搜尋索日的氣味和蹤跡。

「我覺得索日應該不會躲在這下面，」鴿翅持不同的看法，「他喜歡舒服的地方。」

「我不是在找舒適的藏身處。」藤池回應。她很清楚自己在找什麼。**應該就在這附近。**

最後，她終於看到自己要找的地方；恐懼與興奮騷動著她的四肢，她用爪子把一些荊棘藤蔓耙到一旁，一個深入地底下的洞就此映入眼簾。

「索日會跑到底下去嗎？」鴿翅一臉狐疑地問。

「這是一條隧道，」藤池解釋，「山坡上到處都是隧道。還記得我們在評量考試時，冰雲就掉進一條隧道嗎？還有……」她開始變得吞吞吐吐，鴿翅忍不住抽動耳朵。「我和花落……呃……也到過底下，而且走好久都走不出來。」

「妳怎麼都沒跟我說？」鴿翅氣得大罵。

藤池聳聳肩，不想跟她吵。「如果索日知道有這些隧道存在，」她說：「那麼他搞不好會跑進去，現在應該在地底下的某個地方。」

鴿翅爬過去，用力一聞。「這裡有索日的氣味，」她喵聲說：「雖然很淡，但確實是他的味道沒錯。」她停頓了一個心跳的時間，繼續說道：「我們現在該怎麼做？」

「跟蹤他啊。」藤池大膽地說。她雖然是這麼提議，但還是難免心驚膽顫，不過也沒有別的辦法了。索日現在已被一半的族貓視為英雄，她們不能隨意指控他和風族有任何見不得人的勾當──除非她們能拿出真憑實據。

鴿翅沒有反對，僅僅瞪大眼睛，很乾脆地對妹妹點點頭。「帶路吧。」她喵聲說。

藤池鑽進狹窄的隧道，皮毛刷過兩側的牆壁，她們的身體擋住了從外面透進來的微弱光線。藤池一步步深入黑暗，心臟也跟著狂跳起來，但她還是強迫自己繼續往前推進。

「這一次應該不會比上一次我在地底下慘。」過了一會兒，她喃喃地說，試著穩住自己的情緒，也順便讓鴿翅安心，「用妳的特殊感官，應該可以幫助我們辨識前方的方向，就好像在大白天看東西一樣容易。」

「這我可沒把握，」鴿翅用顫抖的聲音說：「這裡對我來說完全是陌生的環境……讓人摸不著頭緒……我需要一點時間適應。」

在往前行進的過程中，藤池感覺姊姊已經漸漸不再那麼害怕，讓她終於可以鬆了一口氣。通道在不知不覺中開始變寬，她再也沒有被牆壁摩擦的感覺，傾斜而下的陡坡也變得平坦。她腳下已不再是扎實的泥地，而是轉為一顆顆堅硬的石礫。她們窸窣移動的聲響在四周迴盪著，讓人有點毛骨悚然。

「我們先停一下，」鴿翅喵聲說：「我現在應該可以將聽力延伸出去。」

藤池停下腳步。除了彼此的呼吸聲和偶爾的水滴聲，她什麼也聽不到，但她知道這陌生的地底世界將全然在鴿翅面前開啟。

「有聲音！」在一陣漫長緊繃的沉默氣氛後，鴿翅終於喃喃地說：「我聽到說話的聲音。」

「在哪裡？」藤池問。

「讓我走前面。」

現在裡面有足夠的空間讓鴿翅擠到前面，一路帶領妹妹深入隧道。藤池完全看不見，也聽不到；她只能循著姊姊的氣味和腳步聲，在後面跟著。隧道在她們面前彎來彎去，有時候突然往下傾斜直通深處，有時候卻又向上延伸，有時候又讓人有一種往後倒退走的錯覺。但鴿翅沒有一絲猶豫，她在幾條藤池看不見的旁支隧道間鑽來鑽去，避開池塘和一堆堆碎裂的岩石。

藤池可以強烈感覺出她們頭頂上的泥地和岩石所承受的重量，並且意識到在上面沉睡的貓咪們，渾然不知兩名戰士就在她們的底下活動。藤池打了一個寒顫，強迫自己不要胡思亂想。

**專心一點，在這節骨眼上一定要集中注意力。**

「妳太厲害了，」她鼓勵鴿翅，「我們很快就能查個水落石出了。」

最後，藤池終於可以聽到前方傳來一絲窸窣的說話聲。她起初以為是自己的幻覺，但當她繼續跟著鴿翅的腳步走著，聲音也變得愈來愈明顯。當她逐漸可以聽清楚一些說話聲時，根根毛髮也忍不住跟著倒豎起來。

「是風族！」她悄悄地說，「還有索日！」

「噓，」鴿翅用氣音小小聲地說，「如果妳能聽到他們，他們也可以聽到我們。」她更加小心翼翼地往前帶路，直到說話聲音變得更清晰為止。

「我會帶你們穿越隧道，」索日喵聲說道：「攻進雷族的營地。那些鼠腦袋肯定渾然不知。」

「叛徒！」藤池發出嘶聲，恨不得馬上衝過去。

鴿翅阻擋她，尾巴摀住妹妹的嘴巴。「仔細聽，不要亂出聲！」

「我們憑什麼相信你？」藤池認出鴞鬚的聲音，「我們怎麼知道你沒有叫雷族來攻擊我們。」

**風族貓並不完全是鼠腦袋嘛**，藤池心想。

「當然。」索日語帶不屑地說：「要不然我怎麼得到他們的信任？但到時候我會帶領風族攻進雷族的營地。」

這次換另一隻風族貓說話，但聲音太小聲，藤池沒辦法聽到他在說什麼。在她將身體往前傾的瞬間，她感覺腳下的一顆石礫突然開始滑動，所發出的撞擊聲在此刻有如雷鳴般響亮。

藤池當場僵住，但已經來不及了。

「什麼聲音？」鴞鬚大吼，「誰在那裡？該不會是有貓在偷聽我們說話？」

「我們趕快走！」藤池在鴿翅耳邊悄悄說。

但鴿翅還是一動也不動。「我只是循著聲音來到這裡，但不確定該怎麼出去。」

藤池已經聽到索日和風族貓移動的聲響。「他們要過來了！我們趕快走。」她雖然這麼說，但一想到要摸黑走出隧道，便不由得開始害怕起來。**我們有辦法找到出去的路嗎？**

兩隻母貓還來不及移動，隧道後方突然傳來腳步聲，不斷朝她們逼近。一陣濃濃的貓味撲鼻而來，藤池以為自己應該可以辨識出那氣味，但因為太過害怕，腦筋跟著打結。她抽出爪子，一想到自己被兩方敵人包夾的處境，便不由得慌張了起來，心臟開始撲通狂跳。

然後那隻迎面而來的貓開始說話，「跟我來，快點！」

「休想！」藤池嘶聲說道，繃緊肌肉，隨時準備一撲。「妳說不定跟他們是同一夥的。」

「我不是。」那隻陌生的貓喵聲說。

「那就證明給我們看。」鴿翅堅持。

「不需要證明。」迎面而來的貓不耐煩地回應，「看在星族的份上，趕快跟我走。」

藤池驚訝地睜大眼睛，同時和姊姊互看了一眼，瞬間瞥見鴿翅眼裡的一絲閃光。「星族？那妳就是……」

「妳們到底是要走還是不走？」迎面而來的貓打斷她。

「當然要。」藤池急著回應，「但是，我們怎麼知道妳不是故意來陷害我們的？」

陌生貓氣呼呼地發出嘶聲。「因為我跟妳們一樣都是雷族貓，」她回答。她的身影比漆黑的隧道還暗，「我是冬青葉。」

藤池吃驚到下巴都快掉下來了，「冬青葉？可是妳……妳不是已經死了嗎？」

「很顯然我還活著，」迎面而來的貓急躁地回答，「現在沒有時間在這裡閒聊以前的事，我們必須馬上離開。」

風族貓的腳步聲已經漸漸逼近。他們直覺緝捕的目標就在附近，於是加速追趕。藤池可以想像他們張開雙顎，試圖嗅出雷族的氣味，一路沿著隧道疾馳，步步朝她們逼近的畫面。

「好，」鴿翅喵聲說：「妳帶路吧。」

冬青葉一個轉身，火速鑽進旁邊一條狹窄的隧道。眼見第一隻風族貓就要撲過來，藤池和鴿翅倏地跟了過去。藤池可以聽到他們急忙煞住腳步的聲音，接著是一陣困惑的喃喃聲。

「他們跑到哪裡去了？」

「他們剛剛明明在這裡，這一點錯不了。」

「狐狸屎！被他們逃走了！」

冬青葉根本沒把風族貓看在眼裡，只管往隧道的深處前進。藤池緊跟在後，就害怕自己一不小心跟丟。她心裡很清楚她和鴿翅不可能靠自己的力量走出去。過了一會兒，冬青葉突然停下腳步；在黑漆漆的隧道中，藤池差點撞上她。

「我跟妳說，妳可以放心相信我，」冬青葉喵聲說：「我以前就帶妳出去過一次，還記得嗎？」

「喔！」藤池深吸口氣，頓時明白為何冬青葉的氣味似乎有些熟悉。「原來那是妳？」

冬青葉繼續往前走，沒有再說下去。不久，藤池便瞥見一抹微光透進隧道，烘托出冬青葉的頭和耳朵的輪廓。過了一會兒之後，她們來到一處滿地落石和蕨叢的淺斜坡上。藤池吸了一口夜晚的新鮮空氣，四周瀰漫著雷族的氣味。她轉向救命恩人，眼前是一隻四肢修長、並帶著一雙銳利綠色眼睛的黑色母貓。「謝謝！」

鴿翅跟著她們走出隧道，抖抖全身的皮毛，然後跟著補充道：「如果沒有妳，我們就完了。」

冬青葉輕輕點個頭。「聽好，」她喵聲說：「這半個月來，我已經監聽到索日和風族貓密謀了好幾次，而且——」

「而且什麼？」藤池忍不住打斷她，「也就是說，他還沒來雷族前，就已經和他們私通。」

「他們將從隧道攻進來。」冬青葉繼續說，似乎沒理會藤池的話。

「那麼我們得趕快去警告大家，」鴿翅喵聲說，驚慌失措地瞪大眼睛，「快點，藤池！」

看到鴿翅急忙轉身，準備奔回營地，冬青葉揚起尾巴說道：「別急，現在還不是時候。索日想要先贏得妳們更多族貓的支持。風族貓很清楚他想一步步取得雷族的友誼後，再一口氣背叛你們。」她從喉嚨發出低吼，「你們真不該再次收留他！」

「這不是我們能決定的。」藤池說：「再怎麼說，他也是從狐狸手中解救見習生的恩人。」

「不是索日救他們的，」冬青葉不屑地發出嘶聲，「是我。」

藤池震驚到說不出話來。在情緒尚未平復前，她看到鴿翅突然豎起耳朵，過了一個心跳的時間後，她聽到營地傳來呼喚的聲音。

「老鼠屎！」她喃喃地說：「他們在找我們了。」

冬青葉的綠色眼珠開始顯露出驚慌。「千萬不要跟任何貓說妳們遇到我的事。」她央求。

「為什麼不行？」鴿翅問，「為什麼妳不要跟我們回營地？妳明明屬於這裡！」

「妳不會懂的。」冬青葉喃喃說著，一邊往隧道入口退去。「我得走了！」

但她還來不及隱回暗處，一道月光瞬間衝破雲朵，銀白的月光灑落在這三隻貓身上。這時獅焰從斜坡邊緣的岩石後面衝出來，俯瞰著她們。

「不！」他的聲音打破了夜空的寂靜，「冬青葉，我不會再讓妳跑走了。」

# 第十四章

松鴉羽被外面的鼓譟聲吵醒。他走進營地，發現好幾隻族貓在睡窩外面走來走去。

「發生什麼事了？」他趕緊去找和火星一起站在荊棘隧道旁的灰紋探聽。

「櫻桃掌一早起來，」灰紋回答，「就發現藤池和鴿翅不在床上，所以跑來跟火星報告。我們已經在營地搜尋好一會兒。」

「完全沒有她們的行蹤。」沙暴跑過來加入他們，並憂心忡忡地稟報。

「看樣子我們只好派出隊伍搜索，」雷族族長決定，「自從上次被一星威脅後，我再也不能相信風族。鴿翅和藤池有可能被抓起來了。」

「如果風族敢動我們的戰士一根汗毛，我非得剝了他們的皮不可。」灰紋吼道。

松鴉羽沒能幫忙搜尋，索性就回到窩裡去，但又睡不著。他很瞭解鴿翅和藤池的個性，所以沒有像其他族貓那樣擔心她們。

**但是她們竟然沒有通知我一聲，就在一夜之間失蹤，這也未免太奇怪了，**他心想。然後，突然一個念頭閃過，讓他不自覺地顫抖起來，**她們該不會想單挑風族吧？她們以前就有踏進他們營地而惹來麻煩的紀錄。**

他聽到薔光在睡鋪裡翻來覆去的聲音，並察覺到她正痛苦地喘著氣。「妳沒事吧？」他嚴肅地問。

「我沒事。」薔光回答，「我只是身體有些僵硬。」

松鴉羽從床上爬起來，然後走向她。**反正醒著也是醒著，不如做點有用的事，**他決定，接著在薔光旁邊坐下，開始幫她按摩萎縮的肌肉。

「謝謝你，松鴉羽。」薔光吐出很長一口氣，「好多了。」過了一會兒，她繼續說道：「你覺得藤池和鴿翅會平安無事嗎？」

「那當然。」松鴉羽壓下內心的不安，喵聲說道：「她們說不定只是想在夜晚出去打個獵。」

聽了松鴉羽這麼說，讓薔光安心不少，在他腳掌規律的按摩之下，她很快就進入了夢鄉。但松鴉羽卻完全沒有睡意，他弓起背，伸了一個大懶腰，再次走出睡窩到空地去。

火星坐在營地的正中央，黛西則是在荊棘屏障來回踱步。松鴉羽可以感覺到她極度的焦慮，彷彿失蹤的就是自己的小貓。他察覺到鼠毛正坐在睡窩外面，於是穿越營地，來到她旁邊。

「妳應該回窩裡休息。」他喵聲說，「藤池和鴿翅沒什麼好擔心的。」

「我在這裡好的不得了，」鼠毛沒好氣地回他：「隨時都可以坐下來看星星。」

「當然。」松鴉羽更加和顏悅色地回應，**不知道她是不是在找尋長尾**。他再度踱步離開，轉而朝育兒室走去，並聽到栗尾喃喃地說：「很好，小貓們。吃飽一點，才能長得又高又壯。」

這隻玳瑁母貓的聲音聽起來雖然還有點疲憊，但已經不像剛生產完後那像精疲力竭。**她復原的情況良好**，松鴉羽滿意地想著，**而且她的小貓也愈來愈壯實**。她和蕨毛將她們取名為：小百合和小種籽。

**她們一定能好好長大**。一想到部族新添了小貓，松鴉羽不由得感到欣慰。她們代表著希望與新的生命。不管黑暗森林如何從中破壞，小貓都是部族延續的希望。松鴉羽豎起耳朵，留意荊棘叢突如其來的沙沙聲響。他認出了白翅和樺落的氣味；他們落寞的情緒像渾濁的浪潮般淹沒了松鴉羽。

「在湖邊也不見鴿翅和藤池的蹤跡。」白翅稟報火星，語氣裡充滿了對親生孩子的擔憂。一會兒過後，狐躍和冰雲也跟著現身。「從這裡到風族領地之間也沒有她們的蹤影。」狐躍表示。

「我們一開始有聞到她們的氣味，」冰雲接著說：「但不久就消失了，後來就沒有再聞到。」

松鴉羽的焦慮逐漸高漲，忍不住湊到火星旁邊。其他貓也都紛紛從窩裡來到空地：雲尾和亮心在一旁竊竊私語；塵皮的爪子伸進伸出，不停在空地來回踱步；蕨雲從育兒室探出頭來聽是否有新的消息，然後又走了進去；葉池和松鼠飛悄悄從戰士窩出來，並肩坐在一起，幾個心跳的時間過後，煤心也加入她們。

松鴉羽警覺到屏障再度傳來一陣聲響。這一次是棘爪和沙暴回來稟報，但他們還沒開口，松鴉羽就已經感受到他們的落寞。

「從這裡到影族的領土之間也沒有看到她們。」棘爪告訴火星。

「現在就只剩下獅焰那一組和兩腳獸的廢棄巢穴，」火星憂心忡忡地喵聲說：「如果還是沒找到她們——」

更多貓從隧道走出來，打斷了火星的談話。原來是獅焰帶隊回來了。

「我找到她們了。」他宣布。

松鴉羽聽到手足的聲音，立刻繃緊神經。從獅焰的語氣裡聽不出一絲的高興或心安，反倒是緊張居多，**事有蹊蹺**。

「鴿翅和藤池都沒事吧？」他大聲問道。

鴿翅跟在獅焰後面，從荊棘叢鑽了出來，接著回答：「我們沒事。」

藤池也跟了上來。白翅見狀，急急忙忙從空地另一端跑過來找她們。她劈頭就問：「妳們去了哪裡？」她緊緊依偎在女兒的身邊，氣很快就消了，緊接著發出一股歡天喜地的貓鳴，「我們都快瘋了！」

松鴉羽察覺到兩隻年輕母貓的尷尬。

「有什麼好大驚小怪的？」藤池碎碎念道：「我們只是出去走走而已。」

火星站起來，走到她們面前喵聲說：「妳們平安無事最重要。」他的語氣轉為嚴厲，並繼續說道：「明天我們必須討論如何隨時告知族貓自己的行蹤，特別是在我們深受鄰族威脅的情況下。」

「好。」鴿翅小聲地回應。

「對不起。」藤池喵聲說。

當這兩隻母貓準備回窩裡時，獅焰再次開口說道：「等等。」他的語氣仍是緊繃不已。

「她們不是我唯一找到的貓。」

松鴉羽聽到入口又是一陣窸窣作響，緊接著所有的族貓都倒抽了一口氣。他繃緊神經，想辨識出氣味。這隻剛到的貓比其他戰士還多了一股泥土、石頭和蕨葉相混的濃濃氣味，但在這氣味之下，還是依稀散發出一股淡淡的雷族味。

**該不會是……？**

「冬青葉！」煤心吃驚大喊。她從松鴉羽身邊穿過去，連忙衝上前。「妳還活著！」

松鴉羽踉蹌了一下，瞬間地面彷彿開始搖晃了起來。**她回來了！**打從他和獅焰在隧道裡遍尋不著她的屍體後，他就猜想姊姊應該還活在世上，但看到她走進營地，還是不免感到震驚。他退開，任由眾貓緊緊圍繞著她，大家搶著發言和問問題，靜謐的空氣一時喧鬧了起來。

「真的是冬青葉耶！」

「這些日子妳都去了哪裡？」

「妳是怎麼存活下來的？」

冬青葉等了好一會兒，才勉強插得上話。等到她終於有機會說話時，突然發現自己的聲音粗啞，一時之間不知道如何說出口，似乎是不習慣開口。

「我住在地底下，」她喵聲說：「我在山坡另一邊位於領土之外的樹林打獵。」

「可是隧道明明就崩塌了！」罌粟霜很篤定地說。

「但沒有壓到我，」冬青葉喵聲說：「我找到逃出去的路。」

松鴉羽覺得她的語氣帶著疲憊與不安，似乎一點都不想站在山谷中央，應付這些前族貓的問題。

「嗯，」獅焰湊到松鴉羽耳邊說：「看來我們是對的。」

「是冬青葉趕走狐狸的嗎？」松鴉羽問。

「似乎是這樣沒錯，」他的兄弟回答，「而且今晚就是她在隧道裡發現鴿翅和藤池，把她們帶出來的。」

**也就是說，她們並不是單純出去散步囉，松鴉羽心想，這我一點都不意外。**

等會兒再來問問這對姊妹到底是怎麼一回事。「冬青葉如果真的不想待在部族，大可跑到更遠的地方。她一定知道我們最後還是會在那裡找到她。」他下了結論。

獅焰嘆了一口氣說：「或許這就是她想要的，說不定她已經厭倦了孤獨的生活。」

「她這樣太冒險了。」松鴉羽抽動頰鬚，「要是灰毛死亡的真相被揭發了該怎麼辦？」

「或許她甘願冒這個險。」獅焰的語氣充滿了憐惜。

松鴉羽可沒有和獅焰一樣，已經做好了歡迎冬青葉回來的心理準備。整個部族似乎把她當成歸來的英雄一樣看待，但他就是做不到，雖然長久以來他分分秒秒都期盼姊姊還活著。他非常想念她，希望有一天她能回來。現在冬青葉果真出現了，但他所想到的全是未來錯綜複雜的局面。

「她把葉池和鴉羽的事昭告所有部族，」他提醒獅焰，「都是因為她，大家才會知道我們是兩個部族混種，還有松鼠飛謊稱自己是我們親生母親的事。」

「那不是冬青葉的錯。」獅焰說。

「可是她在事後並沒有留下來承擔這一切，不是嗎？」松鴉羽嘶聲說道：「還有，其他部族將會怎麼對付她？她惹了這麼多麻煩，恩怨不可能馬上煙消雲散，貓可是有很強的記憶力。」他停頓一下，然後繼續說：「你覺得接下來會怎樣？她會留下來嗎？」

「我不知道，」獅焰喵了一聲，「看來只能由她自己決定。」

群貓中突然引起一陣騷動，只見葉池努力擠進空地中央，來到冬青葉旁邊。「喔，我的寶貝女兒，妳終於回家了！」她帶顫抖著聲音說：「關於過去發生的事，我真的、真的很抱歉。錯並不在妳，錯完全不在妳。」

松鴉羽可以從緊繃的氣氛中，察覺冬青葉正極力想閃避葉池。她對這眾所期盼的大團圓場面顯然有所抗拒。這一點松鴉羽並不感到意外。

他察覺還有另一隻貓從他身邊走過去，朝戰士窩的方向離去。**是棘爪，也難怪他會想離開這歡樂的相聚場面**。松鼠飛也欺騙了他，讓他以為他就是這三隻貓的親生父親。棘爪會有一絲歡迎冬青葉這個「女兒」回家的可能嗎？

松鼠飛擠過群貓，來到冬青葉面前。「真高興妳還活著，」她用沉穩的語氣喵聲說：「妳看起來氣色真好。」

「謝謝，我……」冬青葉似乎不知道該怎麼回應。

「好了，」火星插話進來，「大家都該回窩裡去了。冬青葉，錢鼠掌和櫻桃掌會幫妳鋪好床。」

「謝謝。」冬青葉回答。她語帶困惑地繼續說：「這山谷……看起來有些不一樣。」

「因為有一棵樹倒了下來！」錢鼠掌興奮地喵聲說，「跟我們來，我們慢慢講給妳聽……」

隨著群貓散去，腳步聲和驚呼聲也漸漸平息下來。火星走到松鴉羽和獅焰面前說道：「你們兩個也去休息吧，明天有的是時間可以跟你們的姊姊相處。」

**我不確定自己能否面對這一切，**松鴉羽心想，**我不知道要跟她說些什麼。**

當他正準備回窩裡時，藤池和鴿翅走過來，焦慮全寫在臉上，宛如從擎天架一路狂喊過來似的。

「火星，我們有一件緊急的事要稟報。」鴿翅開口說：「當我們發現冬青葉時——或她發現我們時——我們聽到索日和一些風族貓正在密謀攻擊雷族的事！」

「我就知道索日不可信，」松鴉羽嘶吼一聲說：「他現在在哪裡？」

「不在這裡。」火星帶著嚴肅的口吻說。

松鴉羽哼的一聲，「果然不出我所料！」

「火星，我們該攻打風族嗎？」藤池問。

「這不太妥，」火星回應；松鴉羽可以感覺到他的擔憂逐漸高漲。「一星已經千方百計找理由起衝突，所以我們只能先等他發動攻勢再說。到時我們將做好萬全的準備。」他緊接著說：「我將派遣更多巡邏隊，每隻貓也都必須做好隨時迎戰的準備。」

松鴉羽聽到獅焰把爪子鏟進營地地面。「事情可沒有這麼單純，」獅焰喵聲說：「風族會像以前一樣從隧道攻打進來。雷族貓沒有在地底下作戰的經驗，所以我們勢必得等到敵人攻到我們領土重地才能反擊。」

「我們有在森林作戰的優勢，」火星提醒他，「不管風險有多大，我們勢必要將敵人引過來。」

整個晚上松鴉羽都在床上翻來覆去，腦中不斷浮現好幾個他不認得的地方：一處滿布岩石的山坡；盤結的橡樹樹根旁出現一汪池子；廣闊的河面倒映著閃爍的星光。此刻突然傳來一隻貓兒刷過刺藤屏障的聲響，讓他一下子完全清醒過來。在清晨帶著濕氣的微風中，他聞到了冬青葉的氣味。

「嗨，」薔光充滿自信地跟她打招呼，「我叫薔光，是松鴉羽的助手。我幫妳去叫醒他。」

松鴉羽聽到薔光一拐一拐地爬出床鋪，緊接著是冬青葉驚訝的喵聲，「呃，妳行動……」

「不便是嗎？」薔光幫她說完，「是啊，但這並不表示我就一無是處。」

「這倒也是。」冬青葉喵聲說。

松鴉羽起身走到巫醫窩的中央。當他和自己的姊姊面對面時，卻突然口乾舌燥，不知道要跟她說些什麼。

在沉默許久後，冬青葉喵聲說道：「我回來了。」

「是啊。」松鴉羽勉強吐出一句話。

「我們可以去走走嗎？」冬青葉提議，「獅焰也能一起來嗎？我……我有很多事情必須告訴你們。」

松鴉羽、獅焰和冬青葉步出營地進入森林，一路上烏雲密布，冷風迎面吹來，空氣中飄散著雨的氣息。不過讓松鴉羽心神不寧的不單只是風的呼嘯聲。途中這三隻貓均沉默不語。他們穿過林子，來到綠草如茵的山坡，一路往湖邊走去，接著在一處接骨木叢旁坐下來。冬青葉做了一個深呼吸。

「謝謝你們，」她喵聲說：「沒有告訴火星我……我捅出的簍子。」

「沒有這個必要，」獅焰回答，「讓大家相信灰毛是被惡棍貓所殺，事情會比較單純些。」

松鴉羽雖不能完全苟同，卻只是靜靜望著拍打著岸邊的波浪。

「沒有任何貓覺得很奇怪嗎？」冬青葉問：「我的意思是，時間點？」

「我不認為會有貓有閒工夫去想這個問題，」松鴉羽咕噥一聲，「那時還發生了很多事，如果妳還記得的話。」

「當然記得。」冬青葉的語調轉為溫順，「那麼現在呢？你們會告訴火星真相嗎？」

「為什麼我們要說出真相？」獅焰激動地說。松鴉羽可以想像自己兄弟頸毛直豎的模樣。

「因為我跑走了。」冬青葉說。

「不是這樣的，」獅焰喵聲說：「妳離開部族，將自己放逐；這個懲罰已經夠大了。」

聽到兄弟這麼說，松鴉羽的傷痛全湧了上來，潰堤的情緒像盈滿葉緣的雨水灑落而下。

「不！」他斷聲說道：「妳讓我們以為妳已經死了！妳怎麼能這麼做？」

冬青葉沉默了幾個心跳的時間。「我別無選擇，」她最後終於喃喃地說：「你們沒有我會過得比較好。」

「這不是妳能決定的，」松鴉羽告訴她，「而且妳大錯特錯。妳是我們的手足，妳再怎麼做都沒辦法改變這個事實。」

冬青葉嘆了一口氣。「但是我並不是預言的一部分。這是否意味著一切都已經毀在我的手裡呢？預言是不是再也不會實現了？」

松鴉羽直覺獅焰正激動地看著他。他做了一個深呼吸說：「預言裡有出現第三隻貓。妳昨晚已經見過她了。她叫鴿翅，是白翅的女兒。」

冬青葉嘆了一口氣。「嗯……也許我在隧道遇到她並不是單純的巧合。她……她有什麼能耐？」

「她的感官很敏銳，」獅焰解釋，「我是說，超級敏銳。她可以知道其他部族領土上所發生的一切……甚至是更遠的地方都可以。幾個季節前，湖水出現乾涸，她從中知道是一種叫河狸的動物在上游築壩所導致的。」

冬青葉喃喃幾聲，似乎是對鴿翅刮目相看。但松鴉羽也可以感覺到她的悲痛和嫉妒……她雖然不會極度嫉妒到變成鴿翅的敵人，但對於兩個手足都擁有的東西，自己卻被排除在外，讓她不禁感到無比的惆悵。

**如果冬青葉也能是預言的一部分，**他心想，**她一定會認真看待自己的角色……或許就能避免她做出那樣的傻事來。**

最新預言裡的話又在他腦中響起。三力量必須成為四力量……他心想冬青葉會不會就是第四隻貓，即便她沒有在最初的預言裡。但他感覺姊姊的煩惱已經夠多了，所以決定暫時什麼都不要說。**先跟獅焰討論看看再說吧。**

「妳會留下嗎？」獅焰問冬青葉。

「應該會吧。」她回答，「起碼會待上一陣子。你們現在剛好遇上索日這個麻煩。如果……如果有我可以幫上忙的地方，我一定幫到底。」

「冬青葉能回來真是太好了，不是嗎？」薔光一看到松鴉羽穿過刺藤屏障進入窩裡，便喵嗚說道：「為什麼她要消失這麼久？」

「妳自己不會去問她，」松鴉羽不悅地說，「還不趕快把琉璃苣葉整理整理，拿一些過去給栗尾，幫助她分泌乳汁。」

「好吧。」薔光並沒有生氣，只是覺得有點納悶為什麼松鴉羽不想跟她說。

「把工作做完之後，別忘了去做復健。」松鴉羽繼續說：「我要去月池，而且明天才會回來。」

松鴉羽沒頭沒腦地脫口而出，根本沒察覺自己何時做了這個決定。但當他離開營地，跟棘爪報備自己的行蹤之後，突然感覺輕鬆了不少。讓自己清靜一下也好。他把對黑暗森林的恐懼拋到腦後，索日是他們目前最大的威脅。

**而且冬青葉已經回來了，或許一切都會隨之改變。**

松鴉羽悄悄穿過月池四周的矮木叢，一路沿著蜿蜒的小徑往下走，天氣開始變涼。雖然他看不見，但他知道黑夜已經降臨。他踏上古老貓兒們所留下來的足跡，順利往前走，但內心卻突然湧上一股悲傷。

**半月……**

松鴉羽試著不去想那隻他深愛的貓，畢竟她已經死去很久很久了。他蹲坐在岸邊，伸長鼻子觸碰湖面。

過了一會兒，瀑布的水花聲漸漸消失，松鴉羽隨之進入睡眠狀態。他睜開眼睛，眼前是一片陽光普照，接著站起身，發現自己正置身在星族領土的空地上。地上的雜草長得又長又茂盛，圍繞在他四周的樹木被濕漉漉的綠葉壓彎了腰。當他發現黃牙並沒有在等著他時，不禁鬆了一口氣。

但放眼望去，也沒看到那隻他想見的貓的任何蹤影。松鴉羽隨便選了個方向前進。他走進樹林，穿越一個個空地和一條條小溪，沿途豎直耳朵，眼睛不停地左右來回掃視。清新的空氣中飄散著濃濃的獵物氣味，一陣暖風吹拂松鴉羽的皮毛。但他有緊急任務在身，根本沒有心思停下來打獵或曬太陽。

在找尋的途中，松鴉羽也遇到了許多貓：有一些已經老態龍鍾，呈現半消散的狀態，隔著祂們若隱若現的形體，可以清楚看到背後的樹叢；有些則是朝氣蓬勃的年輕貓兒，身影輝映著翠綠的蕨叢。祂們大都沒有注意到松鴉羽的存在，即使有注意到，也都不認得他。

然後，松鴉羽終於看到他一心想尋找的貓，就站在樹叢稍遠的地方：那是一隻健壯的灰色戰士，祂不停抽動著尾巴，忙著嗅聞空氣中的獵物氣味。

**灰毛。**

松鴉羽利用樹叢的暗影當掩護，躡手躡腳地爬過去。但此刻藍星突然從他頭頂上的樹枝飛身躍下，擋在他面前，把他給嚇了一跳。

「不准你這麼做。」前雷族族長喵聲說。

「我只是想跟祂說說話。」松鴉羽辯解。

「為什麼？」藍星問。

「冬青葉回來了，」松鴉羽回答，伸長脖子想看灰毛還有沒有在那裡。「我……我想知道灰毛同不同意。」看到藍星沒有回應，他繼續說道：「我的意思是，祂在這裡，那就表示星族認為祂是善良的貓，也就是說祂不應該以那樣的方式死亡才對。」

藍星仍然一動也不動地站在原地，擋住他的去路，藍色眼眸嚴肅地看著他。「但你還是幫冬青葉保守了祕密，不是嗎？」祂忍不住說，「你大可跟火星或任何貓說出真相。」

「不，我辦不到！她是我的姊姊！」松鴉羽反駁。

藍星把尾巴搭在他的肩膀上，將他帶離灰色戰士。「即使你跟灰毛說上話，也於事無補。」她喵聲說：「他很清楚自己是被誰所殺，也知道為什麼會被殺。也許這全是他咎由自取，但也許不是，這星族無權評斷。」看到松鴉羽正想開口反駁，祂更加嚴肅地說：「既然他能找到來這裡的路，那就表示他有待在這裡的資格，我們只能堅信這一點。」

松鴉羽嘆了一口氣，並搖搖頭說：「我不明白……」

「有些事情本來就無從明白，」藍星感同身受地告訴他，「我們怎麼可以任意評斷冬青葉和灰毛之間誰比較有資格待在星族呢？這裡一切都變了，有些貓甚至選擇遺忘那些不堪回首的生命片段。」

「可是……我不知道冬青葉是不是有回雷族的資格。」松鴉羽喵聲說。

「這也不是你能決定的。」藍星抽動尾梢。「冬青葉已經受到了良心的譴責。灰毛也為了自己的錯誤付出了極大的代價——而冬青葉何嘗不是。或許他們彼此已經扯平了。」

# 第十五章

躺在戰士窩床上的獅焰睜開眼睛。灰濛濛的晨光從樹枝縫隙中灑進來；一陣冷風從裂縫灌進他的青苔床墊。獅焰打了個呵欠，眨眨睡眼惺忪的眼睛。此時雲尾突然衝過來撞了他一下，讓他不得不慌忙坐起身。

「喂！」他大喊。

「尾巴不要亂放。」白色戰士毫不客氣地丟了一句，立刻鑽出門外。

獅焰站起來。**這裡實在太擠了，**他心想，**一不小心就會踩到其他貓。**

獅焰小心翼翼地繞過準備起床的松鼠飛，往空地走去。一群戰士圍著站在營地中央的棘爪，等著他分派晨間巡邏隊的工作。火星則是站在一旁看著。

獅焰走上前，聽到棘爪喵聲說：「沙暴，請妳帶隊沿著風族邊界巡視，帶刺爪和藤池一起去。雲尾，你和亮心也去執行風族邊界的巡邏工作，不過要從另一頭開始巡視。把花落帶去，務必讓氣味標記清楚明顯。」

「而且要特別留意我們所屬的河岸是否殘留風族的氣味。」火星補充道：「如果有的話，一定要立刻通報。」

「全體狩獵隊注意，」棘爪繼續說，雙眼掃視著族貓，「不要太靠近風族邊界，我們可不想讓風族有任何抱怨的藉口。」

「什麼？」蛛足蓬起頸毛，「你是說只因為那群愛吃兔子又滿身跳蚤的貓，我們就不能在自己的領土上打獵嗎？」

「豈有此理，」刺爪抽動尾巴附和，「我們又沒有做錯事，為什麼得像老鼠一樣偷偷摸摸？」

棘爪不理會他的質疑，繼續分配狩獵隊。獅焰猜想，關於索日和風族密謀一事，火星應該已經知會副族長了，但還沒有向其他族貓透露。

「火星到底在想什麼？」鴿翅走到獅焰旁邊，悄悄地說，藍色的眼睛充滿了困惑。「他為什麼不直接跟部族宣布有外族威脅的事？」

獅焰聳聳肩。「這我就不知道了。」他說：「我猜是因為現在情況還不明確，沒有必要引起部族的不安。」

「我發現索日到現在都還沒回到營地。」鴿翅抽動頰鬚觀察到。

獅焰哼的一聲，頸毛不由得豎了起來。「這一點都不令人意外。他一定是知道自己昨晚已經暴露了行蹤，所以只好躲得遠遠的。」獅焰一想到自己幾個月前協助索日逃出營地的事，突然感到滿肚子的罪惡感。**我幫了他之後，他反而背叛起我們來！我又無法跟任何貓說我做了什麼事。**

此刻，群貓已經開始移動到各自的巡邏隊就定位。獅焰注意到蜜妮正困惑地東張西望。「我都沒看到索日，」她對塵皮喵聲說：「你覺得他會上哪兒去？」

「我不知道，也懶得管。」塵皮低吼，「我還是老話一句，我們終於解脫了。」

「說得太好了，」刺爪附和，「不過，我還是想知道那隻瘌痢皮在哪裡。」

「索日又沒有做出什麼傷天害理的事。」莓鼻爭辯。

大家七嘴八舌開始吵了起來，棘爪必須用吼的，才能壓過現場的聲音。「夠了！可以讓我耳根子稍微清淨一下嗎？」

獅焰可以從副族長的語氣中聽出他的焦慮，並發現他緩緩甩動著尾巴。**我可以理解他為什麼會心情不好**，獅焰開始同情起他來。

棘爪等到牢騷聲平息後，開始心平氣和地說：「蜜妮，妳帶著蟾蜍步、鼠鬚和冬青葉去狩獵。」

當棘爪一一宣布名字時，獅焰聽到幾隻貓發出震驚的聲音，抗議聲像一陣冷風在族貓間盪開來。蟾蜍步更在一旁對著狐躍說起悄悄話來。

「蟾蜍步，你有什麼意見嗎？」棘爪不悅地問。

蟾蜍步遲疑了一會兒，接著不服氣地抬起頭。「我不想跟冬青葉一組。」他喵聲說：「我跟她又不熟！隊員之間必須要完全信任彼此，但我們根本不清楚冬青葉在消失之後幹了些什麼勾當。」

獅焰激動地瞪著那名年輕戰士。**這真的是他說出來的話嗎？**當四周開始議論紛紛時，他開始瞭解到蟾蜍步並不是唯一對冬青葉有所顧忌的貓。

「她哪裡都有可能去。」冰雲悄悄說。

「對呀，我們怎麼知道她沒有和其他部族有任何牽扯？」榛尾回應。

「我沒有要冒犯妳的意思，冬青葉。」鼠鬚走向前，和這隻黑色母貓面對面。「多虧我們以前那麼要好，但妳對自己的去向卻一直守口如瓶。而且就在索日出現後，妳也跑了回來——你們之間該不會有什麼牽扯吧？」

冬青葉露出一臉震驚。

「你們有必要這樣咄咄逼人嗎？」棘爪喵聲說，沒讓其他貓再有發言的機會。「過去都過去了，你們在這裡發牢騷完全沒有意義。」

「真的嗎，棘爪？沒有意義？」樺落走到副族長面前，琥珀色眼睛帶著嚴肅，「為什麼冬青葉就不能告訴我們她去了哪裡？她離開的動機又是什麼？」

火冒三丈的獅焰吸了一口氣，有股想上前抗議的衝動，但還是忍了下來。或許冬青葉必須先解除大家的疑慮，才有可能在部族待下來。

「沒錯，為什麼妳要離開？」刺爪的口氣比其他族貓還衝。

亮心把尾巴輕輕擱在這虎斑戰士的肩膀。「沒有必要蓬起皮毛，刺爪。」她喵了一聲，接著心平氣和地對冬青葉說：「不管原因是什麼，只要妳說出來，我們一定會諒解的。當時是有貓傷害妳嗎？我們必須搞清楚。」

冬青葉仍是不發一語。

刺爪甩掉亮心的尾巴。「灰毛死後不久，妳就離開了。」他慢慢地說著，似乎是在斟酌所講出的每個字，「冬青葉，妳和他的死有關聯嗎？」

獅焰覺得自己的心臟就要停止了。空地上瀰漫著一股凝重的沉默氣氛，彷彿每一隻貓都結成了冰。

接著罌粟霜大喊：「不，她當然和那件事無關！如果冬青葉真的看到殺死灰毛的兇手，她一定會立刻告訴我們。」

刺爪眨眨眼說：「我不是在問她有沒有目擊殺他的兇手。」

獅焰心想此刻沉默的氣氛不知道要持續到什麼時候。莓鼻轉向刺爪，他悄聲說話的聲音有如被困住的獵物發出的尖叫聲，在突然間傳遍了整個空地。「你認為冬青葉是兇手囉？」

罌粟霜瞪大眼睛，「不可能！」

「我也不相信。」煤心大聲表明。

「我也不信，」葉池附和，「噢，冬青葉……」她漸漸沉默下來。

四周響起更多議論聲浪，緊緊包圍著冬青葉；她只能駝著背，渺小地站在空地中央。獅焰絕望地看著族貓們，不知道自己能說些什麼；他像是喉嚨裡卡了一塊新鮮獵物似的，有種被噎得喘不過氣來的感覺。他瞄了火星一眼求救，但族長只是靜靜地站在原地，瞇起眼睛直盯著冬青葉，讓獅焰看不出他心裡在想什麼。

「冬青葉，妳說話啊。」灰紋喊道。

「沒錯，告訴我們到底發生了什麼事。」刺爪逼問。他抽出爪子，惡狠狠地瞪著冬青葉。

獅焰走到姊姊和虎斑戰士的中間。「夠了！」他發出嘶吼，「你也夠了吧，冬青葉怎麼可能知道任何灰毛的死因。」

冬青葉靠到獅焰身邊，彼此摩擦著皮毛。她的綠色眼睛充滿了悲慘的神色，獨行貓的艱苦生活顯然讓她消瘦了不少，但獅焰可以從她的根根毛髮看出她的堅定。

「不，獅焰。」她喃喃地說：「我知道你想幫我，但你必須讓我說。我想是該說出真相的時候了。」

獅焰聽到群貓後方傳來啜泣聲。他不用回頭，就知道是松鼠飛哭泣的聲音。現場的族貓頓時安靜下來，團團圍住冬青葉，一雙雙的眼睛直盯著她瞧。

冬青葉抬起頭，對著整個部族說清楚：「刺爪說的沒錯。灰毛死亡的時候，我在現場。他之所以會死全是我的錯。」

她的自白讓全場的貓大為震驚。他們彷彿像同時接到指令般，全體一起往後倒退，圍觀的圈圈瞬間向外擴散開來。獅焰看到狐躍急著把櫻桃掌推到自己後面。第一次帶著小百合和小種籽到空地來的栗尾，尾巴一掃，把孩子緊緊摟在身邊。

冬青葉嚇得一臉鐵青，不停來回掃視空地，深怕有貓會冷不防撲上來撕爛她的喉嚨。此刻的獅焰寧可她永遠不要回來，遠走高飛到山林深處待著，起碼還比較安全。

**鴿翅和藤池應該有辦法靠自己的力量走出隧道，**他心想。又恐懼又氣憤的他，肚子不自覺地顫抖起來，**她沒有必要跳出來救她們！**

「我當時在現場……」冬青葉繼續支支吾吾地說：「我在溪邊看見灰毛，他一直揚言要殺掉我和手足們。灰毛一心想要松鼠飛當他的伴侶，這你們應該都很清楚。他剛開始以為我們是松鼠飛和棘爪所生的孩子，所以恨透了我們。即使後來他知道了真相，還是對我們心懷恨意，因此……」

獅焰心驚膽顫地看著姊姊，恨不得能制止她接下來要講的話。**不能承認灰毛是妳殺的！千萬不能！**

但當冬青葉準備鼓起勇氣繼續說下去時，棘爪突然擠到群貓前面，站到她旁邊。

「那天我也在溪邊。」他大聲說道，並看了想開口反駁的冬青葉一眼，然後繼續說：「妳那時沒有看到我，但我有看到妳、還有灰毛。」他停下來環顧在場的族貓片刻，「灰毛看到獨自在溪邊的冬青葉，」他繼續說：「立刻撲過去。因為得不到松鼠飛的愛，於是他心生報復，下定決心對她最疼愛的三隻貓下毒手。冬青葉當時勇敢反擊。當我還來不及出手幫她時，灰毛一不小心在溪岸跌了一跤，掉進了水裡，他雖然還有生命跡象，但冬青葉也沒有能力救他。她這麼做全是出於自衛。」

虎斑戰士一說完，立刻引起全場一陣鼓譟。

「你為什麼不早說？」刺爪質問。

「對啊，害我們好幾個月都過著互相猜忌的生活，」莓鼻吼道：「火星，應該好好懲罰這兩隻當時都沒說實話的貓。」

「不！」葉池抗議，琥珀色的眼睛盡是痛苦。

獅焰走向前，瞪著莓鼻。「你要知道，冬青葉才是你孩子的救命恩人，而不是索日。」他大聲咆哮，「你先仔細想清楚，再來說什麼懲不懲罰的事。」

莓鼻不敢置信地瞪著他，「真的是冬青葉救的嗎？」

「那我們就必須讓她回到部族！」罌粟霜喵聲說：「她畢竟是冒著生命危險救了我的小孩！」

「況且，灰毛是自己活該，」塵皮表示，「他竟然試圖害死四隻自己的族貓！依我看來，冬青葉等於是幫了大家一個忙。」

火星走進群貓中央，揚起尾巴，要大家安靜。他豎起皮毛，抽動尾巴。「這是一件悲劇，」等現場靜下來，族長開始說：「我同意冬青葉是應該當場說出來，」他的綠色眼眸嚴厲地注視著冬青葉，「她應該要信任我們會公平處置這件事。不過她長久以來遠離部族孤獨過活，這個懲罰已經夠了。」火星將視線轉到族貓們身上，「我們不應該再懲罰她，也不能再怪罪棘爪沒有及早說出真相。沉默讓他們承受了極大的壓力，現在說出口，也算鬆了一口氣。」他長嘆一口氣說：「過去就讓它過去吧。審判灰毛的工作就交給我們的祖靈吧。」

獅焰終於鬆了一口氣，但他可以看出並不是每隻貓都滿意這樣的結局。冬青葉看起來仍是一臉想往地洞裡鑽的模樣。

火星揮揮尾巴，招她過來。「妳早就應該把真相說出來，」他悄悄地喵聲說；獅焰繃緊神經偷聽到火星說：「以後對妳來說將會是個挑戰，妳瞭解嗎？」

冬青葉一臉哀怨地點點頭說：「我不應該回來的——」

「不准妳這麼說，」火星打斷她，「妳既然都回來了，況且我也希望妳回來。現在真相大白了，部族也吃了顆定心丸。」他停頓了一下，但冬青葉並沒有要補充的意思。「今天我就不派妳做任何巡邏勤務。」火星緊接著說：「妳去長老窩，看他們有什麼需要幫忙的地方。」

「他們會知道，對吧？」冬青葉問，瞥了一眼迅速解散的族貓。

火星點頭，「在這裡消息傳得很快，這妳也知道。但妳一定能堅強面對，不要理會其他貓的閒言閒語，冬青葉，部族還是很需要妳。」

冬青葉鞠了一躬。「謝謝。」她輕聲地說。

獅焰看著姊姊朝長老窩走去，並發現煤心正迎面走到他旁邊。「可憐的冬青葉！」她喃喃說著，又驚又喜地瞪大雙眼。「有誰會料想得到？」

**她不曉得我知道，**獅焰心想。

「我真的很同情她，」煤心繼續說：「在離開的這段期間，她一定過得很淒慘。我從不知道灰毛對松鼠飛有意思。」

「那是我們出生以前的事。」獅焰簡短回答了一句。他現在什麼都不想說，煤心似乎也能體諒他。

「棘爪要你去帶隊打獵，」她喵聲說：「狐躍、玫瑰瓣和他們的見習生都會跟去。」

「好。」獅焰咕噥一聲，去抓獵物也許能幫助他紓解一下緊繃的情緒。他轉向荊棘隧道，看到所有的狩獵隊員都已經在等他。櫻桃掌和錢鼠掌在導師們面前蹦蹦跳跳。

「這是怎麼一回事？」錢鼠掌興奮地瞪著大大的眼睛問，「你們是怎麼處理灰毛的死？」

「冬青葉是兇手！」櫻桃掌大呼。

玫瑰瓣走到她面前，咧嘴咆哮了一聲，「如果讓我聽到你們兩個再提到任何一個字，我就讓你們接下來的一個月成天應付鼠毛的大腿和蝨子，其他事情都免談！火星已經說了過去的事就讓它過去，你們不准再給我說三道四、四處散布謠言，我不想再聽到任何的指控，聽清楚了嗎？」

兩名見習生順從地點點頭。「對不起，玫瑰瓣。」櫻桃掌喃喃地說。

獅焰很感激玫瑰瓣的義氣相挺，但還是可以看得出她有被冬青葉的自白嚇到。

「放心，他們很快就會閉嘴了。」煤心在他耳邊悄悄地說。

獅焰點點頭，但可沒有像煤心那樣樂觀。**族貓們會習慣冬青葉回到山谷的生活嗎？**

# 第十六章

空地上的貓兒們忙著分散到各自的巡邏隊，只有鴿翅一動也不動地站在原地，腦袋瓜一片混亂。

**難怪冬青葉不屬於預言的一部分，**她心想，**因為她害死了一隻貓！**

藤池興奮地蓬起皮毛走過來，藍色眼睛透露出和姊姊一樣的疑惑。「真不敢相信！」她喃喃地說。

「藤池，」鴿翅語帶遲疑地喵了一聲，「妳在黑暗森林有看到灰毛嗎？」她繃緊肚皮等著妹妹回答；她知道藤池每次被問到有關到無星之地的事，就會變得防衛心超重。

但藤池只是一臉若有所思。「就算看到他，我也不認得。」她坦承，「但我應該是沒看到他在那兒，至少沒有任何貓有跟我提到灰毛。」

「他生前對松鼠飛真殘忍，」鴿翅想到，「不過說不定就是因為他死得很淒慘，所以被允許加入星族。」

她話還沒說完，突然發現棘爪迎面走過來，琥珀色的眼睛冒著怒氣。

「不要再閒扯了，」他命令，「藤池，我不是已經叫妳去加入沙暴的邊界巡邏隊了嗎？鴿翅，妳得跟我去上訓練課，但火星想找妳，他現在在族長窩裡。」

藤池倉惶跑開，鴿翅則轉身往擎天架奔去。她爬上落石堆，開始納悶為什麼火星要找她，不過她很快就知道了答案：**為了風族的事！**

鴿翅來到擎天架，接著朝族長窩入口走去。「火星？」她往裡面喊道。

火星正坐在窩後面用青苔和蕨葉所鋪成的床上，四周被暗影籠罩著，他的綠色眼睛在微光中瑩瑩閃爍。他揮動尾巴，招喚鴿翅，「進來啊。」

等到鴿翅在他旁邊坐了下來，他繼續說道：「我要妳來，是想藉助一下妳的特殊感官，我想妳應該猜得出原因。」

鴿翅點頭。「你要我告訴你風族的動靜。」

「沒錯，」火星邊點頭，邊喵聲說：「如果可以的話。」

鴿翅不由得感到一股驕傲。她將前腳收到胸下，一邊將感官延伸，靜下來仔細聆聽。**這不算偷聽**，她心想，**我只是在用特異能力保護部族罷了**。她將感官的範圍擴大到對岸的邊界，穿越沼澤，來到風族營地。一星站在淺窪的中央，一些資深戰士圍繞著他。

「我可以看到他們的營地，一星和鴉羽還有莎草鬚在一起，」她向火星回報，「灰足剛剛加入他們，旁邊還有一些我不認識的貓。」

「一星有在說話嗎？」火星問，「妳有聽到什麼嗎？」

鴿翅點點頭，聚精會神聽著風族族長的聲音逐漸由模糊轉為清晰，就好像他從很遠的地方慢慢走過來一樣。

「……和雷族關係緊張，」一星喵聲說：「邊界巡邏隊要特別留意，如果有在我們所屬溪岸聞到他們的氣味，一定要立刻通報。」

「放心，我們會的。」鴉羽的爪子刺進泥地吼道。

鴿翅把聽到的話，一五一十說給火星聽。火星驚訝地抽動一隻耳朵。

「這幾乎和我對雷族所說的話一模一樣，」他喃喃地說，「一星有提到索日嗎？」

鴿翅繼續細聽，但風族族長還是不斷地對灰足交代狩獵隊的事宜。

「一句話都沒提到。」她回答火星。

「看樣子他應該是不知道索日的計謀，」火星喵聲說：「要不然就是他故意說話很小心。至少就目前聽起來，他們並沒有要發動攻擊的意思。」

鴿翅再次將感官延伸出去，謹慎地搜尋風族營地，然後將鎖定的範圍擴大到遠至馬場的整個風族領土。她朝雷族邊界掃視回來，並發現了一個隧道入口。她想盡辦法深入隧道，但在試了幾個狐身距離之後，她的聽覺終究還是無法穿透厚重的石頭和泥土。

她將注意力拉回火星的窩，感覺就像浸泡在黑漆漆的水裡好久後，再度回到水面上一樣。

「我沒有看到任何蹤跡，」她回答火星的問題，「他似乎沒有在風族的領土裡，除非他躲在其中一條隧道裡。我的感官在地底下不太靈光。」

火星不發一語，若有所思地點點頭。

過了一會兒，鴿翅說出自己的看法：「我想索日不會這麼輕易就離開。」

「對，他一定還在這裡，」火星很肯定地說，「他處心積慮想找各部族算帳，雖然我不知道是為了什麼原因。」

⚡⚡⚡

火星讓鴿翅離開。當她輕步跑下落石堆時，看到蜂紋正在等著她。

「棘爪和其他隊員已經先走了，」年輕戰士解釋，「他要我在這裡等妳出來，然後帶妳去我們訓練的地方。」

「好啊，謝謝。」鴿翅喵聲說，和蜂紋肩並肩穿過空地的感覺很自在。

「火星找妳做什麼？」這灰色公貓問，「妳惹上什麼麻煩了嗎？」

「沒有啦，只是有……一點事要談。」不管她再怎麼喜歡蜂紋，都不能把火星要她做的事告訴他，**而且這可能要花上一整個月的時間才能解釋清楚！**

「火星從沒有把我叫去他窩裡。」蜂紋繼續說，語氣顯得有些嫉妒。

鴿翅聳聳肩，「真的沒什麼大不了的事。」

她在蜂紋帶頭穿過荊棘隧道的當下，突然很想把特異能力拋在腦後。有蜂紋陪在身邊的時候，她只想當一隻平凡的貓。**現在這樣還真不賴；之前和虎心在一起時，我總得無時無刻豎起耳朵聆聽周圍的動靜，就怕被其他貓逮個正著。**

棘爪已經帶著其他隊員前往離枯樹不遠、與影族領土相鄰的小空地。冬青和接骨木叢沿著坡緣生長，這處微微往下傾斜的山坡上長滿了叢生的雜草和蕨類植物。

當鴿翅和蜂紋抵達時，棘爪正坐在窪地旁，看著蟾蜍步和花落如何箝制彼此。花落冷不防衝過去，熟練地瞄準蟾蜍步的四肢猛力掃踢，很快給了他的後腿一記重擊，接著迅速跳開。

「很好，」棘爪喵聲說：「妳剛剛那個動作做得很完美，花落。」

蟾蜍步搖搖晃晃地爬起來，甩掉皮毛上的蕨葉碎屑。「對呀！」

棘爪抬頭看到鴿翅和蜂紋從山坡走下來加入隊員。「很好，你們終於來了。我現在就來教你們一個新招式。」

「太棒了！」花落邊喊，邊跑去找蜂紋。「過來啊，」她催促他，「我們兩個一組。」

蜂紋露出一絲尷尬的表情，「呃……對不起，可是我想跟鴿翅一組。」

花落大吃一驚，激動地豎起耳朵。「你這是什麼意思？到底誰才是你的手足？」她碎碎念道，「怎麼可以胳膊往外彎？」

花落的敵意讓鴿翅有點嚇一跳。**為什麼要這麼大驚小怪呢？**「沒關係你就跟花落一組吧。」她告訴蜂紋。

「才不要，花落太小題大作了。」蜂紋駁斥，「我跟妳一組，並不表示我就不愛我的家人。」

「你們吵夠了沒？」棘爪站起來走到他們面前，強壯的肩膀刷過兩側的蕨葉。「別像一群歐掠鳥一樣在那裡吱吱喳喳，我們還得繼續訓練呢。」

花落一個轉身，把尾巴翹得老高，氣嘟嘟地走向在空地另一邊的蟾蜍步。

「我先示範一次，然後你們自己試著做做看。」棘爪喵聲說：「鴿翅，你當風族貓，過來攻擊我。」

鴿翅立刻大吼一聲，往副族長身上飛撲。棘爪蹬起後腿，亮出爪子，前掌往前一伸。當鴿翅試圖突破他的防守，從下方進攻他脆弱的肚子時，他卻出奇不意地往後彈開，讓鴿翅一下子失去重心。趁著她試著回復平衡的當下，棘爪馬上飛身一撲，前掌瞬間擒住她的肚子。

「就是這樣。」他發出呼嚕聲，接著退開，讓鴿翅站起來。

鴿翅翻身跳起來，看到副族長的琥珀色眼睛隱隱露出一絲得意。

「這招太厲害了！」她氣喘吁吁地說，「我們來試試看吧。」

棘爪先讓他們練習向後彈跳的動作，直到他們的四肢能夠穩穩落地為止。當他覺得差不多了，就開始讓隊員互相練習。

鴿翅沒想到蜂紋會這麼強壯敏捷。**我已經很久沒有像這樣和他一起一對一練習了。他塊頭那麼大，我還以為他動作會非常遲鈍……**

當蜂紋俐落地往後彈飛，閃開鴿翅的攻擊時，鴿翅突然滑了一跤，重重側摔在地上；看到她狼狽地站起來，蜂紋立刻撲上前，伸出一隻前掌輕輕觸碰她。

「看來我是贏定了。」他喵聲說，一邊笑嘻嘻地瞇起眼睛，「腳是用來走路的，不是用來翹在半空中的。」

**哼！**鴿翅頗不是滋味地在心裡暗念。看到蜂紋迎面攻擊而來，她出其不意地朝反方向做了一個後空翻，讓這灰色公貓瞬間撲了個空，重重摔進蕨叢裡，四肢不斷掙扎著。

「不知道是誰剛剛說腳是用來走路的啊？」鴿翅跳到他身上，大聲嘲笑。

等到這四隻貓練習了好幾次之後，花落提議：「我們要不要來互相觀摩？這樣也許會抓到一些有用的訣竅也說不一定。」

蜂紋點點頭說：「好啊，妳和蟾蜍步先開始。」

鴿翅看著這一對，發現花落無論在攻擊或使出新招式上，都展現出十足的氣勢。她使出絕佳的平衡感，趁著蟾蜍步往後彈飛還沒站穩腳步的時候，狠狠把他壓倒在地。

「花落，妳做得非常棒！」她告訴族貓，「蟾蜍步，你的動作要快一點才行。」

蟾蜍步點點頭，「我會努力的。」

接下來換鴿翅和蜂紋示範。正當鴿翅覺得彼此都做得還不賴的時候，卻驚訝地發現花落正在用不屑的眼神看著她。

「蜂紋的動作還可以，但鴿翅，妳倒是有很多需要加強的地方。」她喵聲說道：「妳的四肢亂動一通，還有妳似乎忘了自己還有尾巴這件事，它可以用來平衡，妳知道嗎？」

鴿翅含糊咕噥了幾聲，根根皮毛因尷尬而漲熱。「如果你沒和我一組，花落也不會這麼說。」她低聲對蜂紋抱怨，努力將自己的委屈放一邊，接著繼續說：「如果因為我，而讓你們之間產生不愉快的話，我感到很抱歉。」

蜂紋把尾巴放在鴿翅的肩膀上安慰她。「別擔心，不是因為妳的問題。」他喵聲說著，並瞪了在空地另一邊的妹妹一眼。

「今天的課就上到這裡，」棘爪宣布，「你們都辛苦了，現在通通回營地去，到獵物堆拿點東西吃吧。」

「你應該跟花落一起走，」在大夥兒解散時，鴿翅喃喃地說，「手足比朋友來的重要。」蜂紋突然停下腳步，望著她許久。「我倒希望我們之間不只是朋友的關係。」他最後喵聲說。

鴿翅看著他，一時不知道要說什麼。幸好蜂紋沒有再繼續說下去，他很快頭一低，跑去找前方的花落，然後用鼻子磨磨她的耳朵。

鴿翅繼續走著；過了一會兒，蟾蜍步跑到她旁邊，和她一起走。

「妳和蜂紋之間又是怎麼一回事啊？」他笑瞇瞇地問。

鴿翅不自覺地蓬起頸毛，但又立刻逼自己將毛髮收平。「蜂紋是一隻很棒的貓。」她冷靜地回答。

她在說話的時候，腦海中突然浮現虎心的身影：他那暗虎斑色的頭鑽出蕨叢，一雙綠色的眼睛閃爍著光芒。她毅然決然拋開他的影像，**現在已經不同了，我不能再一直想著虎心，她下定決心，虎心不能成為我生命的一部分……但蜂紋可以。**

# 第十七章

松鴉羽鑽出荊棘叢進入營地。此刻正是日正當中，他千里迢迢從月池歸來，清晨的冷風已經停歇，空地正沐浴在暖烘烘的陽光下。岩石山谷一片冷冷清清，松鴉羽心想所有戰士和見習生應該都出去執行勤務了。當他正往自己的窩裡走去時，突然聽到鼠毛的呼喚聲。

「松鴉羽！你過來一下。」

松鴉羽走過去，發現長老獨自蹲坐在窩外面。「波弟呢？」他問。

「冬青葉帶他到森林散步去了，」鼠毛回答，「我不想去，我的腳痠痛到不行。」

「這個我可以馬上幫妳處理，」松鴉羽要她放心，「我去拿一些雛菊葉給妳。」

「我叫你來不是為了這件事，」鼠毛急著對他說，「是有關冬青葉的事。」

鼠毛開始描述那天早上在營地所發生的情景，松鴉羽聽了大吃一驚，當場愣在原地。

「然後棘爪當場說出他親眼所見的情況，」她喵聲說，「他說灰毛在攻擊冬青葉的時候，不小心掉進溪裡。我當時坐在那裡，親耳聽到棘爪把一切都說了出來。」

她話語暫歇，松鴉羽可以感覺她目光灼灼地盯著他，他的皮毛不由得一陣發燙。他的腦袋頓時一片混亂。**這將意味著什麼呢？現在每隻貓都以為自己知道了真相，接下來不知道會發生什麼事？一旦實際的真相被揭發出來，又將會有什麼後果？**

「這一切你很早以前就知道了，對不對？」這隻老貓精明地問。

松鴉羽點點頭。

「但你卻什麼都沒說？」

「我能說什麼？冬青葉那時已經失蹤了。因為灰毛的威脅，讓整件事看起來更為複雜。他也有威脅我，妳知道嗎？」

鼠毛不屑地說：「所以他的死正合你意。」

「這對整個部族都好，」松鴉羽反駁，不想被長老直率的一番話給嚇唬到，「灰毛一心要對所有貓不利。」

「我可不敢說這就完全沒有造成傷害，」鼠毛咕噥道：「因為這對灰毛、對冬青葉、對棘爪、對你，都是一種傷害。而現在部族也只能一如往常地過下去，你的意思是這樣嗎？」

松鴉羽舔舔一隻腳，然後刷過耳朵，慢慢思索要怎麼回答。「我覺得現在還有比幾個月前一隻貓的死更令人操心的事。」

鼠毛哼的一聲，接著陷入沉默。就在松鴉羽準備離去的時候，她突然又吐出了一句，「你是說黑暗即將來臨嗎？」

松鴉羽不由得豎起根根皮毛。「妳知道些什麼？」他啞著嗓子問。**鼠毛會是預言裡的第四隻貓嗎？有可能會是一隻長老貓嗎？**

「我想不出有什麼可以幫助部族的方法，」鼠毛坦言，語氣充滿了絕望，「我已經很久沒睡好，」她發出一聲疲憊的嘆息，「看來我是活不到各部族滅亡的那一天了。」

松鴉羽靠到她身邊。「各部族絕對不會走向滅亡，」他喵聲說：「只要我還有一口氣在，各部族一定能平安無事。」

他陪在鼠毛旁邊，看著這老貓抽搐著身體，在喃喃自語中沉沉睡去。**她好老，**松鴉羽心想，**她真的知道自己在說什麼嗎？**松鴉羽起身準備往自己的窩裡去，再次想起鼠毛說他隱瞞冬青葉和灰毛的事，皮毛又是一陣不安。

但是部族必須往前看，他告訴自己，不能再浪費時間在追究已經無法改變的事實上。

松鴉羽還沒走到窩裡，就聽到貓兒們鑽進荊棘屏障的聲響，接著他聽到波弟說話的聲音。

「就是那隻狐狸，竟敢公然在我的直行獸的花園裡閒晃，我當然不允許這樣的事情發生，所以妳猜我怎麼做？」

「我猜不出來耶，波弟，」冬青葉心不在焉地回答，「嘿，小心那裡有刺藤！」

「我有看到啦，」波弟喃喃地說，「我雖然不是什麼年輕小夥子，但我還是有長眼睛。話說回來，」他繼續說，「我躲在冬青叢裡，嗯，就在我的直行獸的圍籬旁，然後——」

波弟被迎面而來的松鴉羽打斷。「冬青葉，我有話要跟妳說。」松鴉羽說。

冬青葉還來不及回答，波弟就趾高氣昂地回嗆，「我們還在聊天耶，現在的年輕貓難道都這麼沒禮貌嗎？」他厭惡地哼了一聲，「冬青葉，妳和他說完話後，到我的窩裡來，我再把剩下的故事說給妳聽。」

松鴉羽聽到他氣呼呼離去的聲音。「跟我來。」他對冬青葉喵聲說。冬青葉跟著他走到懸崖底，在一處接骨木叢下坐下來。

「你都知道了，對吧？」冬青葉在他旁邊坐下來，然後問，「你是怎麼知道的？」

「是鼠毛告訴我的，」松鴉羽回答。他遲疑了一會兒後，才又繼續說：「冬青葉，妳到底知不知道棘爪是怎麼為妳付出的？」

松鴉羽很清楚副族長需要經過一番多大的掙扎，才有勇氣把整件事說出來。他不得不承認棘爪和松鼠飛真的很疼愛他和他的手足們。**或許他們仍愛著我們**。他突然感覺渾身不自在，就好像有成群的螞蟻正在他的皮毛上築巢似的。

「現在大家都知道了，」冬青葉以消沉的口氣，低聲喃喃說道：「他們知道我殺了一隻貓。」

松鴉羽靠過去，用腳掌拍拍她的肩膀。「別忘了那是一場意外。」

他可以感覺到冬青葉正目光灼灼地看著他。「但那並不是意外。」她低聲說。

鼠毛的一番話又在松鴉羽耳邊響起，提醒他就在那短暫的瞬間造成了多少傷害。他甩甩頭，像是驅趕在一旁嗡嗡飛舞的昆蟲般，想甩掉她的聲音。

「夠了，」他堅決地說，「過去的事已無法改變，我們只能學會接受。很高興妳能回來，我很想念妳。」

「我也是。」冬青葉喃喃地說。松鴉羽感覺她的鼻子輕輕觸碰著他的耳朵，不過只有一瞬間。「但願我回來是對的，或許你們都把我忘了會比較好。」

「我們不可能把妳忘了，」松鴉羽告訴她，靠到她身邊，沉醉在她的氣味中。「永遠不會。」

在沉默中，松鴉羽聽到頭頂上微風吹過樹梢的沙沙聲，在稍遠的地方傳來群貓接近營地的聲響。當腳步聲愈來愈近，他也聽到了見習生興奮的說話聲。

「我抓到了兩隻老鼠！」

「我也抓到了一隻松鼠！超大隻的喔！」

狩獵隊從荊棘隧道冒出來，櫻桃掌和錢鼠掌蹦蹦跳跳走在前面，後面緊跟著獅焰和煤心，玫瑰瓣和狐躍則是走在最後頭。

「喂，小聲點，」煤心提醒見習生，「你們這樣大聲嚷嚷，不知道的貓還以為是獾要攻進來了呢。」她開玩笑地說。「不過，你們今天在狩獵時表現的很好，」她繼續說：「錢鼠掌，你可以把獵到的老鼠拿去給鼠毛和波弟，牠們看起來又肥又大，我敢保證長老們一定會食慾大開。」

松鴉羽聽到錢鼠掌匆匆跑開，櫻桃掌則是拖著她的松鼠到獵物堆去。

**煤心很有當導師的天分，**他心想，**雖然這些都不是她的見習生。而且身為戰士的她，對雷族更是忠心耿耿。星族讓她有再次轉世的機會，真是做對了。**

一股悲傷突然如荊棘般勾住松鴉羽，讓他宛如掉進了刺藤叢中。他猛然驚覺這股悲傷是來自獅焰。

「怎麼了？」他問。

「你不會懂的，」獅焰氣嘟嘟地說，「你永遠只會關心那個愚蠢的預言。」

松鴉羽忍住回嘴的衝動，知道哥哥是因為得不到煤心而感到鬱鬱寡歡。「你就說來聽聽啊。」他建議。

過了好幾個心跳的時間，獅焰仍舊不吭一聲。「我知道煤心想跟我在一起，」他最後還是無奈地喵聲說道：「但是她又覺得不妥，因為我有使命在身。她覺得我責任太重大！」他氣沖沖地說完，便闊步離去，沒給松鴉羽回應的機會。

松鴉羽心中燃起一股憤怒，恨不得仰天狂喊出內心的苦悶。**半月……**沒有任何雷族貓知道他深愛著那隻消逝已久的貓，他們分開至今已經過了無數個季節。如果可以，他願意付出任何代價，就只為了讓她重回他的身邊。只要一想起她，松鴉羽便更能體會兄弟的痛苦和落寞。

「煤心以為只有獅焰才身負重任嗎？」他喃喃自語地說：「或許是時候讓她明白，事情並不是她所想的那樣。」

當天晚上，松鴉羽蜷縮在床上，吸了一大口氣後，便讓自己沉沉進入夢鄉。他很清楚自己要去的地方。

**我們總得將這件事一次解決。不是為了獅焰，也不是為了部族，而是為了煤心。我必須讓她知道她是一隻多麼優秀的貓。**

他睜開眼睛，看到森林裡一片陽光普照。頭頂上的濃密樹葉婆娑搖曳，灌木叢裡充滿了獵物的窸窣聲響。松鴉羽穿過蕨叢，腳下的青草透著一股清涼，暖呼呼的陽光從葉縫照下來，頓時真是一種享受。他全神貫注，尋找著一隻貓的蹤影。

他很快聽到了一陣匆促的腳步聲，緊接著傳來一個飛撲的聲響和一聲懊惱的嘶叫。「老鼠屎！讓牠給跑了！」

松鴉羽循著聲音的方向，趕緊繞過樹墩，衝進陽光斑駁的空地。此刻，煤心就站在一棵樹底下，一臉氣惱地看著上面。一隻松鼠攀著她頭頂上的一根樹枝，囂張地吱吱叫著。

「真可惜。」松鴉羽喵聲說。

煤心嚇了一跳。「哇！松鴉羽——我沒想到會在這裡碰到你。」她的眼裡閃爍著驚愕。「我是在作夢，對吧？我應該不是在星族吧？」

「別擔心，」松鴉羽要她放心，「這裡不是星族，別緊張，妳是在作夢，但我有件事必須跟妳說。」

煤心一臉警覺地看著他，「什麼事？」

松鴉羽沉默片刻，不知該從何說起。**繼續啊！**他告訴自己，**既然你已經起了個頭，就必須把它完成。**「讓妳親眼看到會比較清楚，」他大聲地喵聲說：「跟我走吧。」

煤心和他肩並肩走著。松鴉羽在腦中想像以前的雷族貓在舊營地生活的忙碌情景。當他們穿過林子，舊森林的樣貌也漸漸呈現在他們眼前。一條小溪從彎垂的蕨葉下淙淙流過，一隻松鴉從橡樹枝幹飛竄而出。當煤心驚覺自己在不知不覺中已經離開夢裡的部族領土，來到陌生的地方時，不禁倒抽一口氣。

在幾個狐狸遠的灌木叢，突然閃過一支狩獵隊的身影；松鴉羽認出了年輕時的火星、灰紋和沙暴。他轉身跟了過去，發現他們在一棵樹底下停下來，一隻年輕的灰色母貓正在那裡採集白屈菜。

「又在採花啦？」沙暴逗她。

年輕母貓彈彈尾巴。「採花和葉子，」儘管她氣定神閒地回答，但眼底仍藏不住笑意。「妳有意見嗎，沙暴？如果有的話，去找黃牙反應啊。」

沙暴退了一步，搖搖頭。「才不要！」她裝作一副驚慌的樣子大喊。

「對呀，她可不想被抓破耳朵。」灰紋喵聲說。

「我們繼續去打獵，如何？」火星建議，「說不定可以抓到一隻又肥又美味的東西讓黃牙開心一下。妳做得很好。」他對著灰色母貓一說完，隨後帶隊離開。

「最好是抓一隻松鼠回來！」母貓在他們背後喊道，「那是黃牙現在最愛吃的東西！」

松鴉羽查覺到，站在他旁邊的煤心吃驚地豎起皮毛。「那……那不是我嗎？」她開始結巴，「我的意思是，那不是我，但是長得跟我一模一樣。」

「那不是妳，」松鴉羽回應，「至少，那個時候還不是。」

煤心困惑地看了他一眼，但沒有再說下去。

煤皮採了足夠的白屈菜後，便把它們集成一大束銜在嘴邊，開始搖搖晃晃地離去。松鴉羽和煤心也跟了過去。這巫醫見習生採著自信的步伐穿過灌木叢，來到山谷前端，一路向下通往營地。

「她知道我們在跟蹤她嗎？」煤心偷偷地問。

松鴉羽搖搖頭說：「她看不見我們，我們沒有真的在這裡。」

煤皮走下山谷，消失在金雀花隧道裡。松鴉羽和煤心跟過去，隨即進入雷族的舊營地。松鴉羽的目光掃過空地，看到一間間的睡窩和獵物堆，以及族長窩所在的高聳岩。**火星這時還不是族長**，松鴉羽提醒自己。

「好奇怪喔……」煤心喃喃地說。

他們一路跟在煤皮後面，看著她叼著草藥束穿過蕨叢，進入巫醫窩。黃牙坐在一方小空地上，依舊是一身骨瘦如柴、毛髮凌亂不堪的模樣，和每次松鴉羽在星族和她碰面的時候沒什麼兩樣。

「這一束看起來是不錯，」黃牙扯著嘶啞的嗓門誇獎她，接著蹣跚地走過去聞那些白屈菜，「不過，有些葉子已經有點枯掉了。」

「我們先把那些用掉，應該就沒問題了。」煤皮說。

黃牙哼的一說：「也只能這樣了。去把它們放好，然後過來這裡。」

煤皮把白屈菜放進窩後面的岩縫中，黃牙則是往幾個尾巴遠的蕨叢走去。松鴉羽看到蕨叢中坐著一隻陌生的白色大公貓，他的毛髮亂成一團，不時露出痛苦的眼神。

「白風暴偏偏和刺藤叢過不去，」黃牙發出嘶啞的聲音，對著迎面而來的煤皮說，「腳掌裡被扎了一根刺。妳覺得我們該怎麼幫他處理呢？」

「建議他以後少惹刺藤，」煤皮這麼喵聲一說，瞬間激起白色公貓一聲冷笑。「不過，現在我們需要把刺拔出來，叫他把腳澈底舔一遍，然後抹一抹金盞花，才能防止傷口感染。」

「非常正確。」黃牙滿意地點點頭。

「這是因為我有一位好導師！」煤皮回應，藍色眼睛洋溢著熱情。

黃牙親切地用肘部碰碰她，但卻僅僅說了一句，「那就趕快去做吧。」

煤皮低著頭，用牙齒一咬，迅速把白風暴腳上的刺叼出來。「不管她是誰，她無疑是一名優秀的巫醫。」煤心說。

「是啊，她很優秀沒錯。」松鴉羽贊同。

「你認識她嗎？」煤心好奇地問，目光仍停留在那隻灰貓身上。

「在那個時候還不認識。這些都是雷族搬到湖邊前的事了。」

煤心轉過來盯著他，兩顆眼睛瞪得跟月亮一樣大。「所以這是以前的雷族囉？這也是為什麼火星和其他貓看起來都還這麼年輕的原因囉？但是怎麼……為什麼……？」

「這個妳不用擔心，」松鴉羽安撫她，「繼續看下去就對了。那隻巫醫見習生叫煤皮。」

煤心聽到這個和自己相似的名字頓時心頭一震，但並無意打斷松鴉羽說話。「她原本想成為一名和妳一樣的戰士，」他繼續說，「但在結訓前卻受傷了。妳有注意到她跛腳嗎？因為她的腳再也治不好了，她知道自己永遠沒辦法跟上巡邏隊的速度，最後只好選擇當巫醫。她還是葉池的導師，妳知道嗎？」

「哇……」煤心深呼吸，「我聽過她的事。她是為了救我的母親而身亡的，不是嗎？」

「她的死還另有含意。」松鴉羽回答，但並沒有繼續解釋下去。**她很快就會明白了。**

在他們說話的當下，蕨叢突然飄散出一團白霧，圍繞在他們四周，漸漸遮蔽了整個巫醫窩。

「發生什麼事了？」煤心發起牢騷。

「沒事，」松鴉羽說，「等一下就知道了。」

過了幾個心跳的時間後，雲霧已經消散。這兩隻貓轉而站在山坡上，高沼地的雜草在巨大的灰岩山頭上隨風搖曳。一列長長的貓隊伍徒步穿越，陣陣狂風撕扯著他們的皮毛。四支部族的貓——長腿的風族、肩膀寬大的雷族、皮毛光滑的河族以及纖瘦的影族——一起肩並肩走著，時而低聲交談。

「這是大遷徙的情景！」煤心大喊，「他們正往山裡前進。松鴉羽，為什麼你要讓我看這個呢？」

「等一下妳就知道了，」松鴉羽跟她保證，「妳看，煤皮在那裡。她現在是雷族唯一的巫醫。」

松鴉羽湊過去，看到鼠毛正在和煤皮講話。這是還沒搬到長老窩前的鼠毛，這時的她正值年輕力壯。

「我走到腳好痛，」她大吐苦水，「全是因為這些尖銳的石頭害的。貓本來就不適合在這裡行走。」

「我們很快就會停下來休息了，」煤皮以疼惜的口吻回答，「到時候，我再給妳一些羊蹄葉敷在腳肉墊上，妳一定會舒服很多。」

鼠毛不耐煩地點點頭，繼續蹣跚地往前走。幾個心跳的時間過後，一隻雜棕色的小貓咚咚跑過來找煤皮，接著大聲說：「我的皮毛上都是刺果。」

**那一定是蘋果毛，**松鴉羽心想，一眼認出影族戰士小時候的模樣。

「噢，小蘋果！」煤皮假裝一臉震驚地大喊，「我剛剛還以為是一大團刺果追過來了咧。沒關係，等我們停下來的時候，我再幫妳清乾淨。從現在起，要注意腳踩的地方喔。」

「謝謝！」小蘋果衝回去找族貓們。

**她走路都不看路的，**松鴉羽心想，一點兒都不感意外。

煤皮歪著頭，藍色眼睛泛著一抹笑意，凝視著小貓離去的背影，然後繼續那艱辛的跋涉之旅，一步一步走上山坡。當群貓來到岩壁附近時，幾片雪花開始盈盈飄落。一陣強風颳起，很快地他們便陷進了暴風雪中。松鴉羽頓時失去了其他貓的蹤跡，只能勉強看到煤心迎著狂風，吃力往前走的身影。

「到這裡來！」松鴉羽認出火星的聲音，「大家趕快躲到岩壁下！」

松鴉羽和煤心來到灰岩的角落，蜷縮在族貓們的邊緣。此刻，整個世界布滿了瘋狂飛舞的白色雪花，甚至連其他貓的聲響都淹沒在呼嘯的強風中。

突然間，一切都靜了下來。大雪漸漸停了，飄落在地上的雪也跟著融化，空氣在剎那間溫暖起來。松鴉羽看了看四周，發現他和煤心已經回到了岩石山谷，一起蹲在荊棘屏障旁。

「噢！」煤心難掩失望地嘆了一口氣，「我們已經回來了嗎？」

「還沒結束呢。」松鴉羽提醒她。

他話才出口，空地瞬間被黑暗籠罩。松鴉羽聽到林子傳來陣陣怒吼聲，伴隨著沉沉的腳步聲逐漸逼近，地上的樹枝被踩得劈啪作響。

「這是什麼聲音？」煤心倒吸一口氣。

松鴉羽還來不及回答，旁邊的荊棘叢突然一陣騷動，一群獾就這樣闖進營地。戰士們紛紛從窩裡衝出來迎戰：松鴉羽看到松鼠飛奮不顧身地撲向其中一隻帶頭的獾，棘爪和雲尾緊隨在後；火星發出一聲怒吼，隨即和塵皮、沙暴、刺爪一起加入奮戰的行列；蛛足和灰毛則是聯手攻擊其中一隻獾，他們使出左右包夾的攻勢，刻意混淆那隻大怪物的視聽。

煤心嚇得尖叫起來，「松鴉羽！發生什麼事了？」

「沒事，」松鴉羽把她推到一旁，試著安撫她，「牠們傷不了我們的。」**但願是這樣。**

育兒室傳來驚恐的尖叫聲，就在一瞬間蓋過群貓的廝殺聲。

「對不起，」松鴉羽悄悄對煤心說，「還有一件事必須讓妳親眼目睹，跟我來。」

他帶著她摸黑閃過一團團死命搏鬥的身影，穿越空地來到育兒室。松鼠飛氣喘吁吁地守在門口，雖然已經受傷，但還是死守著育兒室，防止敵人的攻擊。松鴉羽和煤心在不知不覺中走了進去，完全沒有驚動到她。

育兒室十分擁擠。栗尾躺在最裡面鋪滿青苔的床上，她的肚子一起一伏，痛苦地喘著氣，使勁地想把小貓生出來。煤皮蹲在她旁邊，一隻腳溫柔地撫摸她的肚子。頃刻間一隻獾直接朝她們衝了過來，張開血盆大口，發出凶狠的咆哮。當牠揚起一隻腳掌，正準備朝栗尾襲擊過去時，煤皮一個轉身，跳到前面。獾的爪子狠狠往她的側部劃下去，讓她當場鮮血直流，倒地不起。

「喔，不——不！」煤心低聲喊。

松鴉羽隱約意識到葉池和鴉羽衝進窩裡對付這隻獾，最後終於把牠驅趕到外面的空地。但他的注意力全集中在煤皮身上。鮮血仍然不斷從她的腰側湧出來；她氣若游絲地喘著氣，就在葉池趕回來時，她吃力地喃喃了幾個字後，便眼睛一閉，癱軟在地上。

在她身後的床上，一隻小貓羸弱地哭喊出第一聲。

煤心驚慌地瞪大眼睛。「她不能死，」她低聲念道：「松鴉羽，拜託跟我說她沒事。」

「看看那隻小貓。」松鴉羽只是淡淡地說了一句。

栗尾伸出粗糙的舌頭，用力地一口接著一口，舔著剛出生的小貓。小貓的灰色皮毛一撮撮翹起來，那細緻的鼻子、頭顱的形狀以及粗短的尾巴都和站在松鴉羽身旁的這隻貓一模一樣。

「那是我嘛，」煤心又驚又喜地說著，「原來我是這樣出生的。」

「是啊。」松鴉羽喵聲說。

煤心帶著哀傷的眼神看著他，「但煤皮為了救我，竟犧牲了自己的生命。」

「也不完全是。」松鴉羽開始緊張起來。

煤心困惑地眨眨眼。「但是你說她已經死了！」

「那只是一個瞬間，」松鴉羽回答，「很快地她就被賜予了全新的生命。」

煤心看著他，頓時露出恍然大悟的眼神。她以微弱到幾乎聽不到的聲音說：「那個全新的生命指的就是……我。」

松鴉羽點點頭。煤心的眼裡湧現出一股錯綜複雜的心情，摻雜著恐懼、震驚、驕傲，一段又一段的回憶猶如紛飛的落葉閃現。

「我是見習生……火心是我的導師……他是個很棒的老師！」煤心糊里糊塗說了一些話，速度快到讓松鴉羽摸不著頭緒。母貓抽動著腰腹，煤皮埋藏已久的記憶像河水氾濫般全湧了上來。「打獵真的很有意思……還有戰鬥……我一定要成為族裡最厲害的戰士。」

接著她突然慘叫一聲。「怪獸……不……喔，我的腳好痛……我這輩子雖然再也當不了戰士，但我要學會所有的草藥知識……金盞花治感染，琉璃苣葉幫助退燒，肚子痛用杜松，貓薄荷可以治白咳症和綠咳症……遠行時需準備什麼草藥？酸模、雛菊、甘菊……喔，還有地榆！一定要把它們搞清楚……」她的語氣頓時轉為極度哀傷，「黃牙已經走了！現在就只剩下我一個巫醫……月石這裡好冷，火心還是一動也不動的……或許他已經死了。星族真的會賜給他九條命嗎？」

煤心開始大喘氣，像是吃力地爬著陡峭的山坡，過了不久，她微微發出一聲驚嘆，「這湖……也太美了吧！喔，星族，謝謝祢們把我們指引到這裡。」然後她不禁又悲從中來，並伴隨著一股驚恐的情緒說：「這真的是我的使命嗎？葉池也打算離開我們……部族將會變成什麼模樣呢？」

煤心終於沉默下來，但呼吸卻顯得急促。她站在一片混亂的育兒室裡望著松鴉羽，「我是誰？」她哭喊道，「我該當什麼？」

松鴉羽走向前，直視著她那雙苦惱萬分的藍色眼睛。「妳是煤心，」他很肯定地回答，「這就是妳的命運。星族選擇讓妳重生，就是要完成妳的心願，讓妳有機會成為一名優秀的戰士，有自己的伴侶和小貓；讓長久以來在巫醫窩照顧族貓的妳，也能為部族作戰和狩獵。」

「你確定嗎？」煤心低聲問。

松鴉羽點點頭，「這一次星族要妳當一名戰士。」

「這件事還有誰知道？」煤心問。

「只有葉池知道，」松鴉羽告訴她，「其他貓沒有必要知道。妳並不是煤皮的翻版，妳可以做妳自己。族貓只要把妳當成煤心，瞭解妳和愛妳就夠了。」

煤心嘆了一口氣，並看看育兒室四周；此刻一片死寂，似乎一切正逐漸地遠離。她慢慢地走到煤皮的屍體旁，舔舔那死去巫醫的耳朵。「我永遠不會忘記我前世的身分，」她喃喃地說，「謝謝妳幫我過完第一條命。」

松鴉羽走到她旁邊，用尾梢拍拍她的肩膀。「走吧，」他喵聲說，「該回家了。」

# 第十八章

藤池張開眼睛，發現自己置身在黑暗森林，一陣倉促的腳步聲迎面而來，她慌張地退後免得被撞上，卻瞬間和風皮四目交接。

「別擋路，瘌瘌皮。」他咆哮一聲，繼續往前衝。

藤池慢慢站穩腳步，發現四周全是不斷從她身邊湧過去、穿過陰森森的矮樹叢的貓。昏暗林子裡，她隱約認出了來自四族的貓，有些是經驗豐富的戰士，有些是年輕的見習生。

此刻傳來破尾刺耳的喊叫聲。「所有能夠殺死敵人的成年貓都來這裡集合！」

藤池倒抽一口氣。這比任何她所聽過的族長召集令都還要可怕許多。就在這時候，穴飛急急忙忙跑到她面前。

「趕快呀！」年輕戰士氣喘吁吁地說，「有事情要宣布了！」

他繼續以飛快的速度穿越林子，藤池在他後面拚命追趕，試著加入群貓的行列。所有貓全一臉嚴肅、不發一語，只顧著朝同一個地方疾馳。

**星族啊！**藤池心想，**戰士的數量真是龐大！**

最後她衝進一處堆著斷木的空地，她曾在這裡和蟻皮對決過。眾貓擠在木堆的四周；碎星站在最上面的斷木上，旁邊還站著楓影、虎星和兩三隻藤池從未看過的貓兒，他們的身影甚至比楓影還模糊。看到他們閃爍著飢渴的眼神，讓藤池不禁全身發毛。

鷹霜在木堆底下走動，執行副族長的職務。藤池瞥見暗紋肚子緊貼在地上，試圖慢慢爬過去，同時露出崇拜的眼神，不停注視著上面的族長們。

鷹霜大搖大擺走過去，伸出鼻頭擋住暗紋。「到後面跟大家站在一起！」他嘶聲說。

藤池環顧空地四周，認出影族的紅柳和虎心，隨後馬上移開目光，避免讓虎心發現她在看他；風皮來到自己的族貓陽擊旁邊，而穴飛則是忙著從群貓中間擠過去找冰翅和甲蟲鬚。

藤池一看到站在貓群邊緣的樺落和花落，肚子頓時開始焦躁不安起來；他們雖然沒看到她，但一想到自己的父親也和黑暗森林為伍，就讓她感到噁心。

**他怎麼可以站在這裡？還有花落？**她在心裡納悶著，**他們並不壞！他們遲早會看清事實的真相！**

碎星走向前，空地上的竊竊私語聲隨即靜止。「你們都已經受訓得很充足，」他告訴群聚在場的貓兒們，「時機就要成熟了！」

藤池的皮毛開始一陣焦躁不安。他準備要抖出他打算怎麼對付湖岸各大部族的細節！**一旦真相曝了光，我相信所有貓一定會群起反抗！或是至少他們將不會再回到黑暗森林。**她很清楚這裡大多數還活著的貓並不討厭自己的部族，也不會想要傷害自己的族貓。**碎星準備要露出真面目了嗎？如此一來，黑暗森林的勢力也將隨之瓦解⋯⋯**

「你們很快就能有機會證明自己的技能、實力和忠心，」碎星繼續說，目光像爪子般掃過在場的群貓。「在這裡的族貓，以及湖邊的族貓都將對你們刮目相看，你們將可以證明自己是史上最優秀的戰士。」

藤池看到在場的貓聽了頻頻點頭，並不時露出驕傲和迫不及待的表情。她恨不得大聲喊道：「不！你們難道還不明白嗎？他是要你們去攻擊自己的親族！」

但她知道現在說出來一定會很慘，**碎星絕不會讓我活超過兩個心跳的時間，這樣我在這裡所付出的心力，以及所掌握的一切情報，不就都功虧一簣了。**

她瞥見風皮炯炯閃爍的目光，猜測他應該已經知道即將發生的事。他將爪子狠狠刺進濕軟的泥地裡，一副想把雷族貓踩在腳下的模樣。四周的貓似乎都對碎星的一番話深信不疑，藤池忍不住沮喪地抽動尾巴。他還沒有對他們下任何明確的指令，只是隨口說了一些保證他們大出風頭的話，甚至連黑暗森林的貓都願意耐心地聽候進一步的指示。

「他連什麼時候行動都不告訴我們。」她自言自語地說。

一些附近的貓顯然已經聽到她的碎碎念，紛紛轉過來，用震驚的眼神瞪著她。

「妳不應該質疑碎星的決定，」一隻白色的母貓喵聲說，「妳難道不相信他嗎？」

藤池低下頭，皮毛瞬間漲熱，很氣自己竟然鼠腦袋到犯這樣的錯，「喔，對不起。」

「現在通通回去繼續做訓練，」碎星站在木材堆上繼續說：「隨時聽候最後的指令，我們很快就會有所行動。」

他和其他族長們從斷木堆跳下來，貓兒們開始一列列地往暗處散去。藤池擠過群貓，拉長脖子找尋鷹霜的身影，最後終於找到他；他也看到了她，並揮揮尾巴要她過去。藤池鑽過密密麻麻的貓群，來到他旁邊。

「我想和碎星說話。」她說。

「他正在忙。」鷹霜回答，雙耳指了指正在木堆下和其他族長竊竊私語的碎星。

「可是這件事很重要。」藤池堅持。

鷹霜抽抽頰鬚說：「妳有重要的情報是嗎？」

「不是，」藤池回答，接著靈機一動說：「我——我只是想要知道我要怎麼做才能成為戰士。我不想像膽小鬼一樣躲在後面作戰，我想要在前方攻擊，盡最大力量幫助黑暗森林的族貓。」

鷹霜眨眨眼睛，似乎是對她刮目相看。「我就知道妳與眾不同，我很高興選了妳，跟我來。」他轉身帶她去找那些資深的戰士。「不好意思，碎星，我的見習生有話想跟你說。」

被這麼一打擾，楓影當場氣得發出嘶聲，琥珀色的眼睛怒瞪著藤池。但藤池萬萬沒想到，虎星竟然巨頭一甩，要她過來。「妳就放心把想講的話都說出來。」他喵聲說。

藤池吸了一大口氣，感覺碎星銳利的目光正緊盯著她，讓她的皮毛不由得一陣發燙。她故作鎮定，**之前焰尾不小心跑到黑暗森林時，他還刻意考驗我的忠誠度，**她心想，**喔，星族，讓他一定要信我這一次！**

她也注意到四周原本跟著隊伍走進林子的貓兒們，突然嚇得裹足不前，不停用驚懼的目光看著她，不敢相信一名區區的年輕戰士，竟敢找那些黑暗森林最資深的貓說話。

**這將會是我為雷族做過最重要的一件事。**

「請讓我晉升成為戰士，」她對碎星喵聲說道，「我願意做任何事來取得你們的信任。我比這裡的任何一隻貓都還想幫助你們打敗各大部族，無論如何，請你們重用我。」

族長中最年老的一位盛氣凌人地走向她，一團僅存的模糊身影映著後面黏滑的樹幹。「別自不量力。」他咆哮。

他開始上下打量起藤池，她強迫自己，千萬不能被他的口臭和凶惡的眼神嚇唬到。

碎星把他推開。「不要找她麻煩，蛆尾。」他環顧四周，接著彈彈尾巴，召喚另一隻貓。「你過來，蟻皮。」等到那棕色公貓來到他們的旁邊後，他立刻對藤池說：「你們之前有對決過，那時蟻皮輸了。妳有辦法再打敗他一次嗎？」

藤池勉強吞了一口口水。她很清楚碎星的用意，**這一次恐怕只能有一方存活**。她看著蟻皮蓬起頸毛備戰，一副先發制人的模樣。**他已經死了，他已經死了，**她不斷提醒自己，**即使我現在殺了他，對他而言也沒什麼差別。**讓蟻皮在大決戰來臨前離開這個恐怖的地方，或許對他來說是件好事。**我最初認識的蟻皮是一隻善良的貓。如果他被逼著去攻擊前族貓，不知道會做何感想？**

為了雷族，也為了湖邊的各大部族，藤池知道自己必須在這場決鬥中獲勝。她深吸一口氣，**星族請助我一臂之力！**

藤池鼓足勇氣，卯盡全力，使出全部所學的戰鬥招式，奮力衝向蹬腿迎戰的蟻皮；當她朝他的肚子猛攻時，他立刻雙掌抓住她的肩膀，爪子狠狠劃過她的皮毛。溫熱的血腥味直接嗆進藤池的喉嚨裡。她讓自己順勢往後倒，並伸出後爪襲擊蟻皮的肚子，在扒下他幾團棕色皮毛的瞬間，她心中突然升起一股野蠻的快感。

蟻皮慘叫一聲閃開。但當藤池搖搖晃晃爬起來時，他從她的側邊撲了過去，再次把她撞倒在地，爪子迅速往她腰腹猛力一揮。

**他比以前強多了！**藤池心想，努力讓自己不要慌，**他在死後一定什麼也沒做，就只顧著訓練。要是我打不贏他該怎麼辦？**

趁著蟻皮大動作揮舞爪子的時候，藤池抓住他擺動的尾巴，接著用力咬了一口。蟻皮痛得哇哇大叫，在試圖擺脫她的牽制的同時，攻勢也跟著亂了方寸。藤池跳開，蹲在一個狐身遠的地方喘氣。蟻皮倒在她面前，顫抖著四肢，露出一副精疲力竭，努力想站起來的模樣。藤池一鼓作氣，撲過去想給他最後的一擊，但他瞬間從她的底下閃過去，重重跳到她背上。他齜牙咧嘴，眼露凶光，臉湊到她面前。

「沒想到妳竟會栽在這種老招術上，瘌痢嘴。」他嘶聲吼道。

藤池一動也不動地躺在那裡，使不出半點力氣反抗。她的傷口疼痛不已，鮮血更是不斷滲進她的眼睛裡。但她感覺所有資深戰士都在看著她；他們露出好奇但又事不關己的眼神，一副根本不在乎哪隻貓會贏的樣子。藤池想到此刻已經沒有退路，於是大膽下了一個蜜蜂腦袋的決定：**這場決鬥我非贏不可，各大部族才有機會在大決戰中獲勝。**

藤池想到鴿翅、火星和所有族貓們的身影，全身到爪子頓時湧起一股衝勁。她費力地站起身，朝蟻皮猛撲。他還來不及移動，她就已經跳到他身上，把他重重壓在地上，然後她揚起一隻腳，準備從喉嚨到尾巴劃開他的肚子。

雖然蟻皮露出害怕的眼神，但藤池硬是把頭別開。她已經沒辦法住手——這是現在讓蟻皮免於受大決戰折磨的唯一方法。藤池的腳爪往下一劃，感覺熱熱的鮮血從她的趾肉墊間湧出來。蟻皮抽搐一下，最後全身僵硬地躺在地上。他的輪廓飄忽不定，像是在水底飄盪一樣。然後藤池看到了他底下枯萎的雜草，一灘暗紅色的液體漸漸擴散。蟻皮變得愈來愈蒼白，一身皮毛漸漸轉為透明，最後僅剩一團若隱若現的影子在空地上。藤池眨了幾下眼睛，發現他已消失不見，只留下一灘血跡在濕冷的泥地上，並且慢慢消散。

**這件事我做對了嗎？**她錯愕地納悶著。

碎星走到她面前，「妳不愧是黑暗森林的戰士，這點無庸置疑。」他在她的耳邊喝道。

藤池繃緊身上每寸肌肉，才勉強沒有從他旁邊退縮，**這是我聽過最可怕的讚美！**

「所以你會告訴我大決戰是什麼時候囉？」藤池喵聲說，試著裝出一副興致勃勃的樣子，「而且讓我和你們一起並肩作戰？」

碎星氣定神閒地眨眨眼睛，「也許。」

「可是我已經證明了我的忠心！」藤池抗議。

碎星轉身就走；在離開的時候，他回頭咆哮道：「妳早就該效忠了。」

藤池望著他遠去的背影。此刻鷹霜來到她的身邊，「打得太好了，」他以讚賞的語氣喵聲說，但藤池突然看到他的冰藍色眼睛閃過一抹恐懼。「妳已經在諸位戰士中贏得了一席之地，」鷹霜繼續說，「如果妳想知道任何事情，隨時可以問我。我看得出這對妳有多重要。」他朝著空地的方向彈彈尾巴，接著補充道：「現在去幫忙訓練一些見習生。」

藤池目送他離去，然後一隻腳開始在草地上抹來抹去，想清掉蟻皮在她腳上留下的血漬。地上的血跡已經消失了，藤池不知道自己身上的毛髮何時才能完全擺脫他的死亡腥味。

一個心跳的時間過後，她注意到另一隻貓走過來，抬頭一看原來是風皮。風族戰士錯愕地瞪著她。「蟻皮怎麼了？」他低聲問道，「妳……妳該不會又殺了他一次吧？」

藤池想告訴他，她殺死蟻皮全是情非得已，她是為了各大部族著想才必須這麼做，**而且我幫他免去了一個更大的痛苦**。但是她知道黑暗森林的各大族長仍在監視著她的一舉一動；他們緊迫盯貓的目光，讓她渾身不自在。

「這也是沒辦法的事，」她聳聳肩回答，「最後證明了我比他忠心。」

風皮往前一步逼視她。「儘管在這裡我們是同一個部族，但出了這裡我就不是妳的族貓，」他大聲吼道，「妳一定會得到報應的，我們走著瞧。」

一股擔憂如石頭般冷冷地沉入藤池的肚子。她知道風皮說到做到，但現在已經無法挽回蟻皮了，也沒有辦法掩蓋藤池所做的一切。她殺死了另一隻貓，這已經違反了戰士守則——但她必須相信這麼做是對的。

**我所做的一切犧牲都是為了自己的部族——以及湖邊的各大部族著想，即使這意謂著要犧牲自己也在所不惜。**

# 第十九章

獅焰鑽出荊棘屏障朝森林走去，一邊豎起耳朵，專注搜尋有無入侵者的跡象。榛尾和玫瑰瓣跟在他後面，煤心則是走在隊伍的最後頭。獅焰帶隊沿著湖邊往上游風族邊界的溪岸前行，聽到背後一陣窸窸窣窣的閒聊聲。

「有誰會想到竟是冬青葉殺死灰毛的？」榛尾悄悄地說：「你不覺得很可怕嗎？她怎麼有辦法隱瞞到現在？」

「可是她不久就離開了，」狐躍說，「妳覺得她這樣跑掉，算是膽子大還是膽小鬼的行為？」

榛尾想了一個心跳的時間才回答：「應該是膽子很大吧，因為她最後還是回來了……」

獅焰猛然轉頭，怒瞪了這兩隻族貓一眼，榛尾見狀立刻閉嘴，和狐躍交換了一下眼神，然後尷尬地舔舔胸毛。

**虧你們還記得冬青葉是我的姊姊，**獅焰在心裡暗罵，但沒有說出口。

他們抵達風族邊界，繼續往上游走，榛尾和狐躍開始全神貫注，耳朵急急抽動，目光來回掃視著樹叢，張開雙顎，仔細嗅聞雷族領土四周，連一丁點風族氣味都不放過。獅焰滿意地看著他們，但又忍不住注意到煤心失神地走著，根本無心留意森林裡的任何動靜。他提醒隊員們小心路上突出來的一叢刺藤，即使狐躍有把話傳到後面，但煤心還是糊里糊塗踩了進去。

「妳沒事吧？」獅焰問她。

「沒事啦！」她怒沖沖地回了一聲，急著掙脫刺藤，還留了幾撮毛在上面。

獅焰錯愕地看著她像是吃錯藥似的發出尖銳的語氣。在當下，他突然很想被派到別的狩獵隊值勤，甚至是去幫長老採集舖床的青苔也行。但他實在太關心煤心，所以很快就不氣她了。她會這樣，一定有什麼事困擾著她。

獅焰在上游幾個狐身遠的地方，發現煤心漸漸偏離邊界，愈走愈遠，最後站在草長及肚的草叢中，並露出空洞渙散的眼神。他吩咐其他隊員繼續往前走，自己則是跑到草叢找她。

「風族巡邏隊就在前面！」他斷聲叫道。

煤心瞬間繃緊神經，蓬起頸毛，開始掃視四周。「在哪裡？」

「沒有啦，」獅焰喵聲說，「我只是想測試妳清醒了沒。」

煤心的皮毛豎得更高。「你不是我的導師，」她大吼，「不需要你來隨時盯著我。」

獅焰原本想開口問她到底怎麼了，但見到她眼裡的怒火，還是決定閉嘴繼續往前走，至少現在煤心似乎專心多了。

他們走到隧道密布的領土區域，當下並沒有風族或索日的任何蹤跡。獅焰沒有告知其他隊員，逕自偷偷溜到隧道入口查看了一下。**沒有必要告訴大家這裡有隧道，要不然有些族貓可能會鼠腦袋到從這裡對風族發動進攻。**

當他聞著隧道口的時候，突然想起石楠尾，不曉得她知不知道索日的計謀。**她會仗著對隧道的瞭解，進而幫助自己的部族發動攻擊嗎？**石楠尾對獅焰是否還有一絲情義，還是他們過去的友情已經化為灰燼，她現在該不會是以傷害獅焰的部族為樂吧？

獅焰走回隊伍旁邊，看著煤心並嘆了一口氣。**為什麼感情的問題非得這麼複雜才行呢？**

巡邏隊回到營地時已經接近中午，但並沒有什麼事需要稟報。當山谷一進入眼簾，獅焰便聽到慘叫與哀號聲不斷從空地傳來。

「出事了！」他大喊。

他朝入口狂奔，隊員們緊跟在後。**風族戰士攻過來了嗎？趁著所有巡邏隊都外出，營地幾乎空掉的時候嗎？**

但當他衝進荊棘叢，根本沒有看到任何風族貓。幾個沒有勤務在身的雷族貓三三兩兩圍在空地的中央；獅焰擠到黛西和蕨雲中間一探究竟，才發現鼠鬚和櫻桃掌痛得在地上打滾，四肢不停掙扎，尾巴痛苦地捲上來，不僅口吐白沫，還痛到兩眼發直。

「怎麼了？」他嚴肅地問。

「不知道，」罌粟霜回答，嚇得瞪大眼睛。「他們才剛回來不久，立刻像這樣倒在地上。」

「我的孩子！」黛西低聲哽咽，驚慌失措地看著鼠鬚。蕨雲用尾巴拍拍黛西的肩膀，想要安撫她。

「我……肚子好痛，」鼠鬚哇哇大叫，「應該是我們昨晚吃的老鼠……不太新鮮。」

「好痛！」櫻桃掌狂哭。她無助地將一隻腳伸向罌粟霜，一副要向母親求救的模樣。

「松鴉羽在哪裡？」獅焰急著問。

「他到森林去了，」錢鼠掌喵了一聲，驚恐地看著手足，「他和亮心去查看他所栽種的草藥。」

「趕快去找他回來，」獅焰一聲令下，「先去舊兩腳獸的地方看看。」

錢鼠掌聽到終於有事情可做，瞬間露出開心的表情，立刻點點頭衝了出去。獅焰開始遲疑，不知道自己還能做什麼，只見葉池急著從他旁邊擠過去，害他踉蹌了一下。

「妳吃了什麼東西？」她到櫻桃掌面前低頭詢問。

「鼠鬚說他們昨晚一起吃了一隻餿掉的老鼠。」獅焰在一旁解釋。

葉池的琥珀色眼睛瞥了他一眼，「吃一隻發臭的老鼠不至於會變這樣。」她開始緊張起來，但還算鎮定，在這緊要關頭，她的巫醫技能漸漸回復中。

「我們不想打擾松鴉羽，所以去偷偷吃了一些荷蘭芹……想說可以治肚子痛。」鼠鬚咬著牙，忍痛吐出幾個字。

「荷蘭芹？」葉池蹲下來，聞聞櫻桃掌嘴角的白沫，「你們吃的不是荷蘭芹，而是水芹。」

「會這麼糟嗎？」獅焰問，心裡已經有底了。

「除了死莓之外，森林裡就屬這東西最毒，」葉池回答，「我需要用草藥幫他們催吐。」但她沒有跑去松鴉羽的窩，反而一把抓住櫻桃掌的四肢，儘量讓她不要亂動。

「妳在做什麼？」罌粟霜嘶吼道。

「他們最好不要動來動去，」葉池告訴她，「像他們這樣掙扎，舌頭很容易卡住咽喉，而造成窒息。」

在瞭解危險性後，獅焰趕快跑到鼠鬚旁邊，設法讓他冷靜下來；鼠鬚還是不斷痛苦地扭動四肢，爪子還抓破了獅焰的肩膀。葉池為了鎮住櫻桃掌，也費了很大的功夫；雖然她的動作強而有力且俐落，卻免不了透露出提心吊膽的眼神。

「狐躍，快來幫我們！」獅焰一邊叫喊族貓，同時注意到煤心出現在營地入口。她滿臉驚恐地盯著這兩隻生病的族貓，雖然不忍心看，但卻無法把視線移開。

忽然間，她一個箭步衝上來，咻地從獅焰旁邊跑過去。「我去拿草藥。」她喵聲說完，立刻直奔松鴉羽的窩。

葉池抬頭說，「我們需要——」

「我知道。」煤心回頭瞥了一眼打斷她的話，隨即消失在刺藤屏障裡。

狐躍走過來幫葉池壓住櫻桃掌，而榛尾則是跑去幫獅焰一起制住鼠鬚。她雖然被瘋狂揮舞四肢的手足踹倒在地，但馬上又爬起來，繼續抓住他。

幾個心跳的時間後，煤心叼了一把蓍草回來。她把草藥放到葉池旁邊後，便跑回獅焰身旁。「按住他的頭，」她不假思索地喵聲說，「不是這樣——你的腳擋住了他的嘴巴，這樣我沒有辦法把蓍草放進他的嘴裡。」

獅焰瞪大眼睛看著她說：「妳從哪裡學會這些東西？」

「現在沒有時間說這個！」煤心怒斥，急著把他的腳撥到別的地方去。「照著我的話做就對了。」她把草藥嚼成泥，塞進鼠鬚的嘴裡，然後開始按摩他的肚子，像極了幼貓在跟母親討奶喝時，用力搓揉的動作。在她旁邊的葉池也忙著對櫻桃掌做一樣的動作。

煤心瞥過去檢查葉池的動作。「在上面一點的部位多施點力。」她指導著。

獅焰沒想到葉池竟然點點頭，她的眼睛雖然瞪得比平常大些，但並沒有停下來質問煤心憑什麼突然指揮起她來。

**這究竟是怎麼一回事？**獅焰在心裡納悶，**難道煤心已經偷偷受訓要當巫醫很久了？為什麼她要這麼做？**

幾個心跳的時間過後，兩隻病得哀哀叫的貓終於吐出一坨又一坨惡臭難聞的黏液。

「太好了，」看著狂吐的鼠鬚，煤心輕拍他的肩膀安撫道：「你很快就會舒服多了。」

葉池也在一個尾巴遠的地方哄著櫻桃掌；這年輕的見習生看起來精疲力竭，一副飽受折騰的狼狽樣。

「妳確定她沒事嗎？」罌粟霜來到孩子的面前，焦慮地問。

「她很快就會好了。」葉池要她放心。

「感謝星族！」黛西大呼。

眼見危機已經解除，在場的貓都鬆了一口氣。獅焰靜下心，仔細觀察煤心。她臉上的表情像是換了另一個貓似的，讓獅焰感到非常陌生。她的體型和毛色雖然沒什麼改變，但眼神已不是獅焰所認識和深愛的煤心。

葉池把櫻桃掌交給母親照顧後，走過去探視鼠鬚的情況。

「是妳一直在訓練煤心的嗎？」獅焰低聲問她。

「不是，我什麼都沒教她。」葉池小聲回答，露出令人難以捉摸的神情。

「那她為什麼知道這麼多東西？」獅焰大聲逼問，「我真的不懂。」

「我才不管這麼多，」榛尾喵聲說，「只要她能救鼠鬚就行了。」

煤心抬頭望著葉池，眼裡盡是哀愁。

「妳都知道了，是嗎？」葉池喃喃地問。

煤心點點頭，「對，我知道了。」

獅焰聽到背後傳來腳步聲，轉身看到松鴉羽從空地另一端踱步過來，旁邊跟著亮心，兩隻貓的嘴裡都叼著一綑草藥。

「發生什麼事了？」滿嘴葉子的松鴉羽大聲問道。

獅焰很快把鼠鬚和櫻桃掌因誤食水芹而中毒的經過轉述給松鴉羽聽。「葉池——」

「這都得怪火星沒事幹嘛鼓勵族貓多懂一些草藥知識，」松鴉羽打斷他，趕緊過去檢查櫻桃掌和鼠鬚。「如果他們沒有不懂裝懂的話，事情也不會發生。他們很快就會沒事了，」他一臉不耐煩地補充道，「狐躍、榛尾，幫我把他們兩個帶到我的窩裡。」

「煤心每個步驟都處理得很好。」葉池喵聲說，一邊看著兩隻病懨懨的貓倚靠在狐躍和榛尾身上，搖搖晃晃地離去。

松鴉羽倏地轉頭，吃驚地瞪大眼睛。「什麼？」

煤心鎮定地看著他說：「在知道一切之後，我怎麼可能袖手旁觀？」

「看你做了什麼好事？」葉池對著松鴉羽嘶聲罵道：「我們不是已經講好要讓她平靜地過日子嗎？」

「她有知道真相的權利，」松鴉羽駁斥她，「她有權知道星族決定賜予她新的命運。」

獅焰感覺腳下一陣天搖地動，**煤心的命運？他們到底在說什麼？**

「我還在這裡，你們知道嗎？」煤心說，瞇起眼睛看著葉池和松鴉羽。

「很抱歉讓妳發現了這件事，」葉池告訴她，一邊怒瞪著松鴉羽，「我以為我們已經說好不讓妳知道的。」

煤心的藍色眼睛燃起熊熊怒火。「然後打算讓我在不知道自己是誰的情況下過一輩子嗎？妳沒有權利做這樣的決定！」

「可是這會讓一切天翻地覆，」葉池垂著尾巴喵聲說，「以前那樣不是很好嗎？」

「以前的一切都是謊言！」煤心大聲泣訴，「如果我真的有第二次機會，星族為什麼不把我過去的記憶移除呢？但以前的回憶源源不斷湧上來，我想忘都忘不了。」

「煤心，我——」葉池開口說。

煤心豎起皮毛。「舊森林的每條路我都記得一清二楚！」她細細回想著，「我知道蛇岩和陽光岩，我記得大集會的四喬木，我記得當自己還是黃牙的見習生時，順利接生小貓，但卻無法救活貓后的情景。妳能懂這樣的感覺嗎？我記得我曾欺瞞部族，試圖去救治影族貓。我記得——」她說到沙啞，「每件事我都記得一清二楚。」

葉池把尾梢輕輕擱在煤心肩上，這隻灰色母貓當下並沒有閃開。

「我並沒有要妳去鑽牛角尖，」松鴉羽低聲說，「我只是想讓妳知道星族為妳做的一切。」

「但我就是沒辦法不去想，」煤心激動地回答，「我忘不了煤皮的記憶。」

獅焰在一旁聽著，感覺自己像是一隻在暴漲溪水中掙扎的小貓，找不到任何可以抓牢的東西，然後瞬間四肢砰的一聲觸到了河底，讓他震驚不已。

**煤心曾經是煤皮？這怎麼可能？**

「我再也搞不清楚自己到底是誰，」煤心繼續說，顫抖著聲音哀嘆地說：「我這輩子難道只是一隻死去的貓的翻版嗎？」

「不是這樣的，」葉池雖然輕聲細語地說，但語氣顯得十分堅決，「不是，妳並不只是個翻版。」

煤心從她身邊跳開，轉身對著她，壓低身體，擺出像是要撲抓獵物的姿態。「我才不信！」她嘶聲說道。她沒給葉池回應的機會，迅速飛身奔過空地，身影隱沒在屏障縫隙中。

「我去找她。」獅焰喵聲說。

松鴉羽點點頭，「我跟你去。」

「不用了。」獅焰瞪著手足，忍不住怒火中燒，**你老早就知道這件事了，竟都沒有跟我說！**「我自己去就行了。」

「好吧，記得保持冷靜，」松鴉羽喃喃說道，「有事再跟我說。」

「對她好一點！」葉池對著遠去的獅焰喊道。

獅焰循著煤心的氣味來到森林。她似乎是不顧一切地狂奔出山谷，鑽過一個又一個的樹叢，沿途的刺藤叢都沾有幾團她的灰色毛絮。最後，獅焰發現她蹲在茂密的榛木叢下，一根樹枝被她抓得稀爛。

「我看只有靠妳的醫術才能讓它復原了。」獅焰開玩笑地說，悄悄跑到榛木叢下，蹲在她旁邊。

「是嗎？」煤心抬頭看他，藍色眼睛滿是慌亂與愁苦，「你是說我擁有這麼多很幸運嗎？」

獅焰知道自己說錯話了。「對不起，」他喵聲說，「我也不喜歡這樣，這對我們兩個都不好。」

煤心漸漸退去眼裡的怒火。「我再也不知道自己是誰。」

「妳是煤心啊，」獅焰用鼻子磨磨她的耳朵安撫她，「一直都是。」

「不，不是這樣，」煤心回答，悶悶不樂地眨著眼睛，「我曾經是煤皮，這條路我以前就走過，每一步我都記得。」

「妳在說什麼？」獅焰一臉困惑地問，「妳現在是戰士，不是巫醫。」

「我不知道自己是什麼身分。」煤心刮著殘碎的樹枝，「不過我的意思是……我前世曾愛上不該愛的貓。」她露出憂鬱的眼神，「可憐的煤皮，」她低聲地說，「她的一生不斷被剝奪……」

獅焰頓時愣住，**我受不了了。**「我們下次再談。」他對煤心喃喃說道，從榛木叢搖搖晃晃地站起身，往湖的方向離去。

他來到水邊坐下來，凝望滾動的灰色水面。**他們真幸運**，他想像著各部族在湖邊的生活點滴，心裡愈想愈鬱卒，**他們沒有被愚蠢的預言給纏住，也不用為某隻貓突然死而復生而煩惱！**

「我已經不知道該怎麼做了。」他默默地說。

獅焰不知在湖邊坐了多久，突然聽到腳步聲從後方傳來。他轉過身，希望看到的是煤心，但此刻走到河岸找他的卻是松鼠飛。

「嗨，」她喵了一聲後坐到他旁邊，「你想談談嗎？」

要是在平時，獅焰絕不會想要向松鼠飛吐露半點兒心事，但心煩意亂的他還是忍不住大吐苦水。

「這真是太不公平了！」他激動說道，「不只是對我，對煤心也是。她一直想當一名戰士，但現在卻因為某隻貓曾經是巫醫，她就逼著自己必須要當巫醫。」

松鼠飛點點頭，「每一隻貓都有追求幸福的權利，可以依照自己的意願當一名伴侶和母親，要是我才不會輕易改變我的生活。」

獅焰僵住身體，爪子戳進地面。他很清楚自己想說什麼，但話語卻有如一塊硬邦邦的獵物卡在喉嚨，怎麼也說不出口

「妳是個很棒的母親，」他最後還是說了出來，不禁回想起童年的美好時光，那時他和手足們都還深信松鼠飛和棘爪就是自己的親生父母。他放下長久以來的心結，肩膀隨著放輕鬆，「妳應該和棘爪生一些小貓。」

「已經不可能了。」松鼠飛嘆了一口氣，緊接著補充道：「或許這樣比較好。我把你、松鴉羽和冬青葉都當成是自己的親生孩子一樣疼愛，看到你這麼悶悶不樂，我的心都快碎了。」

獅焰轉身迎向她亮綠色的眼眸。「我覺得煤心比誰都悶悶不樂。」他喵聲說道。

# 第二十章

「所有能夠自行狩獵的成年貓都到擎天架下集合，準備進行部族會議！」

鴿翅一聽到火星的聲音，立刻從獵物堆跳起來。她抬頭朝擎天架看過去，發現火星正坐在那裡，旁邊坐著棘爪。

雖然現在正值綠葉季，但天空卻烏雲密布，一陣冷風拂過岩石山谷上方的林子，吹亂了火星火焰色的皮毛。樹葉的沙沙聲似乎應和著雷族裡的竊竊私語聲，鴿翅幾乎不需要動用到特殊感官，就能很輕易聽到大夥兒議論紛紛的聲音。

「你們有聽說煤心上輩子是煤皮的事嗎？」

「有啊，葉池和松鴉羽早就知道了！」

「真不敢相信栗尾竟然都沒發現，她和煤皮不是好朋友嗎？」

「她們長得是有點像。但說也奇怪，煤心竟然精通巫醫那一套！」

鴿翅關閉感官，不去聽那些閒言閒語。「這次的集會一定是要講風族的事。」她對藤池喵聲說道，似乎早有預感，心跟著開始怦怦狂跳起來。

她的妹妹吞下最後一口烏鶇，然後和她一起往擎天架走去；看到藤池走路搖搖晃晃的樣子，鴿翅猜想她一定是在黑暗森林受傷了，但藤池和往常一樣絕口不提此事。狐躍、錢鼠掌和榛尾來到她們旁邊坐下來；塵皮、灰紋和蜜妮則是坐在幾個尾巴遠的地方；鼠鬚和櫻桃掌四肢無力地從巫醫窩走出來加入群貓，一屁股坐在罌粟霜和莓鼻旁邊聆聽；松鴉羽和薔光則是留在刺藤屏障旁。

趁著更多貓陸陸續續從戰士窩出來的時候，鴿翅喃喃地說：「現在一切都變得很詭異；先是冬青葉回來，再來是煤心竟是由一隻死去的貓轉世。」

「而且偏偏是一隻巫醫貓，」藤池補充，「煤心擁有煤皮的所有記憶和技能。」

榛尾湊過去，「所以說，現在族裡就有兩名巫醫囉？」她小小聲地說。

「是啊。」鼠鬚附和。

藤池搖搖頭，「就像妳說的，一切都變得很詭異。她還曾經是我的導師呢！」

「族裡不缺戰士，應該比較缺巫醫吧？」狐躍喵聲說。

「你們說夠了沒？」他們的身後突然傳來斥責的聲音。鴿翅太專心聽族貓講話，因此沒有注意到蕨毛已經走過來。他揚起尾巴彈彈狐躍的耳朵，「火星準備說話了。」

當閒聊聲漸漸停止，鴿翅注意到冬青葉孤零零地待在角落，看起來一臉尷尬與不自在。

**她的傳聞也同樣鬧得沸沸揚揚，**鴿翅心想，**現在是因為有新的話題出現，大家才漸漸沒去**

講她。

冬青葉剛回來的時候，鴿翅總是想盡辦法避開她。因為她不想和一隻殺害族貓的貓走得太近，雖然那只是一場意外。但現在她突然開始同情起這隻黑色母貓。

**也許火星說的對，她對於當時沒有自首，已經付出了慘痛的代價。更何況，也沒有貓指責棘爪，畢竟他也目睹了一切發生的經過！**

正當鴿翅準備走過去，坐在冬青葉旁邊陪她時，忽然看到另一隻貓從戰士窩悄悄跑出來，是煤心。那隻灰色母貓走到冬青葉身旁，默默把頭湊過去，互相緊貼著耳朵。

「真是物以類聚。」狐躍說。

「夠了！」蜜妮嘶聲說道，「不要這樣說自己的族貓。」

狐躍一臉尷尬地低下頭。

「在冬青葉……離開前，煤心曾是她最好的朋友。」蜜妮繼續說，「現在天大的祕密被揭發了，她們有共同的遭遇。大家應該善待她們，而不是冷嘲熱諷。」

「蜜妮，妳曾經是寵物貓，想必很能體會被孤立的滋味。」

鴿翅連忙轉身，想找出是誰在背後亂放話，但卻沒看到有哪一隻貓出聲。**現在真是謠言和祕密滿天飛**，她愈想愈毛，不知道接下來還會爆出什麼驚人內幕。她轉回來，看著正忙著伸展一隻前腳的藤池，像是在測試腳還能不能使力。**那一定是在黑暗森林受的傷**。鴿翅下定決心，**不管怎樣，我都必須守住這個祕密。**

火星站起來。「這裡有個重大的消息，」他開始說，「在與棘爪和資深戰士們討論過後，我決定要公布出來。我知道各位都很好奇為什麼我要加派巡邏隊，以及下令禁止在風族邊界狩獵的原因。看樣子索日已經背叛我們；他正和風族貓密謀攻擊行動。」

「什麼？」鼠毛大喊，和波弟一起坐在長老室門口的她，顫抖著四肢，吃力地想站起來，「我不是早就說過那隻貓是個麻煩嗎？」

好幾隻貓也跟著鼠毛暴跳起來，紛紛發出震驚和憤慨的喵叫聲。鴿翅瞄了一下曾被她偷聽到和索日一起祕密計畫的幾隻貓：榛尾和玫瑰瓣露出不可置信的眼神，互看著對方；花落嚇到張大嘴巴；鼠鬚則是忙著跟大家同一個鼻孔出氣。「叛徒！痢痢皮！」他怒吼道。

鴿翅將眼睛瞇成一條縫。**或許你們真的很憤怒**，她心想，**或許只是裝裝樣子，但你們現在最好別出什麼差錯，因為我隨時都在監視你們的一舉一動。**

「鼠腦袋！」藤池冷眼瞪著他們，並喃喃地說，「我們沒把所聽到的告訴火星，算他們走運。」

「幸好索日離開了，否則他們恐怕會愈陷愈深。」鴿翅低聲回應。

火星等眾怒聲平息後，才又開口。

「索日做出這種事，老實說我並不驚訝，」他繼續說：「這也正好說明了這幾個日昇以來，完全不見他在山谷出沒的原因。」

「他要是識相的話，最好給我滾得遠遠的。」刺爪大吼。

「我們現在就去攻打風族！」雲尾邊說，邊豎起頸毛，好幾名戰士發出貓吼聲附和。

鴿翅暗暗期盼族貓們二話不說立即衝出荊棘屏障，往風族邊界進攻，即使她知道這根本行不通，但她的四肢還是忍不住蠢蠢欲動。

但火星揚起尾巴，要大家安靜。喧嘩聲漸漸停下來，眾貓紛紛坐回原位，但頸毛仍是持續怒張；他們的眼睛迸出敵意，爪子在光禿禿的泥地上抓磨。

「我們還沒有正式和風族宣戰，」族長喵聲說，「我們無從得知一星是否知道此事，或許索日只是和幾隻比較要好的貓密謀。我們更不能當面去問一星，因為這樣會讓他誤以為我們要發動攻擊。」

「那我們該怎麼做？」塵皮質問，「總不能只是在這裡坐以待斃吧。」

「當然不行，」火星回答，「我們將擬出一套對風族的全面作戰計畫，但也有可能用不上。等著風族攻過來對我們最有利，因為我們最熟悉自己的領土，大家都知道風族不擅長在樹林作戰。」

「說的也是！」樺落大喊，「我們可以爬到樹上，然後重壓在他們的頭上，就像我們上次和影族對戰一樣。」

「或是從灌木叢跑出來偷襲他們，」沙暴補充，「風族貓只習慣一望無際的環境。」

「這些建議都很好。」火星點頭回應。

「我真不敢相信！」鴿翅聽到罌粟霜在幾個尾巴遠的地方對著莓鼻碎碎念道，「那個跳蚤皮甚至謊稱救了我們的孩子！」

莓鼻點著頭，動起爪子，「他竟敢背叛我們！下次要是被我遇到，我非扒了他的皮毛不可。」

「我就知道我們不應該再相信他，」灰紋聽到他們的談話，也跟著出聲，並露出大快人心的表情，「他這個老奸巨猾的傢伙。」

當底下一陣窸窸窣窣時，棘爪站起身，走到擎天架邊緣。「我們需要增派一些邊界巡邏隊，」他宣布道，「沙暴，請妳帶雲尾和榛尾去巡邏。灰紋，你帶另一隊；蛛足和蜂紋，你們兩個跟他去。此外，所有的狩獵隊仍然必須避開風族邊界，我們可不想自找麻煩，所以絕對禁止再到溪裡洗腳！」

「誰稀罕到那裡洗腳！」鴿翅不以為然地喊出來，而在一旁的藤池則是縮著肩膀，羞愧地舔了幾下胸毛。

「塵皮和蕨毛，」棘爪繼續說道：「我命令你們想辦法把營地附近的所有隧道入口堵起來，以防止風族攻入我們的領土重地。」

冬青葉急忙跳起來，「絕不能堵住所有的入口！」

在場響起一陣錯愕的抽氣聲，一些貓似乎不敢相信那剛回來不久的戰士竟敢打斷副族長的話。棘爪一臉震驚，豎起頸毛，轉過去直盯著那隻黑色母貓。

「為什麼不能？」他反問。

「如果風族貓真的攻過來，最好是將他們牽制在一個小區域內，」冬青葉禮貌地向副族長鞠了躬，接著低聲解釋，「我們應該先將領土最外圍的隧道封住，這樣一來可以避免風族貓包圍我們。」

棘爪眨眨眼睛沉思，平復驚訝的情緒，頸毛也漸漸收平。「那麼，我們該堵住哪些隧道？」

「來這裡，我畫給你們看。」

火星和棘爪跑下落石堆，冬青葉甩動尾巴，掃開落葉，露出一小塊泥地，然後開始用爪子迅速畫出攻略圖；站在遠處的鴿翅，急著想擠過去看個清楚。

「這些都是最外圍的隧道，」冬青葉喵聲說道，爪子不斷在地上刮來刮去，「必須先將它們封起來。」

塵皮和蕨毛從群貓中鑽出來看。

「聽起來還滿有道理的。」塵皮認同。

「什麼方法最能有效封鎖出口呢？」蕨毛問。

「用石頭可以擋住所有的光線，」冬青葉自信滿滿的語氣，讓鴿翅很驚訝。**她想必已經籌劃很久了！**「樹枝容易讓光透進去，所以貓兒們會想辦法鑽出來。用石頭的話，可以讓他們誤以為前方沒有出口。」

鴿翅想到自己在隧道裡摸黑轉來轉去的那段時間，臉不由得皺成一團。但她提醒自己風族是敵人，**誰叫他們要發動攻擊，我一點都不需要可憐他們！**

「冬青葉，」棘爪喵聲說，「說不定我們往後必須在地底下迎戰，妳可以訓練我們一些適用在隧道作戰的技巧嗎？」

「當然可以，」冬青葉回答，「我——」

「什麼？」蛛足擠向前，連忙打斷她，「她一回來就可以立刻擁有戰士的身分嗎？」

棘爪從容地看了他一眼，「有什麼不妥嗎？」

「這個……」蛛足的前腳在塵土中一陣亂抓，「她離開了這麼久，說不定所有技能都已經忘光光了。」

冬青葉從戰略圖上抬起頭，頸毛開始倒豎，綠色眼睛閃著怒氣。「在離開的這段期間，我難道不需要抓獵物來填飽肚子嗎？」她發出嘶聲，「或是靠自己的力量驅趕惡棍貓和狐狸嗎？蛛足，我跟你保證，我的技能一點都沒有生疏。」

「就跟妳的三寸不爛之舌一樣。」莓鼻喃喃地說。

現場已沒有再出現反對聲浪，棘爪接著開始編列狩獵隊，指派幾名戰士參加冬青葉的對戰訓練，以及協助塵皮和蕨毛封住最外圍的隧道。他走到鴿翅和藤池面前停下來，不停抽動尾梢，上下打量起她們。

「既然妳們已經到過地底下，」他喵聲說，「最好還是學學如何保護自己，妳們現在就去加入冬青葉的訓練團隊吧。」

鴿翅和藤池走到空地另一端，找正在等候的冬青葉，她的旁邊還圍著蕨毛、亮心、刺爪和蟾蜍步。

「很好，我們走吧，」她喵聲說，「你們要仔細聽好我所講的每件事，因為這攸關各位的生命安全。」

# 第二十一章

冬青葉帶隊步出營地，沿著陡峭的山路往上走，一路來到山谷的上方。她鑽過矮木叢，停在一堆裸露的石塊旁。

「我上次就是在這附近找到浸泡在樹上的金盞花。」藤池告訴鴿翅，然後突然倒抽一口氣，急著轉向冬青葉，「等等——那是妳放的嗎？」

冬青葉點點頭。

「還有那些蓍草也是嗎？」亮心問。

鴿翅可以看出冬青葉很不習慣成為所有目光的焦點。「別忘了，我一開始是接受巫醫的訓練，」她咕噥道，「我知道自己可以幫得上忙，所以我就去做了。」

「所以妳一直很密切關注我們囉？」亮心喃喃地問。

冬青葉愣了一下，「不是這樣的！我並沒有要監視你們的意思！」

「我不是要指責妳監視我們，」亮心伸出

尾巴，搭在冬青葉的肩膀上，「相反的，我很高興妳沒有忘記我們。」

「我絕不可能這麼做。」冬青葉喵聲說完，甩動一下皮毛，往石堆後面探去。鴿翅跟過去，很快就看到之前她和藤池跟蹤索日進入隧道的裂洞。

「妳是說我們必須進到裡面去嗎？」刺爪緊張地抽動頰鬚問，「這也未免太強人所難了吧，我們又不是地鼠或狐狸！貓可不習慣被困在洞裡！」

蟾蜍步推開他，「我們才不會被困住咧，鼠腦袋！我們進去吧！」

蕨毛尾巴一揮，在入口阻攔一頭想栽進黑暗中的蟾蜍步。「等一下，千萬不能盲目地往危險裡衝。」他機警地聞著洞口四周的石塊，「這些石頭有可能掉進去，讓我們出不來。」

「你說的沒錯，蕨毛，」冬青葉附和，「但是如果真的發生了，也沒什麼大礙，裡面多的是可以逃生的出口。別忘了這些隧道我都很熟。」她後退一步，用尾巴指了指，「你們大家就先仔細地聞一遍，等每一隻貓都做好心理準備了，我們再行動。」

就在大夥兒擠在洞口附近時，蟾蜍步瞥了鴿翅和藤池一眼，「妳們兩個怎麼吭都不吭一聲。」他說。

**他還不知道我們已經進去過一次了，**鴿翅心想，**而且他最好永遠別發現。如果火星知道我們擅自進入隧道，一定馬上罰我們去做見習生的差事。**

她發出響亮的喵聲說道：「我們只是很期待能學會在隧道裡活動自如的本事。」

藤池點頭，「對啊。」

「好，」等大家都仔細檢查過入口後，冬青葉繼續說，「我們現在要進去囉。記得緊跟在我後面，千萬別想脫隊去探險。」她嚴厲地看了蟾蜍步一眼。

「好啦。」他嘟噥道。

冬青葉帶頭進入隧道，後面依序跟著蕨毛和亮心。鴿翅走在最後面，心想萬一有任何風族戰士埋伏在隧道裡的話，或許她可以善用自己的感官，在背後保護族貓的安危。在後面拖拖拉拉的還有刺爪；鴿翅可以看得出他有多不情願走進那黑漆漆的地方。

「不會有事的。」她對著在入口遲遲裹足不前的刺爪說。

刺爪白了她一眼，硬著頭皮衝進隧道；鴿翅看得出，刺爪被一隻比自己年輕許多的族貓這樣安撫，心裡一定很不是滋味，更何況他並不知道她已經有到過地底下的經驗了。

隧道入口的光漸漸在他們背後消失。鴿翅摸黑走著，試著讓感官適應這陌生的環境。她想起自己第一次和藤池走進來時，簡直嚇破膽了。現在雖然腳下踩著濕潤的泥地，皮毛一路摩擦隧道牆壁，但她已經不像之前那麼害怕。

「這裡的地面不平，走路要小心。」

「只有這一段空間很窄，很快就不會了。」

當地底開始急遽往下傾斜時，鴿翅注意到前面的刺爪變得呼吸急促，尾巴還不只一次掃到她的臉上。

**他很害怕，我能體會他的感受。**

在下個瞬間，她突然被刺爪的後臀撞個正著。她發現他掙扎著想後退。「我非出去不可。」他小聲嚷嚷。

「不行——你不能出去！」

在這窄到不行的隧道裡，鴿翅擋在那裡，根本沒有空間讓刺爪退後。他急喘著氣，開始對她一陣狂抓。「讓我出去！」他驚慌大叫。

「冬青葉！」鴿翅大喊，「刺爪需要幫忙。」

「好，我馬上來！」

冬青葉從其他貓身邊擠過去，來到刺爪面前；在黑暗中的鴿翅雖然什麼都看不見，但可以聽到族貓嘟噥的抱怨聲。

「沒什麼好害怕的，」她冷靜地告訴刺爪，「你在黑暗中看不見東西，並不代表就會有危險。你還有其他感官可以用，不是嗎？」

她的一番話似乎讓刺爪安心不少；至少，他已經沒有再掙扎，然而緊跟在後的鴿翅還是可以感覺到他在顫抖。「我和你一起走，」冬青葉接著說道：「我在這裡住了好幾個月，也沒有遇到什麼危險。」

刺爪吸了一大口氣。「好吧，」他喃喃地說，「對不起。」

「蕨毛！」冬青葉大喊道，「請你帶隊一下，只要繼續直走就行了，不要管任何叉路。」

「好。」蕨毛回應。

刺爪一時的驚慌失控，讓鴿翅也跟著毛了起來，此刻讓她更加意識到這冷冰冰的黑暗和明亮溫暖的大白天有多麼的不同。她設法從其他貓旁邊擠過去，往前鑽到蕨毛和藤池的中間。能緊貼著他們的身體走，讓她感到比較安心，特別是蕨毛全身散發穩重與冷靜的氣息。他顯然對隧道太過好奇，而沒有一絲害怕。

「是什麼力量讓隧道不會塌下來呢？」他充滿驚奇地問，「隧道是怎麼形成的呢？」

「是水，」在很後面的冬青葉應聲，「因為河水淹進來，而形成了隧道。」

「現在水會淹進來嗎？」刺爪一臉擔憂地問。

「完全不可能，」冬青葉告訴他，「這要下很久的豪雨才有可能發生。你們去摸一下石頭，」她補充道：「就能清楚感覺到一圈圈龜起來的部分，像是風吹過湖水的波紋一樣。」

鴿翅伸腳去摸那一圈圈小小的波痕，突然感覺異常的安心。**冬青葉很瞭解這裡，**她心想，**隧道裡的每個細節她都知道得一清二楚。**

「我們不是來這裡訓練作戰技巧的嗎？」蟾蜍步邊走邊說著。

「是沒錯，」冬青葉回應，「但在這些狹窄的隧道裡，你連對付一隻甲蟲都有困難。若真的必須作戰的話，最好是找個較大的空間和敵人對決，這些隧道只適合用來逃跑或追趕，但不適合決鬥。如果你硬要試，打到的很可能是牆壁，而不是敵人。」

「對不起，我問了蠢問題。」蟾蜍步嘀咕道。

冬青葉等到隧道稍稍變寬，立刻走到最前面，帶著大家轉進旁邊一條蜿蜒的通道。最後，鴿翅終於可以隱約看到前面的幾團貓影，和傳來的淙淙流水聲；她一想到有可能是洪水暴漲，準備將他們淹沒，皮毛便開始隱隱不安。

不久後，這群貓兒來到一個地底的洞穴。光線從頂棚上的裂縫透進來，讓他們終於能看到彼此。冬青葉彈彈尾巴，指了指一條從洞穴中央穿過去的河水。

「看到沒?現在是綠葉季，水位很低，所以沒什麼好擔心的。」就在大夥兒圍過來時，她似乎開始猶豫，「我不知道哪個比較好……」她半自言自語地碎碎念道：「是攻擊好，還是防守好呢？」

「妳連這個都不知道嗎？」刺爪火大地說，「那妳帶我們來這裡幹嘛？」

蟾蜍步狠狠瞪了刺爪一眼，但沒有說半句話。

「我待在這裡的時候，根本不用作戰，」冬青葉嗆回去，「我連一隻貓都沒看到，哪來的敵人？」

**她那時一定很孤單，**鴿翅心想，深感同情地看了黑色母貓一眼。

「但是妳比任何一隻貓都清楚如何在黑暗的密閉空間裡活動，」蕨毛喵聲說，「這會對我們很有幫助。如果有一整隊風族貓在這裡埋伏的話，我們該怎麼做？」

冬青葉很快點頭。「嗯，」她開始說，「你們必須牢記這裡空間很小，所以一定得改變決鬥招式。出手的動作要小而有力，否則腳有可能會踢到牆壁。」

蟾蜍步蹬起後腳，前腳緊貼著身體，抽出爪子，假裝在和敵人對決。「像這樣嗎？」

「做得很好，」冬青葉喵聲說，「但是不要急著蹬起後腿，除非你已經知道上面有足夠的空間讓你這麼做。用頭去撞隧道頂部可不是鬧著玩的。」

鴿翅憋住喵嗚的笑聲。「要選擇有光還是沒有光的地方對戰比較好？」

冬青葉想了一下。「這要看情況，」她回答，「如果妳有把握擊敗對手，可以試著把他們引到沒有光的地方，這樣妳就能在黑暗中占上風。但是如果你沒有擊敗對手的把握，就儘量靠近有光的地方，可以比較準確瞄準攻擊的點。」

鴿翅看了一下洞穴四周，一想到群貓在這裡張牙舞爪、嘶聲尖叫的樣子，就忍不住顫抖起來。聽到冬青葉的建議，一時之間，這場即將引爆的戰爭似乎已不遠了。

「好，」冬青葉很快喵了一聲，「我們現在就來練習吧。蟾蜍步，你似乎已經躍躍欲試，那你就當雷族戰士。鴿翅，妳當風族戰士，開始攻擊他。」

「太好了！」蟾蜍步蹲下來，甩動尾巴，「放馬過來啊，卑鄙的風族貓！」

「你才卑鄙咧！」鴿翅嗆回去。

她一頭熱地撲向蟾蜍步，但卻忘了冬青葉剛剛所說的動作小而有力的技巧。蟾蜍步閃過她，撲了個空的她往前飛衝，差點撞上洞穴牆壁。在她慌忙煞住腳步的當下，蟾蜍步逮到機會朝她的臀部狠狠揍了好幾下。

「很好！」冬青葉喊道。

鴿翅露出咬牙切齒的表情，趁著蟾蜍步撲過來攻擊之際，她旋即一個快速轉身，蹬起後腿，然後使出和蜂紋一起受訓時所學到的後空翻動作。蟾蜍步閃避不及，瞬間失去重心，鴿翅趁機跳到他身上，前腳朝他一陣猛擊。

但蟾蜍步翻過身，狂扭動身體試圖掙脫，亂拳揮舞的鴿翅一腳不小心踹到了牆壁，並發出一聲痛苦的哀號。趁著她分心的大好機會，蟾蜍步甩開她，然後兩隻前掌勒住她的脖子。任憑鴿翅再怎麼掙扎，都無法將他擺脫。兩隻貓已經纏鬥到了洞穴的牆壁旁。鴿翅設法把蟾蜍步硬拖到牆角，然後使出後腳，狠狠劃過他的肚子，雖然蟾蜍步還是緊掐著她的脖子，但已經動彈不得，更別想說要逃開。

「可以了。」冬青葉走過去把他們拉開，「你們兩個都打得很好。鴿翅，妳剛剛的戰術很不錯，把他強壓在牆上這招很厲害。你知道你剛剛應該怎麼做嗎？」她問蟾蜍步。

「不知道，我看我要瘀青一個月了。」蟾蜍步嘟噥道。

「我來示範給你看。蕨毛，你過來把我推到角落。」

薑黃戰士迎面撲過來，冬青葉順勢往牆壁用力一蹬，騰空飛躍蕨毛的頭頂，輕盈落地後，一個急速轉身，準備攻擊。

「太厲害了！」鴿翅驚呼。在場的貓紛紛表示讚賞。

「當然這要看有沒有足夠的空間，」冬青葉鞠了一躬喵聲說，「而且小心不要刮傷腳，牆壁不可能永遠是平的。我們現在就來分組練習，如何？」她建議。

洞穴在一瞬間擠滿了飛身跳躍的貓兒。鴿翅找藤池和她一組，她們試了好幾次，才抓到動作的訣竅。

「好難喔！」藤池氣喘吁吁地說。「不過搞不好有一天這一招可以在那個地方派上用場。」她接著壓低聲音說道。

「只要把它當成在撲抓獵物就行了，」鴿翅喵聲說：「我發現這樣想還蠻有幫助的。」

「好，」冬青葉喊道，「現在我們來練點別的。亮心，妳所研究出能補足視線死角的新招式中，有哪一招可以在這裡派上用場的嗎？」

亮心鞠了一躬，顯然很高興自己能被叫上來分享祕訣，「我的半邊臉對黑暗已經習以為常，」她開始說，「所以這裡黑漆漆的環境對我並沒有多大影響。你們一定要記得多利用頰鬚和尾巴末端，來幫助自己掌握與隧道牆壁的距離。」

冬青葉點頭，「我們先來做個示範，看要怎麼做。藤池，妳負責和她對打。」

藤池撲上前，想盡辦法要把亮心逼到牆角。但亮心似乎完全不需要回頭看，就已經很清楚自己所在的位置。她很快閃到一邊，一隻腳用力劃過藤池的腰腹。

「好樣的！」藤池狼狽地喘著氣，試著調整呼吸，「還好妳沒有伸出爪子，要不然我就成了鴉食了。」

亮心再示範了一次，這一次她把動作放慢，讓所有貓都能看清楚她是怎麼利用尾巴和頰鬚的。「不要忘記在這裡你不一定都能看清楚敵人，」她補充道，「所以你必須比在戶外打鬥時，更倚重聽覺和嗅覺。」

「說得很有道理，」冬青葉喵聲說，「我們現在就來練習看看。我會一個個把你們帶進隧道的某處，然後讓你們留在那裡。你們必須靠著聽覺和嗅覺自己走回來找我們。」

「要是走不回來呢？」刺爪抽抽尾梢問。

「那我會去帶你回來，鼠腦袋，」冬青葉酸溜溜地回應，「好啦，你就當第一個吧。還沒輪到的貓可以趁這個時候練習亮心的招式。」

她很快消失在附近的一個隧道裡，刺爪心不甘情不願地跟在後面走著。就在冬青葉回來後不久，想不到這虎斑戰士竟然很快就能自行回到洞穴，還一副得意地舔起身體。

「很好，」冬青葉喵聲說，「現在換妳，鴿翅。」

冬青葉帶著她轉來轉去，穿過一條又一條的隧道，鴿翅心想若沒有任何東西指引，自己肯定找不到回去的路。

「好，就從這裡開始，」冬青葉帶著她在一條隧道的盡頭停下來，然後告訴她，「妳在這裡等差不多吃完一隻老鼠的時間，然後跟著我回去。」

鴿翅等了比吃完一隻老鼠還要久的時間，靠著自己的特殊感官，偵測到洞穴裡群貓的聲響，很快就摸清楚該怎麼走回去了。為了不讓大家發現她的特異能力，她刻意拖了一些時間才回去。從冬青葉隨口稱讚了她一下的樣子看來，鴿翅猜想自己拿捏的時間算是恰到好處。

最後一個輪到蟾蜍步。其他的貓都已經練到精疲力竭，索性停止練習，在洞穴裡等他回來。但很長一段時間過去了，就是看不到他的蹤跡。

「冬青葉，妳認為——」亮心開口說。

一聲驚慌慘叫打斷了她，聲音似乎是從洞穴牆壁裡面傳來的。「我迷路了！走不出去！」

「別急！」冬青葉喊回去，「我們可以聽到你的聲音，你應該不會在太遠的地方。」

「儘量保持冷靜，」冬青葉引導他，「什麼都不要想，然後再試一次。現在開始嗅空氣裡的氣味。有哪個方向是氣味比較濃的嗎？」

蟾蜍步停頓了一會兒才回答，「好……好像有。」

「好，那就往那個方向走。」

幾個沉默片刻過去後，蟾蜍步便從隧道入口爬了出來。「感謝星族！」他大喊。

「如果你們在裡面迷路了，」冬青葉對著所有的貓兒說，「千萬不能慌。一定有某一樣東西可以幫助你們找到路。你們可以留意空氣流動的方向，還有如果空氣沉悶潮溼的話，就表示隧道會往更裡面延伸。」

「還有記得順著有光線的地方走，對吧？」藤池接著說。

冬青葉猶豫了一下。「基本上是這樣沒錯……但不要忘記有些裂縫會深入很裡面的岩層裡，不一定就會有出口。就像那裡一樣，」她補充道，用尾巴指了指洞穴上方的裂縫。

「我們接下來要做什麼？」蟾蜍步問。

「接下來我們就回營地吧，這堂課大家都表現得很棒，但現在你們也都累了。」

「我們學了很多，」鴿翅喵聲說，「謝謝妳，冬青葉。」

其他貓紛紛表示贊同。冬青葉帶頭穿越隧道，當他們走出來時，太陽已經開始下山，地上一片樹影斑駁，他們穿過薄暮籠罩的森林，一步步走回家。

「冬青葉所教的東西，也超適合用在夜晚戰鬥上。」蕨毛說。

「對啊，我們可以多多練習，」蟾蜍步熱情地附和，「我還有另一個主意。我們可以在隧道裡設法讓敵人迷路。」

藤池點頭。「或許可以想出一套只有我們看得懂、但風族看不懂的記號來標示位置？」

「或是我們可以想一些引誘他們的方法，然後伺機埋伏。」鴿翅補充道，四肢不由得開始興奮。「風族肯定連自己怎麼被偷襲的都不知道！」

當山谷入口進入眼簾，蟾蜍步停下腳步，隔著幽暗的林子，朝風族邊界望過去。「他們儘管放馬過來！」他豎起頸毛，甩動尾巴吼道，「我們已經做好了萬全的準備！」

# 第二十二章

冬青葉的受訓隊伍從荊棘叢走進來，狐躍對著在隊伍後面的兩姊妹喊道：「嗨，鴿翅、藤池！」

最後幾抹紅霞已從天空漸漸退去，半個岩石山谷籠罩在沉沉的暗影中。大部分的巡邏隊也已經歸來，幾乎整個部族的貓兒都坐下來吃東西。藤池往營地另一端望過去，看到狐躍和蜂紋正坐在獵物堆旁。

「來跟我們一起享用松鼠啊！」狐躍緊接著說。

藤池和鴿翅並肩跑過去。此刻，藤池注意到蜂紋發出熱情的貓鳴聲歡迎她姊姊的到來，而且還殷勤地挪出旁邊的位子讓她坐下來吃。

「你們訓練得怎麼樣？」狐躍問。

藤池一屁股坐下來，開始大口咬獵物，感覺全身的肌肉都在痠痛。「我們學了一堆新的東西。」滿嘴新鮮獵物的她含糊說著。

「沒錯，都是一些如何在地底下作戰的技

巧，」鴿翅插嘴，「出手的動作要小，而且腳不要踹到牆壁。」

「冬青葉還教了我們往隧道牆壁一蹬，飛越敵人頭頂的招式，」藤池吞下一口松鼠肉喵聲說：「這樣才不會被逼到死角。」

「哇，聽起來好像很難！」狐躍說。

「是很難，」鴿翅坦言，「但也滿合乎邏輯的。等下次輪到你做時，你就知道了。」

「這隻松鼠真是太好吃了！」藤池喵聲說道，然後又吃了一大口，「是誰抓的？」

「嗯，是我抓的，」蜂紋邊說，邊害羞地舔舔肩上的毛，「只是運氣好，剛好被我抓到。」

「什麼運氣好？明明就是你厲害，」狐躍肯定地說，「而且是完全靠你自己的力量。煤心原本應該和我們一起去狩獵，」他解釋道：「可是她說想留在山谷幫松鴉羽的忙。」

鴿翅訝異地抽抽頰鬚，「棘爪有說什麼嗎？」

蜂紋聳聳肩說：「沒有耶，他能說什麼？他總不能刁難巫醫吧？」

「可是煤心是巫醫嗎？」狐躍問。

藤池突然同情起煤心來，她很能體會在兩個世界之間拉扯的感受。不久，那隻灰色母貓便從松鴉羽的窩出來，走過去和冬青葉一起吃東西，看起來似乎很滿足。

**或許她已經找到自己的使命了，**藤池心想。

過了一會兒，松鴉羽也從窩裡冒出來，跑到獵物堆，選了一隻老鼠享用。

正在和冬青葉一起品嚐田鼠的煤心抬起頭，「松鴉羽，我現在應該搬到你的窩裡去睡嗎？」

藤池發現灰色母貓其實一點都不開心，她只是故作堅強而已，但內心似乎充滿了疑惑和煩悶。

「我們想跟你談一件事，」蕨毛喵聲說，一起和栗尾走到松鴉羽面前，「希望你把一切都說清楚。」

「沒錯，」栗尾附和，「煤心的前世是煤皮，這是什麼意思？為什麼星族要這樣對她？」

松鴉羽搖搖頭說：「我不知道，一切都是祂們的安排。」

栗尾走到女兒面前，鼻頭輕輕觸碰煤心的肩膀安撫她，「不管怎樣，我對妳的愛永遠不變，」她低聲喃喃，「妳永遠是我的煤心。」

煤心抬頭看著她，藍色眼睛透露出哀傷，「但我不知道自己還是不是以前的煤心。松鴉羽，我到底該不該搬去你的窩裡睡？」

松鴉羽開始猶豫，「是沒有這個必要，但──」

蜜妮急著跳起來，甩動著尾巴，氣沖沖地走上前打斷。「那薔光該怎麼辦？」她不高興地問，「你總不能硬是叫她搬出去，然後把床位讓給煤心吧，要是她在半夜突然喘不過氣來怎麼辦？」

「這種事應該不會發生，」松鴉羽回答。蜜妮吸口氣想再次反駁，但他揚起尾巴阻止她。「但我也不希望薔光搬走，」他補充道：「她在巫醫窩裡幫了我很多忙。」

正和灰紋一起享用松鼠的薔光眨眨眼。「沒關係啦，」她喵了一聲，「睡哪裡我都沒差。」

「但是那裡擠不下三隻貓，」亮心加入討論，「你們真的會被擠扁。」

「要是你需要讓生病的貓留宿呢？」葉池接著說。

愈來愈多貓開始七嘴八舌地發表意見，讓藤池看得眼花撩亂，一團火焰色的身影突然閃過她的眼睛，緊接著她看到火星從擎天架跑下來。

「蕨毛、塵皮，」族長一邊走到獵物堆，一邊甩動尾巴喵聲喊著，把這兩隻公貓叫過來，「除了把戰士窩變大外，你們有辦法也順便增加巫醫窩的空間嗎？」

塵皮和蕨毛轉身看著那棵倒在地上的樹。

「應該有辦法吧，」塵皮把頭歪到一邊，碎碎念道：「蕨毛，你覺得如何？如果我們能把那邊的樹枝移過去，然後用刺藤填補空隙的話……」

藤池看著戰士們忙著動腦筋想辦法，這時冬青葉朝她和鴿翅走來，轉移了她的注意力。

「妳們還願意讓我和妳們擠一間嗎？」冬青葉喵聲說。

「當然願意，」藤池想都不用想就回答。對於冬青葉突然回來這件事，她已經漸漸習慣了，她現在覺得這隻黑色戰士的遭遇是所有她見過的貓中最曲折離奇的，她想要多瞭解她一些。「看妳想待多久就待多久。」

「長期住在隧道裡到底是怎樣的生活？」鴿翅忍不住好奇地問；藤池覺得在做完地底戰鬥訓練後，鴿翅似乎比較信任冬青葉了。

冬青葉聳聳肩說：「裡面又暗又冷。」

「妳真的連一隻貓都沒看到嗎？」鴿翅繼續追問。

「那妳整天都在做什麼？」蜂紋接著問；他依然和鴿翅靠得很近，吃剩的松鼠就擺在一旁。

「是啊，我連一個貓影都沒見到，」冬青葉喵聲說：「至於我都在做什麼……就是追蹤獵物、在領土外的樹林遊蕩……」

藤池可以感覺出她真的不願再提起離開部族自我放逐的事。**她那時一定很孤單……而且對灰毛感到相當自責，但又沒有任何貓可以說話……**

冬青葉突然忍不住喵嗚一聲，開始偷偷竊笑。「獅焰有告訴過你們，我和他在前往山裡的途中一起抓老鼠的趣事嗎？我們那時還只是見習生而已。」

「沒有啊——趕快告訴我們！」藤池催促她。

「我們正好經過一個農場，」冬青葉把腳掌塞到身體底下，繼續說：「突然一股濃濃的老鼠味飄過來，當時我們肚子都已經餓扁了，所以我們就趁著大家在休息的時候，偷偷溜出去。風皮也跟了出去。」

「風皮！」藤池大喊，頸毛不自覺鼓了起來。

「沒錯，他也加入了我們，」冬青葉告訴她，「雖然他有時候很煩，但我們還是讓他跟了。」

「然後呢？」鴿翅急著問。

「我們在穀倉裡被一群狗包圍住了，我嚇到魂都快飛了！牠們一直逼近，風皮的尾巴差點就沒了。」

藤池靠過去，「你們最後是怎麼逃脫的？」

「是波弟救了我們。」冬青葉喵聲說道。

「波弟！」鴿翅睜大眼睛，「波弟也在那裡？」

「對呀，我們在途中遇到他。」

「雷族要感謝波弟的地方太多了，」松鼠飛發出呼嚕聲，走過去聽他們說話，「那已經不是他第一次解救我們了，當時算你們這幾個鼠腦袋走運。」

「妳說的一點都沒錯，」冬青葉同意，「要是沒有他，我們可能已經變成鴉食了也說不一定。」

「當我們發現你們幹了什麼好事後，也差點想把你們打成鴉食，」松鼠飛補充道，「怎麼會無知到去冒這樣的險！」

「而且我們連一口老鼠都沒嚐到！」冬青葉說。

原本在一旁梳理皮毛的沙暴也跑來湊一腳，說道：「或許妳應該跟他們多說說你們小時候的頑皮事蹟。你們三個能平平安安當上見習生，可真是個奇蹟！」

冬青葉瞄了一眼那隻薑黃色母貓，然後舔了幾下胸上的毛。「那已經是好久以前的事了，」她喃喃說著。回憶如魚貫般閃過冬青葉的眼底，但她沒有再說下去，藤池覺得好可惜。一些貓仍圍在獵物堆旁，繼續討論著煤心。藤池望過去，看到火星站了起來。

「就這麼決定了，」族長喵聲說道：「煤心目前還是繼續睡在戰士窩，但不用執行任何戰士勤務。這是妳想要的吧，煤心？」

灰色母貓點點頭，「沒錯，就是這樣，火星。」

聽到煤心如此堅決的語氣，火星露出一臉驚訝與沮喪，但並沒有想要說服她的意思。**部族無疑失去了一位重要的戰士**，藤池愈想愈難過，雖然多了一位巫醫可以幫忙還蠻有用的，可是……她搖搖頭，這太奇怪了。

對火星宣布的事，在場的貓紛紛表示同意，但藤池注意到獅焰卻一臉絕望地望著煤心。**為什麼他會對煤心不當戰士這件事感到這麼苦惱呢？**藤池不解，**喔……或許他一直想當她的伴侶。哇，這真是不幸。**煤心的決定就像一顆石頭投進湖裡，在部族內泛起了漣漪。當星族給她第二條命時，是否有考慮到後果呢？

⚡⚡⚡

藤池悄悄穿過矮木叢，往影族邊界前進。天氣晴朗，陽光穿透樹蔭斜斜地撒下來，一陣輕風把樹葉和貓兒們的皮毛吹得微微亂顫。

藤池很高興能被派到冬青葉的巡邏隊。她緊緊跟在冬青葉後面走，蕨毛和莓鼻則在最後壓陣。隨著日子一天天地過去，她愈來愈佩服這隻黑色母貓的勇氣和偶爾尖銳的說話方式。她嚐盡了生活的艱苦，但卻有永不放棄的精神。

「為了重新得到部族的肯定，冬青葉可說是費了很大的苦心。」藤池轉動耳朵，聽到蕨毛小聲說著。

「是啊，她甚至還卯起來幫見習生做最不想做的苦差事。」莓鼻喃喃說道。

藤池沒想到莓鼻竟然會誇獎起別的貓，然後她心想一定是因為冬青葉趕走狐狸救了他的孩子的關係。

蕨毛發出喵嗚竊笑聲，「對呀，她幫長老抓蝨子抓到忘我，還得勞駕棘爪把她拖出來執行巡邏勤務。」

冬青葉回頭看了一眼。「安靜，」她命令道：「我們快要接近邊界了。」

藤池嚐一下空氣，影族嗆鼻的氣味標記迎面撲來，其中還夾雜著兩腳獸的味道。她從空地邊緣的樹叢走出來，眼前佇立著許許多多兩腳獸特有的皮毛巢穴，草地上坐著一些兩腳獸，也有些乾脆躺下來，還有一些兩腳獸跳來跳去，不停拿著一個鮮豔的東西丟來丟去。

「牠們到底在做什麼？」她咕噥道。

冬青葉聳聳肩說：「應該是在做訓練吧。」

在稍遠的下游處，藤池看到好多隻小兩腳獸在湖邊戲水，一邊開心地發出嬉鬧的聲音。**不曉得牠們是在抓魚，還是只是在泡腳清涼一下。叫得這麼大聲不把魚通通嚇跑才怪。**

四隻貓避開兩腳獸，悄悄且迅速地穿過空地。藤池心想冬青葉會不會就沿著雷族和空地的交界標記氣味，或是乾脆把這一片空曠的草地送給影族算了。

「我真搞不懂為什麼影族要不顧一切保住這塊不毛之地。」蕨毛嘀咕道。

**我也搞不懂為什麼我們要不顧一切把它搶過來，**藤池在心裡納悶。但一想到雷族之所以打這場仗全是因自己而起，她心中突然感到一股內疚。**不過現在這裡既然是屬於我們的，也只能**

**乖乖認了，我們只好每天硬著頭皮來這裡設這些討人厭的邊界標記。**

她豎起全身皮毛走著，閃避一間間皮毛巢穴；置身在這種緊鄰兩腳獸的空曠之處，真是讓她吃不消。就算來到空地另一端也鬆懈不得，因為四周瀰漫著影族的氣味。

「好，」他們一抵達邊界，冬青葉立刻喵聲說道：「我們分開進行。蕨毛，你和莓鼻到上游把記號再標示一次。藤池，妳和我到下游去。」

蕨毛點點頭，旋即帶著莓鼻離開。「標完後就直接回營地。」冬青葉在他們後面喊道。

冬青葉率先標下記號；等她做完後，兩隻公貓已經不見蹤影。藤池和她肩並肩走到湖邊，在途中停下來標示氣味的時候，藤池嗅到愈來愈濃的影族氣味。

「有巡邏隊！」她悄聲說道。

她話一說完，立刻看到邊界對面的蕨叢一陣騷動，隨後三隻貓走了出來；曦皮在前頭帶隊，後面跟著紅柳和栗毛。

曦皮一看到雷族貓，馬上咧嘴咆哮。這奶油色母貓眼裡毫不掩飾的敵意，讓藤池不由得蓬起頸毛。

「你們要是敢越雷池一步——」曦皮開口說，不過一看到冬青葉，突然停了一下。

「妳！」她大叫，「我以為妳離開部族了。」

冬青葉聳聳肩說，「但我又回來了。」

曦皮的敵意漸漸消失，轉而露出一副玩味的表情。但藤池可不希望陪她杵在那裡大聊特聊。**和這隻跳蚤皮毛沒什麼好聊的，我一點都不信任她。搞不好說著說著，她就把焰尾的死也**

**算到冬青葉頭上去了。**

「我們又沒有做什麼壞事，」藤池喵聲說：「只是來標示邊界而已。」

曦皮不信邪地哼了一聲。「我最好檢查一下你們標在哪裡，」她嘶聲說著，伸長脖子走向前，去聞藤池留下標記的地方，「如果有任何記號超出一個葉子的距離，我一定稟報黑星。」

「儘管去說啊，」冬青葉回嗆，「要是妳能找到一絲差錯，我一定親自去告訴黑星。」

曦皮僅僅咆哮了一聲，沒有正面回應。藤池知道她處心積慮想引起爭端，根本不管後果。**她真的自以為有煽動兩方部族交戰的能耐嗎？**藤池想起虎心曾在大集會時警告過鴿翅，但她就是很難把曦皮的威脅當作一回事。虎心搞不好只是想藉機找鴿翅說話而已。

「曦皮，別太小題大作，」紅柳走向前，喵聲說道：「雷族的氣味標記沒什麼問題。」

聽到薑棕色公貓斬釘截鐵的口氣，讓藤池吃了一顆定心丸。就在她和紅柳眼神接觸的瞬間，紅柳對她點頭示意，她的肚子突然一陣惶惶不安。

「好了，冬青葉，」她催促道，「我們走吧。」

**他之所以會站在我這邊，是因為我們是黑暗森林的同伴，**藤池皺著眉頭心想，**不！我效忠我的部族，他也應該要效忠他的部族！**

冬青葉點頭，離開影族巡邏隊，帶頭沿著邊界前進。曦皮朝他們背後大吼一聲，一副戰勝的樣子。

「有沒有搞錯！」冬青葉等走到影族巡邏隊聽不見的地方，便開始喵聲說：「曦皮是吃錯藥了嗎？還是哪裡卡了毛球，吐不出來？」

「她真是個討厭鬼。」藤池附和。

「還有那個紅柳是怎麼一回事？」冬青葉瞇起眼睛看了藤池一眼，繼續說：「那隻影族貓好像跟妳很熟嘛。」

藤池驚了一下，心想，**她的眼睛簡直跟老鷹一樣銳利！**「沒有啦，」她開始嘀咕，「我們只是在大集會時說了一兩次話，就這樣而已。」

冬青葉停頓一下，用嚴厲的眼神盯著她。「和外族貓過從甚密就是最大的不忠，」她喵聲說道：「因為這樣而——」

「但我又沒有！」藤池打斷她，對於冬青葉的猜疑指責，實在忍無可忍。

冬青葉把她的抗議當耳邊風。「因為這樣而違法戰士守則就太不值得了，」她強調，「到頭來只會讓自己不快樂。」她沒等藤池回應，便大步往邊界走去，不以為然地抽動全身皮毛。

藤池和鴿翅兩姊妹在獵物堆旁坐下來。藤池忍不住喵聲說：「真不知道她是哪根筋不對，她應該不會開始懷疑我和紅柳都是黑暗森林的一員吧？」

鴿翅轉動眼珠。「喔，拜託！我這唯一的妹妹怎麼會這麼鼠腦袋？冬青葉才不是在擔心黑暗森林的事。妳想想她的親生父母是誰！別忘了，她是兩部族的混血。」

「喔，」藤池開始一陣尷尬，「我完全沒想到這一點。嗯，她根本不需要擔心我會和紅柳或其他外族貓有一腿。」

**看樣子鴿翅現在已經對蜂紋產生好感了，**她開心地在心裡想著，**他比那個卑鄙的虎心好太多了！**

# 第二十三章

獅焰鑽出戰士窩，跑到空地加入圍著火星的群貓。萬里無雲的天空高掛著一輪明月，四周有星族戰士閃爍。一想到要去大集會，獅焰的四肢便不由得蠢蠢欲動。

獅焰走到火星旁邊後，火星開始喵聲說道：「我不打算提起一星的威脅，我們沒有必要因為一個小爭執，而引起其他部族的關切。」看著族貓們發出不確定的喃喃聲，他抽動頰鬚繼續說道：「況且，我們已經有半個月沒看到索日在雷族領土出沒了，一星再也沒有理由攻擊我們。」

獅焰雖然贊同，但多少希望一星能夠對怒斥雷族的言行負責。**我們讓索日留宿營地根本不關他的事！**

松鴉羽和煤心從巫醫窩出來，走到群聚的戰士旁。

「小百合在發燒，」松鴉羽告訴灰色母貓，「我希望妳能留下來看著她。」

煤心微微露出失望的表情，然後點點頭往育兒室走去。

**栗尾的小貓應該沒有嚴重到要巫醫一直在旁邊看著吧**，獅焰邊想，邊走去找站在群貓角落的手足。「你是不知道怎麼跟大家解釋煤心為什麼突然變成巫醫吧，」他在松鴉羽耳邊喃喃地說。

松鴉羽激動地甩動耳朵。「她又不是第一隻換不同身分的貓！」他吼著。

「是這麼說沒錯，但她可以說是第一隻由另一隻貓轉世而來的貓……」獅焰回應。

松鴉羽開口準備回嘴，但火星卻在此刻揚起尾巴示意，旋即一馬當先鑽出荊棘隧道，群貓紛紛緊跟在後。

當隊伍來到湖岸時，獅焰不知不覺走到灰紋和蜜妮的旁邊。「你們覺得今天早上的訓練課怎麼樣？」他問。這三隻貓今天和樺落與榛尾一起參加了冬青葉的地底戰鬥訓練。「老實說，我不太喜歡在黑暗裡打鬥，我還是寧可看得見對手，這樣才知道該往哪裡出拳，更不會有四肢撞到石頭的危險。」

蜜妮抖動肩膀。「在隧道裡面讓我渾身不舒服，」她坦言：「我沒辦法不去想頭頂上盤結的岩石！」

「但是妳做得很棒啊，」灰紋把尾巴搭在伴侶的肩膀，喵聲說：「我想這種感覺大家都會有。我們本來就不習慣在地底下作戰，但索日也是一樣。為什麼會有貓千方百計要和一個部族交好，然後再刻意背叛呢？」這灰色戰士低頭閃過山楂叢，繼續說道：「索日曾對黑星和影族下手，現在又試圖讓風族和雷族交惡。我很好奇他到底是存什麼心。」

白翅剛好聽到灰紋的談話。「索日有預知太陽消失的能力，」她邊說，邊忍不住打了一個寒顫，「這也表示他比任何一隻貓都厲害。」

獅焰哼了一聲，**作戰時任何貓都不可能是我的對手！**他蠢動四肢，恨不得立刻和索日來一場決鬥，**幾個月前我還無知到幫助他從雷族手裡逃脫，**回憶一股腦湧上來，有如火焰燒著他的皮毛。**我非得好好教訓他不可。就在各部族該煩惱黑暗森林的節骨眼上，他還來攪局。**

獅焰念頭一閃，不由得愣了一下。**索日該不會是黑暗森林派來掀起爭端的吧？這會是毀滅的開端嗎？**

他逼自己繼續往前走，一眼瞥見在幾個尾巴遠的松鴉羽，立刻二話不說鑽過灌木叢。「我突然有個可怕的念頭，」獅焰嘶聲說道：「你認為索日會是黑暗森林的幫兇嗎？」

松鴉羽停下來，聳聳肩說：「我不知道，即使是，我也不會覺得意外。」

巨橡樹圍繞的空地上，充滿了緊張的氣氛，彷彿綠葉季的暴風雨即將一觸即發。獅焰注意到巫醫們似乎特別對立。他們意興闌珊地坐在松樹下，但卻互不理睬。**各部族之間都壁壘分明，**他心想，並擔憂地抽動頰鬚，**連巫醫之間都彼此敵對，這下可慘了。**

現場只有蛾翅試著找其他巫醫說話，但都得不到回應。獅焰看到她氣得猛動爪子，但最後還是只能放棄，坐回見習生柳光的旁邊。

在場的貓全都與自己的族貓簇擁成一團，已經沒有像以往大集會時四處走動閒聊的熱絡場面。獅焰仔細觀察，想找出貓兒透過黑暗森林彼此結識的蛛絲馬跡。在一探之下，馬上看出諸多端倪：紅柳和風皮彼此互看了一眼；河族的冰翅對藤池點頭致意；虎心抽動尾巴和穴飛眼神瞬間交會。

**他們彼此認識**，獅焰打了個寒顫心想，**而且超出任何戰士該有的分際**。然後他抖了一下皮毛，**別緊張**，他告訴自己，**不是所有的貓都在看不見的敵人那裡受訓**。

他突然在風族貓之間瞥見鴉羽的身影，讓他暫時拋開黑暗森林的事。那隻灰黑色戰士一看到冬青葉，就目不轉睛地盯著她，看到眼睛幾乎要掉出來似的。在他旁邊的伴侶夜雲隨著他的眼神瞄過去，立刻開始咧嘴咆哮。

獅焰注意到，冬青葉雖然已經看到他們，但卻刻意轉身背對著他們，緊黏在族貓們的身邊。空地上吃驚的聲音此起彼落，顯然已經有愈來愈多貓注意到她的存在。甚至還有一兩隻年輕貓急著跳起來，就是想把她瞧清楚。

冬青葉走到獅焰旁邊坐下來，並且咕噥道：「這樣感覺好彆扭。」

獅焰把鼻子湊過去磨磨她的耳朵。「妳早該知道這不是一件容易的事。」

「這也是為什麼我這麼久都不想回來的原因，」冬青葉坦言，「我就是無法忍受其他貓的指指點點和閒言閒語……」

原本很心疼她的獅焰，突然一股怒氣衝上來。**我和松鴉羽就必須為了妳，長久以來忍受被其他貓指指點點和閒言閒語的生活嗎？**但他能感受冬青葉真的很不自在，於是決定把怨氣放一旁。他的尾巴環抱住她的肩膀，直視前方，不理會那些竊竊私語。

現場的氣氛似乎愈來愈敵對。看到霧星從巨橡樹的枝幹上站起身，緊接著宣布會議正式開始，讓獅焰終於鬆了一口氣。

「兩腳獸對我們造成了一些不便，」她開始報告，「牠們總是會在綠葉季的時候來湖裡、以及我們營地周圍的溪流裡釣魚。不過我們已經設法避開牠們，而且牠們所抓的魚量還不至於威脅到我們新鮮獵物的庫存。」

「哼！」霧星的副族長蘆葦鬚大聲說道：「就算魚兒從水裡跳出來求牠們抓，兩腳獸還是一樣抓不到。」

霧星閃爍著藍色眼睛，笑笑地看了副族長一眼後坐下。

接下來輪到火星；他站起身，沿著所在的樹枝走向前，小心翼翼地避開一叢橡樹葉。「雷族有個好消息要宣布，」他俯瞰空地，開始說道：「好幾個月以來，我們一直以為我們的戰士冬青葉已經死亡，不過現在她回來了。」

其他部族的貓紛紛發出吃驚的聲音。「這些日子她去了哪裡？」一隻貓忍不住扯開嗓門問。獅焰感覺身旁的冬青葉愈來愈焦慮。

火星不理會底下的質問。「我們歡迎她回來，」他用溫暖的綠色眼眸凝視冬青葉，並且繼續說道：「我們很高興她能再次回到雷族，我很期待在未來幾個月都能和她一起出去巡邏。」

火星果然對索日和風族的事隻字未提，獅焰雖然因此鬆了一口氣，但也擔心其他部族貓會開始提起灰毛，以及冬青葉在大集會上抖出葉池和鴉羽之間不可告人的祕密後，隨即在人間蒸發的過往。

但幸好沒有任何貓提出尖銳的問題，僅僅針對火星所宣布的事在底下嘀嘀咕咕。

「真不敢相信她在說出那件事之後，還有臉來這裡！」

「鴉羽肯定不想看到她。」

夜雲站起來，甩動尾巴，露出冷酷的眼神怒瞪冬青葉。「她還真以為大家會歡迎她嗎？」她吼道。

火星還是沒有回應任何言論；他對冬青葉點個頭後，轉身走回原來的枝幹坐下。緊接著換一星登場。

「火星，這個消息確實很震撼。」他不疾不徐地喵聲說道：「但我相信只要是訓練有素且忠心耿耿的戰士，任何部族族長都會張開雙手歡迎。」

**他是在暗諷冬青葉不忠心嗎？**獅焰豎起皮毛，忍不住納悶。

「我的狩獵隊和往常一樣，隨時高度警戒，」一星繼續說：「我們將嚴守領土，不讓惡棍貓和流浪貓有機可趁。」

獅焰開始一肚子氣。**他簡直是在侮辱我們全體族貓！他分明是暗指雷族就是一群惡棍和流浪貓的集結！**獅焰往上瞧了半隱身在橡樹樹葉後面的火星一眼，他可以看到族長正努力平息怒張的皮毛，並且忍住不說話。

一星得意地看了火星一眼，接著坐回原位。黑星站起來，對雷族和風族之間的敵意顯然一臉狀況外，他猶豫了一會兒聳聳肩後，開始說話。

「我們和河族一樣，也受到湖邊的兩腳獸影響，」他開始說道：「天氣一暖和起來，牠們就像雨後的蚯蚓一樣傾巢而出，但是並沒有進到森林內部干擾我們的營地。」

當他話說完準備回坐時，空地的眾貓中突然爆出一個說話的聲音：「黑星，我可以發言嗎？」

獅焰往影族貓的座位瞄過去，看到曦皮站了起來，一身奶油色的皮毛在月光下閃閃發光。黑星驚訝地眨眨眼，接著點點頭。曦皮立刻跳到一個樹墩上，豎起頸毛，尾巴蓬成了兩倍大。

「我們之間有一個是兇手！」她大吼道。

空地瞬間變得鴉雀無聲。獅焰愣住，尾巴更是緊緊包住姊姊的肩膀。**喔，星族啊！她怎麼會知道冬青葉的祕密？**

但曦皮抬起一隻腳，往巫醫們所在的松樹一指，「松鴉羽殺了焰尾！」

空地上的貓兒們一片鬧哄哄，紛紛開始七嘴八舌起來，獅焰根本搞不清他們在說什麼。接著棘爪從巨橡樹底下站起來，扯開嗓門讓聲音蓋過底下的喧鬧聲。

「我們都很清楚焰尾的死因，而且也很為他難過。為什麼要把松鴉羽扯進來？」

「而且為什麼要在這裡大作文章？」灰紋補上一句。

曦皮轉身看著雷族貓，眼神裡充滿了恨意。「焰尾溺水的時候，松鴉羽也在旁邊。」她嘶聲說道：「我們都親眼目睹到他在松鴉羽旁邊掙扎。他說他拚了命想把焰尾救起來，鬼才會相信。」

「為什麼妳不相信他？」棘爪質問她。

「松鴉羽什麼時候同情過外族的貓？」曦皮開炮，「我敢說他一定是蓄意在我們面前淹死焰尾！」

火星跳起來，從葉縫中擠了出來。「真是太可笑了！這麼做只會違反戰士守則和巫醫守則，松鴉羽絕不會想謀殺焰尾！」

獅焰也跟著站起來，皮毛直豎，恨不得一爪掃過曦皮亂指控的嘴臉。他感覺被冬青葉戳了一下，於是低頭看了她一眼。

「坐下來吧，」她喃喃說道：「別讓曦皮刻意製造爭端的詭計得逞。」

獅焰動動爪子，覺得手足說得有道理，於是只好逼自己坐下來。**今天是大集會**，他提醒自己，**影族一定很高興看到雷族違反休戰協定**。

「我在巡邏邊界時遇到曦皮，」冬青葉繼續小聲地說：「她也是一副想惹事生非的樣子。」

「她和雷族吵什麼？」獅焰困惑地問。

冬青葉凝視獅焰許久。「松鴉羽就在她弟弟淹死的現場，」她喵聲說道：「真是夠了。」

空地又開始一陣鼓譟，根本無法聽清楚大家在說什麼。獅焰看到鴿翅和藤池從族貓中鑽過來找他。

「我雖然知道曦皮早有計謀，」藤池偷偷地說：「但不知道她會來這一招。」

獅焰心想不知道藤池在黑暗森林有沒有聽到一些風聲，或許曦皮有親口透漏也說不一定。但他怕被其他貓偷聽到，所以決定不問。

「真是太誇張了！」鴿翅直呼。「我……我有聽到焰尾溺水的過程，也親耳聽到松鴉羽很努力要救他。」

**但我們根本無法用這些說服曦皮**，獅焰心想。他望向在空地另一端的巫醫們，看到自己的兄弟站起來。松鴉羽雖然看起來一臉無比鎮定，但獅焰可以想像他的內心一定波濤洶湧。松鴉羽默默等著鬧哄哄的空地安靜下來。

「曦皮，妳弟弟死的時候，我是在場沒錯，」他開口說道。從他尖銳的口氣中，獅焰可以看出他非常不願在大庭廣眾下駁斥如此荒謬的指控。「我當時想盡辦法要救他，但不幸失敗而釀成了這個悲劇。」他說著說著開始顫抖起來，於是停頓了一會兒，等聲音平復再繼續，「我沒有理由要害死他，況且，不用我下手，水就足以讓他滅頂。」

曦皮周圍的影族貓開始議論紛紛。「你確定你沒有趁機加害嗎？」鼠疤喊道。

「最近巫醫之間都很疏離，」影族副族長花楸爪若有所思地補充，「巫醫守則是不是正在改變？巫醫是否仍然不分族別彼此照應？」他直視松鴉羽，「或許焰尾知道太多你的祕密？」

獅焰愣住。**難道有其他貓知道預言的事嗎？我想都沒想過！**

「夠了！」火星從巨橡樹上喊道，「這根本是莫須有的指控！再怎麼說，松鴉羽也是冒著被淹死的危險去救焰尾。應該沒有貓會把這個指控當真吧？」火星瞄了霧星、黑星和一星一眼，這三個族長露出一臉尷尬的表情。

「我不太相信會有任何貓做出這種事。」霧星喵聲說道。

一星點點頭。「要是松鴉羽真想害死敵人，根本不用這麼大費周章。」

黑星在一旁悶不吭聲。

**他們的辯護還真不是普通的薄弱！**獅焰氣憤地想。但當他回頭看曦皮時，發現她顯得愈來愈渺小與不安，她指控的氣焰愈來愈弱，像是大雨過後漸漸消退的洪水。

火星似乎仍等著黑星說一句公道話。此刻，在底下的虎心站起來。

「我相信我妹妹所說的話，」他大聲說道：「既然松鴉羽害死了我的手足，就應該接受懲罰。」

在獅焰旁邊的鴿翅震驚到倒抽一口氣。

「我不會因為一個沒有證據的指控而懲罰一隻貓。」火星冷冷地說。

「這和有沒有證據無關，」鴿翅嘶吼道：「松鴉羽本來就是清白的！」

「但是也很難把控訴撇得一乾二淨，」一星喵聲回應火星。**我們平心而論，**獅焰心想，**風族族長聽起來有點為難，他對松鴉羽巫醫身分的尊重似乎超越了對雷族的敵意。**「火星，或許你應該讓松鴉羽暫停巫醫的工作，直到他能證明自己的清白為止。」一星說。

霧星點頭附和，「這樣還滿合理的。在星族的幫助下，應該很快就能水落石出了。」

獅焰注意到其他巫醫們突然開始交頭接耳，發出窸窸窣窣的喵聲，接著影族貓巫醫小雲站起身。

「我們也同意這麼做，」他看著松鴉羽，語帶惋惜地說，「真相若沒有確定，這個指控就會像發炎的傷口一樣，持續困擾著各部族。」

「那你倒說說看，有什麼辦法可以找出真相？」棘爪質問他，「這根本不可能，除非焰尾親自回來講。你們其中有哪一位夢見過他嗎？」

巫醫們很快討論一遍，然後小雲搖搖頭。

藤池把頭湊到鴿翅耳邊偷偷說道：「我有見過焰尾，但他沒有在黑暗森林，而是在星族。」獅焰勉強可以偷聽到她說的話。

「妳有沒有問他是不是松鴉羽殺了他的？」鴿翅小聲回應。

「沒有！」藤池錯愕地瞪大眼睛，「我幹嘛要問他這種問題？」

全部的貓都轉過去看松鴉羽；獅焰可以感覺出弟弟強作鎮定。雖然松鴉羽看不見他們，但還是能感受到所有注意力全集中在他身上的壓力。

「現在也只有吊銷你的職權，才能消除大家的疑慮，」小雲無奈地喵聲說道；鴿翅猜想他可能一方面對這指控錯愕不已，一方面又很怕它是真的。

松鴉羽將頭猛然一抬。「但是我們現在已經各走各的路了，不是嗎？」他的聲音清楚且沉穩，「我知道你們的祖靈都有來找過你們，告訴你們每個部族都應該各管各的未來。你們沒有資格指揮我該怎麼做！我還是可以繼續擔任雷族的巫醫！」

看到松鴉羽竟敢公然對抗其他巫醫，空地頓時一片譁然。

曦皮露出一臉憤怒。正當她想開口抗議時，閃電突然從天空劈下來。支離破碎的光勾勒出空地四周的松樹和樹叢的輪廓，巨橡樹的葉緣映射出一抹銀光。

閃電之後緊接著一聲轟雷巨響，獅焰忍不住打了個寒顫，腳下的地面彷彿就要震成兩半。一陣強風颳起，呼呼灌進樹叢，貓兒們的皮毛被吹得又扁又塌。月亮也被烏雲遮擋了起來。

一隻貓在黑暗中呼喊道：「星族生氣了！」

天空下起傾盆大雨，冰冷的雨幕橫掃過空地，獅焰很快被淋成了落湯雞。群貓紛紛發出驚恐的嚎叫，開始四處逃竄，尋找可以避雨的地方。

獅焰聽到從巨橡樹傳來火星的吼聲，「回營地，快！」

群貓立刻一哄而散，鑽進樹叢，拚了命地往樹橋狂奔。獅焰躍到空地另一端，直奔弟弟剛剛所在的位置。

「松鴉羽！」他大聲喊道：「趕快過來！」

幸好閃電又再閃了一下，在亮光中他看到松鴉羽陷在一群倉皇失措的風族貓之間，正奮力地朝他走來；他的虎斑皮毛緊貼著身體，乍看之下像是瘦了一大圈。

獅焰鑽進群貓中找弟弟，然後咕噥道：「我們趕快走。」

正當他們往樹叢裡衝時，曦皮跑來攔住他們，對松鴉羽發出嘶吼：「我還沒跟你把帳算清楚呢！」

獅焰急著擠出空地。閃電狂打下來，瞬間他發現群貓已經拉開戰線對峙。部族與部族之間張牙舞爪，卯起來相互叫囂。族長們喊破喉嚨，試圖控制住場面，但戰士們在恐懼與憤怒高漲的情緒下，根本不理會族長的命令。

獅焰停下來，抬頭望了一下被遮掩住的月亮，**偉大的星族！就在各部族急需團結一條心，共同對抗史無前例的超級勁敵時，彼此卻已反目成仇！**

# 第二十四章

松鴉羽沿著湖岸疾馳回營地，頭頂上雷聲轟隆作響。腦中一片混亂的他，一路上跌跌撞撞，比平常更笨手笨腳。在動亂中他與獅焰早已失散，滂沱大雨讓他的感官變得遲鈍，他甚至不能確定自己身在何處。

就在他不知如何是好的時候，突然發現有一隻貓跑到他旁邊，和他肩並肩移動。松鼠飛的聲音倏地在他耳邊響起，「來，靠緊我，我來幫你帶路。」

松鴉羽直覺地想要破口大罵，要她不要來煩他。但有她緊靠在身旁的感覺卻又讓人如此心安，撫慰著心煩意亂的他。

**曦皮怎麼會認為是我殺了焰尾？連我自己都差點溺斃——要不是磐石出現，要我鬆開焰尾，讓他往下沉，我搞不好也跟著一起淹死。**

他打了個哆嗦，差點兒被一顆石頭絆倒。

「小心，」松鼠飛提醒他，「往這裡走。」過了一會兒，她在他耳邊喃喃地說：

「別擔心，沒有貓會相信曦皮的話，她傷心到已經喪失理智了。」

松鴉羽才不信，**那為什麼他們還要取消我的巫醫資格？現在各部族都把彼此看成了十惡不赦的壞蛋。**

松鴉羽回到岩石山谷，直接往自己的窩走去。雖然大雨已經漸漸停了，但他全身被淋得溼答答，每個步伐都沉重不堪，一副狼狽至極的樣子。他還沒走到刺藤屏障，就聽到火星迎面跑來的聲音；他一路踏過水窪，把水濺得到處都是。

「先去休息一下吧，」族長指示他，「這件事我們明天再討論。千萬要相信族貓對你的義氣。不管發生什麼事，大家都會挺你到底。」

火星的聲音聽起來有氣無力，松鴉羽心想他是不是已經厭倦了族裡的貓一再被指控為殺人兇手的戲碼。他輕輕跟火星點了頭，立刻鑽過刺藤叢進到窩裡。

「嗨，」薔光從睡舖起身跟他打招呼，「大集會開得怎麼樣？有任何貓提到索日嗎？其他部族對冬青葉回來有什麼看法嗎？」

「糟透了，沒有，沒什麼好印象，」松鴉羽草草地回答完，便一頭栽進自己的睡窩裡。

「好吧，」薔光沒有生氣，反倒是語帶困惑。松鴉羽聽到她一拐一拐走過來的聲音。當她冷不防地伸出舌頭，開始舔他身上濕漉漉的皮毛時，讓他一時呆愣住。「剛剛一定有什麼不開心的事發生，就換我來照顧你一次吧。」她喵聲說。

松鴉羽累到無法拒絕，而且早已經進入半睡夢狀態。他張開眼睛，發現自己置身在一處陽光普照的空地，溫暖的空氣瀰漫著香噴噴的獵物氣味。一隻不修邊幅的母貓正坐在倒落的樹幹上等著他。

「喔，不會吧！」松鴉羽大聲嚷道：「怎麼又是祢！」

「放尊重點，」黃牙毫不客氣地說著，然後從樹幹跳下來，走到他面前。「現在事情一下子全爆發出來了，」祂繼續說：「但你不用擔心，沒有任何星族貓認為焰尾是你害死的。」

**喔，太好了！**松鴉羽心想，**我真是太感動了，但即使如此，對我也沒有多大幫助，不是嗎？**他想知道有沒有任何星族戰士親眼看到焰尾淹死時，他和磐石在現場的情形。但他還來不及開口問，黃牙已經對著他甩起尾巴。

「為什麼你要讓煤心放棄戰士的職務，變成第二個巫醫？你到底在想什麼？星族可沒有要你這麼做！」

「喂，等一下！」松鴉羽閃到祂爪子抓不到的地方，「是祢要我去給煤心託夢，揭露她前世是煤皮的真相。祢口口聲聲說雷族需要另一個巫醫。祢的話我都照辦了，現在祢反而怪起我來。」

「嗯……沒錯……」聽著黃牙一臉尷尬地說著，松鴉羽驚訝到瞪大眼睛。「呃……是我……搞錯了，」祂承認，刻意避開松鴉羽的眼神，「我一心只想著雷族的需要。其實煤心的使命是當戰士。」

**一定是一些星族貓把祂給臭罵了一頓，**松鴉羽突然恍然大悟，儘量憋住呼嚕的竊笑聲。**哇，但願我是一隻停在樹梢的鳥兒，在現場目睹祂被狂罵的樣子！**

「煤心現在很困擾，」他喵聲說道：「因為她不知道自己是誰。」

「那你就應該讓她知道她是百分之百的戰士啊。」黃牙告訴他。

「在大決戰爆發時，另外一名巫醫或許能派上用場，」松鴉羽沉思著，「但即使煤心變回戰士，還是可以善用她對草藥的知識，像葉池就是。」

黃牙一掃剛才的歉意，開始破口大罵。「我不是已經跟你講過，葉池已經被禁止使用巫醫技能。如果煤心選擇當戰士，也不能例外。」

松鴉羽開始怒火中燒。「這祢就不能怪我多嘴，」他不客氣地說，「這種規定簡直比一坨獾大便還不如。櫻桃掌和鼠鬚誤食毒水芹的時候，是葉池幫了他們一把，他們才沒事的。就算星族不會找她託夢，但為什麼要逼她放棄已有的知識？用金盞花對抗發炎或用杜松果治肚子痛又不是什麼天大的機密！部族裡大部分的貓都知道這個常識。」

黃牙糾結的皮毛開始怒張。「你有什麼資格跟星族要求巫醫什麼能做、或什麼不能做？」

「我有資格，因為我處處在為部族著想！」松鴉羽嗆回去，「我才不會要煤心或葉池漠視自己的所學，特別在貓命關天的緊要關頭。」

黃牙突然垂下肩膀，露出一臉的疲憊和沮喪。「或許星族低估了煤皮想要活下去的毅力，」祂坦言，「以及她對巫醫工作的熱誠。在巫醫和戰士之間，煤心必須自己做出選擇。她有權利選擇自己的命運。」

「什麼？那我就沒有嗎？」松鴉羽嘟噥道。

「因為你有預言在身啊，」黃牙斥喝，瞬間變得強勢，「你的情況不同，這和星族無關，你的預言老早就已經決定好了。而那些做決定的貓早已被遺忘在歷史洪流，年代久遠到超出你的想像。這一刻我們已經等好久了，松鴉羽，而且很快就會實現了。」

松鴉羽一覺醒來，還是覺得身心俱疲，腦中不斷重複著大集會的景象：咄咄逼人的指控、混亂的場面和狂風暴雨。他嘆了長長一口氣，試著打起精神爬起床。

「給你，」薔光把一隻老鼠放到他面前。她看到松鴉羽無動於衷地聞了幾下，於是催促道：「趕快吃吧！」

他原本想一口回絕，跟她說他不餓，但他知道薔光肯定會一直碎碎念到他把這隻新鮮獵物吃光光才肯罷休。「謝謝。」他咕噥說道，隨後咬了一口。這鮮嫩多汁的肉味讓他口水直流，瞬間他才意識到自己有多飢餓。

「我聽說大集會的事了，」薔光接著說：「真是令人難過。想必不會有任何貓相信曦皮的鬼話吧？」

「這我可不敢說，」滿嘴食物的松鴉羽回答，「詭異的事接二連三地發生在各部族身上，巫醫謀殺巫醫又有什麼好稀奇的？」

「這根本不可能發生，」薔光很肯定地說，「你更不可能。」

她的力挺讓松鴉羽很感動。「妳趕快到育兒室去巡視一遍，」他伸出舌頭舔舔頰鬚四周，把沾在上面的肉渣舔乾淨，並且說：「去看看栗尾的小貓有什麼問題。」

「好。」松鴉羽可以看出她很樂意去執行這個工作。「那煤心要做什麼？」她聽起來似乎有點困惑和不確定。

「今天我得跟她談一談，」松鴉羽喵聲說：「妳趕快去育兒室。」

松鴉羽一踏出睡窩，就聽到煤心迎面走來的聲音。她拖著沉重的腳步，有氣無力地走著。她身後的第一批巡邏隊正準備離開空地；冬青葉則帶著另一批隊伍，準備進行地底訓練。

「等了好久才輪到我們進去隧道！」錢鼠掌興高采烈地喵聲說道：「不管大家怎麼形容那裡有多暗、多恐怖，我就是不怕！」

「我也是。」櫻桃掌蹦蹦跳跳地說：「我一定會成為雷族地底作戰最厲害的高手。」

「妳算了吧！我還比較有可能！」她的哥哥搶著說。兩名見習生就這樣在地上扭打成一團。

「別鬧了，」狐躍斥喝道：「要不然冬青葉不帶你們去下面囉。」

錢鼠掌和櫻桃掌馬上彈起來；松鴉羽可以想像他們抬頭挺胸、翹起尾巴跟著冬青葉和導師走出營地的模樣。

「別再叫我去加入巡邏隊。」煤心嘆了一口氣，對著迎面而來的松鴉羽說道。

松鴉羽忍不住心想，到底有多少貓已經勸過妳不要當巫醫了？但他看到她如此抗拒，決定還是不要問，僅僅喵聲說道：「我才懶得跟妳說教，跟我出去散散步吧。」

松鴉羽和煤心朝湖邊走去，頭頂上的枝葉輕柔地搖曳著。綠葉季即將結束，樹葉瀰漫著一股死氣沉沉且潮溼的氣味。松鴉羽來到湖邊坐下，享受著微風拂過水面的清涼感，疲憊也漸漸消失。

「妳換個角度想想，」他開口說道：「就可以發現自己有多幸運。星族給了妳選擇命運的機會：讓妳可以當戰士、伴侶和母親——這些都是煤皮無法實現的夢想。」

「可是我真的有權利選擇嗎？」煤心痛苦地問，「我對部族的義務該怎麼辦？」

「盡義務有很多方法。」松鴉羽喃喃地說。

煤心轉身看他；他可以感受到她眼底的熱切。「沒錯，我確實很幸運能在這裡！」她激動地說：「我知道這都該感謝祖靈，但我真的很困惑……我不確定自己該怎麼做。」

「妳想要什麼？」松鴉羽低聲問。

他發現煤心突然驚了一下，好像第一次被問到這個問題似的。

「我要獅焰，」她低聲說道，「但我卻不能擁有他。」

「哦？真的嗎？」**我的星族啊，妳真是鼠腦袋，他已經追妳好幾個月了耶！**「為什麼不能？」

「因為他背負著使命。」煤心回答。

松鴉羽尷尬地抽動一下身體，很不習慣和別的貓討論感情的事。但他突然想起半月，一想到不能留在古老部族和她常相廝守，就讓他感到一股椎心之痛。

「妳也有使命在身，」他輕輕喵聲說道：「但那並不是妳的全部，妳還是可以創造自己的人生。」

煤心沉默了好久；松鴉羽可以感覺一顆希望的小種子在她內心發芽。

「妳有享受快樂的機會，」他緊接著說，「而且也可以讓獅焰快樂。」

「謝謝你，松鴉羽。」煤心鬆了一大口氣地回答。

他們並肩坐在岸邊眺望湖水；松鴉羽聽到水波輕輕拍打布滿石頭的湖岸。他和煤心似乎沉浸在這片刻的平靜中。

**這平靜恐怕無法長久，**松鴉羽心想，**特別是在這個動盪不安的時候。但我很享受現在，這點無庸置疑。**

# 第二十五章

鴿翅張開眼睛，看到見習生窩透著灰濛濛的光。她感覺有東西在騷動著她的皮毛；利爪般的冷空氣灌進她的睡窩，讓她有種躺在寒風中的感覺。大集會過後，天氣已經開始轉涼，她知道落葉季的腳步已經近了。

鴿翅扭動身體直往青苔裡鑽，想盡辦法避開那道刺骨的冷風，但她突然意識到還有別的原因使她無法入睡——她無時無刻不在監視著風族，當她仔細一聽，突然聽到一個熟悉的聲音。

「跟著我走，」索日喵了一聲，「那些懶惰的雷族痢痢皮一定還在呼呼大睡。」

許多圍在他四周的貓兒們低聲咆哮了幾聲，立即進入備戰狀態。

鴿翅慌慌張張地跑出窩外，越過空地，直奔落石堆。「火星！」她衝進族長窩，上氣不接下氣地說：「風族正往隧道逼近，他們準備攻擊了！」

火星蜷縮在窩裡最角落的床上，一聽到鴿翅這麼一說，立刻抬起頭，瞬間睡意全消，一個勁兒地從她身邊穿過去，飛奔到擎天架上。

「趕快起床！」他大聲喊道：「大家都來空地集合！風族發動攻擊了！」

他施令一發號完畢，立刻從落石堆衝到空地。鴿翅在擎天架愣了一會兒才跟過去。此刻月亮已經下沉，但仍有幾顆星族戰士隱約在頭頂上閃爍。山谷上方的林子掩映著蒼白的天色。鴿翅用力吸了一口清晨冰冷的空氣，隨後跟在族長後面跑過去。

戰士們紛紛一臉睡眼惺忪地從窩裡出來，各個昏昏沉沉，笨手笨腳。黛西跑到育兒室門口，但不一會兒又走了進去。松鴉羽從巫醫窩外的刺藤屏障探出頭來，豎耳傾聽外面的狀況。

鴿翅急忙奔回自己的窩，看到藤池正搖搖晃晃走出來，她的皮毛凌亂，露出一臉痛苦的樣子。

「妳還好吧？」鴿翅問：「妳在黑暗森林發生什麼事了嗎？」

「別擔心，」藤池搖搖頭澄清，「現在我在那裡是戰士，我得負責訓練其他貓。」她散發出憂愁的眼神，不停左顧右盼，深怕有貓在監視她似的。「我沒事，」她強調，「我還可以作戰。」

冬青葉跟著她從窩裡走出來，一副蓄勢待發的模樣，二話不說就衝到空地中央加入火星和棘爪。

「我們將在隧道迎戰風族，」火星對著圍在四周的族貓宣布，「他們休想踏進雷族領土一步。據我所知，」他瞄了鴿翅一眼後，繼續補充道：「風族並沒有進行隧道的作戰訓練。」鴿翅很快朝著他點點頭，「所以雷族應該可以占上風！」

底下響起一陣熱烈的呼聲回應族長的話。此刻眾貓的睡意全一掃而空，準備保衛部族。鴿翅看到亮心和狐躍正急著複習新的戰鬥招式，兩名見習生則是亢奮地跳來跳去。

鴿翅持續監聽風族戰士們進攻的情況，他們已經越過高沼地，正步步逼近雷族邊界。他們的說話聲和腳步聲瞬間停止，影像也漸漸消失。鴿翅開始一肚子不安；她知道這意味著什麼。

「我們必須趕快行動！」她對火星喵聲說道。

好幾隻貓一臉驚訝地看著她，不懂她在急什麼。**當然他們不知道她可以聽到風族領土各角落的動靜。**

冬青葉大步走到她面前，「獅焰告訴我妳的聽力很敏銳，」她悄悄喵聲說道，「我是說，連很遠的地方都聽得到。」

鴿翅點點頭。

「是和三力量的預言有關嗎？」冬青葉語氣沉重地問。

鴿翅尷尬地回答：「是。」她知道冬青葉無法和手足一起成為預言的一部分，心情一定很沉痛。**找我談這件事，對她來說應該也很煎熬。**

冬青葉沉默了好一會兒，然後意志堅決地抽動雙耳。「嗯，那我們就好好善用它吧。風族貓現在在做什麼？」

「他們已經進入隧道，」鴿翅告訴她，「我聽不太見他們在地底下的動靜。」

「都在同一條隧道嗎？」冬青葉問。

鴿翅把感官撐到極限，可以勉強追蹤到敵人逐漸逼近的跡象。「對，我想他們全在同一個地方，」她喃喃地說著，繃緊根根皮毛，全神貫注地細聽。「現在他們正在進入被河水貫穿的洞穴……現在他們正走進另一條隧道……」

「我大概可以抓出他們所在的位置，」冬青葉發出斷聲，「和他們可能的行進方向……」她轉向走過來聆聽的火星、棘爪和獅焰，「我們可以兵分三路，」她開始說：「一支巡邏隊從營地上方的隧道進攻，第二支隊伍負責兩腳獸附近的隧道，最後一支巡邏隊負責湖邊那個隧道。我們的目標是將風族貓趕回河水流經的洞穴，那裡空間比較大，可以方便我們作戰。」

棘爪對她點點頭表示肯定，然後跳到岩石上，開始將戰士們分隊。「我來帶一隊，」他伸出尾巴指揮宣布，「冬青葉，妳帶另一隊，還有蕨毛，第三支隊伍就由你負責。冬青葉跟我說你的地底作戰技巧最出色。」

蕨毛露出得意、又有點靦腆的表情，走到自己的隊伍面前。

「可是我們沒有被分配到任何一隊！」櫻桃掌抗議。

「我們也想和風族對決。」錢鼠掌附和。

「妳錯了，櫻桃掌——你們是我這一隊的！」火星告訴她，「我們待在山谷保護長老和育兒室，以防風族突破防線攻進來。」

兩個見習生互看了一眼；鴿翅可以看出他們不知該對無法到地底下作戰而沮喪，還是對被族長欽點入隊而開心。

「有必要的話，我們也可以加入對抗陣容。」和蕨雲一起走上前的黛西喵聲說：「我們可以負責保護栗尾和小貓們。」

「還有我，」波弟蹣跚地從長老窩走過來，跟著說：「我只是老了點，但還是打得動。我抓傷過的貓，比你們這些年輕小伙子吃過的老鼠還多。想當年……」

「感謝各位。」獅焰喵了一聲打斷波弟，若他繼續提起當年勇，可就沒完沒了。

正當三支隊伍準備朝營地口出發時，煤心突然從巫醫窩裡跑出來。「我也要去作戰。」她跑過去加入冬青葉，並大聲宣布道。

**喔，真的嗎？**鴿翅興奮地豎起耳朵心想。

一些貓嘀咕了幾句回應煤心的決定。但現在可不是發問的時候，冬青葉二話不說帶隊衝出荊棘隧道，直奔森林。

冬青葉帶著隊員鴿翅、藤池、煤心、沙暴、鼠鬚和莓鼻，沿著小徑匆匆來到山谷上方的隧道入口。

「妳跟在我後面進去，」她偷偷對鴿翅說道：「隨時告訴我風族的動靜。沙暴，」她接著提高音量說：「妳走在最後，若發現後方有任何異狀，立刻通知我。」

「知道了。」沙暴回答，一雙淡綠色的眼睛在漸亮的晨曦中閃爍。

鴿翅吸了一大口氣。當她跟著冬青葉一走進隧道，風族的聲音立刻灌進她的耳膜裡。「他們的速度超快！」她吃驚地說。

「在哪裡？」冬青葉急著問。

「還沒到這裡，」鴿翅悄悄說著，一邊和冬青葉帶頭朝隧道深處狂奔。「他們想從一個隧道口出來，但那裡被塵皮和蕨毛給堵住了……現在他們正掉頭往回走……已經朝這個方向過來了！」

除了風族貓的聲響之外，鴿翅還可以聽到另外兩支雷族部隊陸續進入隧道的聲音。整個山丘活像一座蟻穴，爬滿鑽來鑽去的生物。裡面愈來愈吵雜，鴿翅再也無法辨識敵方隊伍的聲音，更無法掌握他們的位置。

他們轉了個彎，風族的氣味隨即轉濃。鴿翅慌忙說了一句：「他們在這裡！」就在一瞬間便與風族戰士正面交鋒。

風族在措手不及的情況下，匆忙撲向雷族貓，並不斷發出驚恐的咆哮聲，一時之間手忙腳亂，在黑暗中相互推擠，不確定是該進攻還是後退。

冬青葉和鴿翅亮出爪子，發狠猛攻身處黑暗的敵人。他們輕而易舉就把風族貓推往隧道深處，但過了一會兒，風族貓站穩腳步，開始往回推。鴿翅突然被看不見的爪子劃過肩膀，忍不住哀叫一聲。她奮力往前推擠，鼻頭觸到某隻貓的胸毛。她逮到機會旋即往上一撲，咬了那隻貓的喉嚨一口。對手急著往後抽身，一不小心碰的一聲撞到隧道頂，發出一聲慘叫。

「先回去練練再來吧！」她叫囂道。

「妳先退開！」冬青葉一聲令下，「讓後面的貓過去。」

鴿翅想起冬青葉事先擬出的作戰計畫，趕緊趴下來讓煤心和莓鼻過去。她在隊伍後面短暫休息喘口氣，讓族貓們迎戰風族戰士。鼠鬚、藤池和沙暴順利地接續任務，合力將對手往河水貫穿的洞穴裡推。

光源終於開始從他們頭頂透進隧道，鴿翅總算可以認出風族貓的陣容。隊伍由風皮領軍，後面跟著鬚鼻、鼬毛和兔躍；石楠尾和荊豆皮則是在最後面。

風族貓踉蹌退到洞穴，雷族戰士跟著從隧道跳出來。鴿翅迅速環顧四周，發現他們是最先抵達的隊伍；她將感官範圍延伸，捕抓到從其他隧道傳出的打鬥聲。

風族貓擠成一團，氣沖沖地瞪著他們的敵人。他們的皮毛凌亂不堪，一些貓甚至已經被雷族抓傷。鴿翅猜想他們之前一定以為可以順利潛進雷族領土，出其不意地攻下營地。

**沒想到反被將了一軍**，她得意地想著。

冬青葉擠到隊伍前面，和風族戰士正面對峙。「今天就到此結束吧，」她喵聲說：「反正你們也贏不了。」

「癩痢皮毛！」風皮咆哮道：「你們虐待索日！」

「我們絕不做這種事！」鴿翅發出嘶聲回應，「我們可是好心收留索日，是你們的族長一心想趕走他。」

「松鴉羽也害死了焰尾！」石楠尾走上前，來到風皮旁邊助陣，「而且你們還擅自越界，搶奪我們的獵物！」

「沒錯！」鬚鼻搶著說：「自從你們在各部族搬來湖邊之前幫了我們一次後，就一直瞧不起我們。」

「你懂什麼？」沙暴抨擊那隻年輕戰士，「當時你根本還沒出生。」

鴿翅萬萬沒想到年輕的貓兒們竟也對他們如此仇視。**真是太令人生氣了！**她伸出爪子，**就**

**算解釋也沒用，他們根本聽不進去！**

風皮冷不防大吼一聲，直往她撲過來。鴿翅還來不及反應，已經碰的一聲被撞倒在地。眼見風皮就要壓在她身上，鴿翅及時滾到一旁，跳起來朝他的肩膀重擊。

「你的手腳必須快些才行！」她嘲笑他。

風皮不甘示弱地咆哮一聲，一股作氣撲向她，試圖把她逼到洞穴角落。鴿翅想起之前的訓練動作，刻意假裝退後，讓他誤以為贏定了，然後對著牆壁一個蹬腿，從他的頭頂飛身而過。鴿翅看到這隻風族貓大吃一驚的表情，忍不住得意起來。

此刻，所有的貓也跟著打起來。當鴿翅準備落地時，剛好被纏鬥得正激烈的煤心和石楠尾迎面撞上，鴿翅當場失去重心，四肢在地面狼狽掙扎，風皮逮到機會跳到她上面。

「妳以為自己很聰明嗎？」他大聲吼道，一排閃亮的利牙緊貼著她的喉嚨，「看來是還不夠聰明。」

鴿翅雖然用後腿猛踹他，但還是無法甩開他。她可以感覺到他的爪子刺進她的肩膀，鮮血開始不斷冒出來。

**我不要就這樣死掉！**她愈想愈絕望，**我不要死在風皮手裡！**

突然間，鴿翅不再感覺到風皮的重量。她慌張爬起來，看到藤池一口咬住風皮的頸子，拚命搖晃他的頭。過了一會兒，藤池鬆開牙齒，趁他還在昏頭昏腦之際，從他腳下掃踢過去，然後瞄準他肚子脆弱的部位重擊了幾拳。風皮滾到一旁，掙扎著站起身後，立刻逃之夭夭。

「謝謝妳！」鴿翅氣喘喘地說：「藤池，妳好厲害！」

「不客氣。」藤池喵了一聲，馬上轉身，衝回去加入原先的混戰。

鴿翅發現剛剛聽到的打鬥聲已經全集中在她的四周，她根本不需要再用到特殊感官去聽。戰鬥隊伍不斷湧進洞穴，發出震耳的嘶嚎聲和淒厲的尖叫聲，隨處可見一群群張牙舞爪、不斷嘶叫的貓。

藤池短暫回到鴿翅旁邊，觀望四周尋找下一個決鬥目標，並且氣喘吁吁氣說：「現場完全不見一星的蹤跡。」

鴿翅點點頭。「我也沒看見灰足。所以並不是整個風族都在這裡，這裡只有索日煽動的貓而已。」**而且我們的陣容比他們龐大！**她緊接著在心裡唸道。

她撲上去加入混戰，對付一隻隻迎面襲來的貓。漸漸地，她愈來愈沒有體力，老是忘了出手要小而結實的訣竅，因此四肢不斷撞到洞穴的牆壁。

**我不知道還可以撐多久？**她心想。

她在激戰的貓堆中瞄準一隻棕色虎斑貓，往他背上猛力一撲。一個心跳的時間過後，她突然驚覺塵皮轉過頭瞪著她。

「這也太扯了吧，趕快走開，」他把她甩到一邊，接著臭罵道：「我們對付風族難道還不夠嗎？」

「對不起啦。」鴿翅咕噥道，趕緊回到混戰中。

冬青葉在一片喧鬧的戰鬥聲中大喊，「將他們逼進隧道！」

鴿翅使出渾身解數，奮力撲到鴉鬚旁邊，試圖把他推進附近的隧道口。鴉鬚想盡辦法抵抗，但腳步一直沒能站穩，過了幾個心跳的時間後，只能轉身狼狽地逃走。鴿翅環顧四周，發現其他風族貓也開始跟著鑽進隧道落荒而逃。雷族戰士邊追趕，邊發出勝利的呼聲。

但此刻響起另一個嘶吼聲：「風族！別跑，要拿出戰鬥力！雷族是你們最大的敵人！」

鴿翅猛然轉身，看到索日就站在一條極為寬敞的隧道入口。一隻隻戰敗的貓狼狽地從他身邊逃竄而過，他試著阻止他們。他那滿是怒火的雙眼，在微光中閃爍。

「叛徒！」冬青葉從鴿翅旁邊衝了過去，飛身撲向索日，氣憤地吼道：「騙子！」

索日夾著尾巴逃進隧道；冬青葉立刻追了過去。

「冬青葉，不要衝動！」鴿翅大喊。那黑色母貓遠比索日嬌小許多，體重也比他輕很多。她勉強移動疲憊的四肢，穿過洞穴進入隧道，幾乎一度追上那兩隻貓；冬青葉把索日逼進一條封死的旁支隧道，內部仍隱約籠罩在從洞穴透進來的微光中。

鴿翅可以聽見索日在黑暗中不停叫囂。他和冬青葉移動著自信的步伐，相互摩拳擦掌，一場激烈的纏鬥即將一觸即發。鴿翅注意到索日一點傷勢都沒有，全身皮毛光滑整齊，而冬青葉的肩膀和單側卻是布滿了大大小小的抓傷，大腿也掉了幾撮毛。

**看樣子索日並沒有加入剛才的混戰，**鴿翅心想，**他躲得遠遠的，讓風族替他賣命！**

「不要再來打擾各部族，」冬青葉大吼道：「我們被你傷得還不夠嗎？」

「永遠不夠！」他嗆回去，「我要毀掉各部族所賴以信仰的一切才甘心。」他咧嘴咆哮道：「許多季節以前，我在遙遠的峽谷認識你們其中一個部族，他們不斷嘲笑我，說什麼我不配當他們戰士的一員！從此我就發誓，要在你們所有貓面前證明戰士守則根本是個屁。你們終究會為了幾個比老鼠尾巴還微不足道的理由，而開始相互殘殺。」

「不，你錯了，」冬青葉微微發出嘶聲，蹲下來隨時準備飛撲過去，「我們再怎麼樣都會捍衛部族的傳統，即使是必須犧牲生命也在所不惜。」

她怒嚎一聲，衝向索日，對他一頓拳打腳踢。那獨行貓只能試圖利用自己體重的優勢進行反擊。

**原來他是軟腳蝦！**鴿翅頓時恍然大悟，**他完全沒有戰士的技能。**

她原本想過去助冬青葉一臂之力，但很快看出她根本不需要幫忙。冬青葉出手簡潔俐落，處處展現隧道訓練的成果，而索日則是卯起來亂揮一通，冬青葉敏捷的身手，輕而易舉就能閃開他攻擊。

最後冬青葉蹲下來，肚皮瞬間刷過地面，一個箭步把索日撞得東倒西歪，然後將他強壓到地，一隻前腳抵住他的肚子，另一隻掃過他的喉嚨。索日帶著恐懼與憎恨的眼神抬頭看著她。

「我是很想殺了你，」冬青葉告訴他，「但戰士守則要我們仁慈對待戰敗的敵人。如果你能保證不再回來騷擾各部族的話，我就放了你一馬。」

索日不發一語，冬青葉退開讓他站起來。他站在她面前，眼睛在黑暗中發著光。「我不能保證。」他嘶聲說道。

冬青葉可不是省油的燈，「要是你敢再來威脅我的族貓，我一定宰了你。」

「我們走著瞧。」索日語帶威脅地碎碎念道，然後一溜煙從冬青葉旁邊閃了過去，瞬間消失在黑暗中。

「為什麼你要放他走？」鴿翅氣得抖動根根皮毛質疑道：「妳大可除掉他！」

「我們要隨時將戰士守則牢記在心，」冬青葉帶著疲憊的回答喃喃說道：「致戰士於死地並不代表勝利。」

鴿翅走向前，用鼻頭觸碰冬青葉的肩膀。她啟動特殊感官，聽到風族一路往營地撤退，以及雷族貓們鑽出隧道準備打道回府的聲響。他們雖然傷痕累累，但卻充滿了勝利的喜悅。待會兒有的是時間仔細推敲索日莫名其妙的恐嚇，還有是哪個神祕的部族在很久以前傷害了他的自尊。他們雖然打了勝仗，但一場更巨大的戰鬥正步步逼進。除非湖邊四族團結一致、共同奮戰，否則一定會輸得很淒慘。部族每一次的相互廝殺，就多給了黑暗森林一次有機可趁的機會。他們必須想辦法弭平彼此的恩怨，齊心協力對付最強勁的敵人。鴿翅、松鴉羽和獅焰是否能如預言所說，將湖邊的貓兒全部團結起來呢？

鴿翅從耳朵到尾梢全都累到不行。她的聽力和感官雖然比任何貓都敏銳，但似乎並沒有體力上的優勢。她需要去休息、吃東西、還有和松鴉羽與獅焰討論索日留給他們的難題——就現階段各部族相互敵對的局勢看來，若一味地單打獨鬥，肯定會被黑暗森林殲滅。**星族，請照亮我的路。**

「走吧，」她對冬青葉喵聲說道：「我們該回家了，族貓們正等著我們呢。」

國家圖書館出版品預行編目(CIP)資料

貓戰士四部曲星預兆. V, 失落戰士 / 艾琳．杭特（Erin Hunter）著；約翰．韋伯（Johannes Wiebel）繪；羅金純譯. -- 三版. -- 臺中市：晨星出版有限公司, 2023.01
面；　公分. --（Warriors；23）
暢銷紀念版（附隨機戰士卡）
譯自：Warriors : Omen of the Stars. 5, The Forgotten Warrior
ISBN 978-626-320-310-5（平裝）

873.596　　　111018640

貓戰士四部曲星預兆之V

# 失落戰士 The Forgotten Warrior

| | |
|---|---|
| 作者 | 艾琳．杭特（Erin Hunter） |
| 繪者 | 約翰．韋伯（Johannes Wiebel） |
| 譯者 | 羅金純 |
| 責任編輯 | 謝宜真、陳涵紀、陳品蓉、郭玟君 |
| 文字校對 | 謝宜真、蔡雅莉、陳涵紀、陳彥琪、李雅玲、葉孟慈 |
| 封面設計 | 陳柔含 |
| 美術編輯 | 張蘊方、陳柔含 |
| 創辦人 | 陳銘民 |
| 發行所 | 晨星出版有限公司<br>407台中市西屯區工業30路1號1樓<br>TEL：04-23595820　FAX：04-23550581<br>行政院新聞局局版台業字第2500號 |
| 法律顧問 | 陳思成律師 |
| 初版 | 西元2012年04月15日 |
| 三版 | 西元2024年05月31日（二刷） |
| 讀者訂購專線 | TEL：（02）23672044 /（04）23595819#212 |
| 讀者傳真專線 | FAX：（02）23635741 /（04）23595493 |
| 讀者專用信箱 | service@morningstar.com.tw |
| 網路書店 | http://www.morningstar.com.tw |
| 郵政劃撥 | 15060393（知己圖書股份有限公司） |
| 印刷 | 上好印刷股份有限公司 |

定價250元

（缺頁或破損的書，請寄回更換）

ISBN 978-626-320-310-5

□ 我已經是會員，卡號 ____________________

□ 我不是會員，我要加入貓戰士會員

姓　名：________________ 性 別：________ 生 日：________________

e-mail：____________________________________________________________

地　址：□□□ _______ 縣／市 _______ 鄉／鎮／市／區 ________ 路／街

_______ 段 ______ 巷 ______ 弄 ______ 號 _______ 樓／室

電　話：____________________________________________________________

□ 我要收到貓戰士最新消息

## 貓戰士鐵製鉛筆盒抽獎活動

將兩個貓爪和一顆蘋果一起貼在本回函並寄回，就可以獲得晨星出版獨家設計「貓戰士鐵製鉛筆盒」乙個！

貓爪在貓戰士書籍的書腰上，本書也有喔！蘋果則是在晨星出版蘋果文庫的書籍書腰上！

哪些書有蘋果？科學怪人、簡愛、法布爾昆蟲記、成語四格漫畫...更多請洽少年晨星官方Line ID：@api6044d

點數黏貼處

請填妥後對折裝訂，再貼妥郵票寄出

請黏貼
8 元郵票

407

台中市工業區30路1號

# 晨星出版有限公司

TEL：（04）23595820　FAX：（04）23550581
e-mail：service@morningstar.com.tw
http://www.morningstar.com.tw

請沿虛線摺下裝訂，謝謝！

# 加入貓戰士俱樂部

【貓戰士會員優惠】

憑卡號在晨星出版社購書可享優惠、擁有限定商品、還能獲得最新消息等會員福利。

【三方法擇一，加入貓戰士會員】

1. 填妥本張回函，並寄回此回函。
2. 拍照本回函資料，加入官方Line@，再以Line傳送。
3. 掃描後方「線上填寫」QR Code，立即填寫會員資料。

Line ID：api6044d

「線上填寫」QR Code

★寄回回函後，因郵寄與處理時間，需2～3週。